本书系河南省哲学社会科学规划项目（2017BWX007），河南省软科学项目（162400410614），河南省哲学社会科学基础研究重大项目（2015-JCZD-010）的研究成果。

由河南省高等学校哲学社会科学"教育与区域经济"创新团队、河南省高校人文社科重点研究基地"职业技术教育与经济社会发展中心"资助出版。

张东旭◎著

# 河南长篇小说研究

A STUDY OF
HENAN LONG NOVELS

*1949–1999*

中国社会科学出版社

图书在版编目（CIP）数据

河南长篇小说（1949–1999）研究／张东旭著.—北京：中国社会科学出版社，2017.12

ISBN 978–7–5203–0949–3

Ⅰ.①河… Ⅱ.①张… Ⅲ.①长篇小说—小说研究—河南—1949–1999 Ⅳ.①I207.425

中国版本图书馆 CIP 数据核字（2017）第 220314 号

| | | |
|---|---|---|
| 出 版 人 | 赵剑英 | |
| 责任编辑 | 赵 丽 | |
| 责任校对 | 冯英爽 | |
| 责任印制 | 王 超 | |

| | | |
|---|---|---|
| 出 版 | 中国社会科学出版社 | |
| 社 址 | 北京鼓楼西大街甲 158 号 | |
| 邮 编 | 100720 | |
| 网 址 | http://www.csspw.cn | |
| 发 行 部 | 010 – 84083685 | |
| 门 市 部 | 010 – 84029450 | |
| 经 销 | 新华书店及其他书店 | |

| | |
|---|---|
| 印 刷 | 北京明恒达印务有限公司 |
| 装 订 | 廊坊市广阳区广增装订厂 |
| 版 次 | 2017 年 12 月第 1 版 |
| 印 次 | 2017 年 12 月第 1 次印刷 |

| | |
|---|---|
| 开 本 | 710×1000 1/16 |
| 印 张 | 13.5 |
| 插 页 | 2 |
| 字 数 | 208 千字 |
| 定 价 | 58.00 元 |

凡购买中国社会科学出版社图书，如有质量问题请与本社营销中心联系调换
电话：010 – 84083683

# 目　　录

# 绪　　论

　　引起我关注河南长篇小说的一个重要原因是阅读相关文学评论和"自我感觉"之间的一种小小落差。一方面，河南文学确实取得了骄人的成绩："以作家籍贯论，河南的长篇小说实力的确无任何省份可比。"[①]"文学豫军的提法还没有引起重视，实际上豫军的力量还是相当之强的……豫军确实在中国文坛起着中坚作用。"[②]"文学豫军的创作带动了中国长篇小说质量的攀升，他们构筑了一道文学最后不被击垮的防线……"[③] 的确，从得奖的数量来看，从来没有一个时期的河南文学拥有这么多在全国范围产生影响的作家和作品。在第七届茅盾文学奖得奖的作品中，河南籍作家的作品就有6部：《李自成》《东方》《黄河东流去》《东藏记》《湖光山色》《英雄时代》；在人民文学出版社五年一度的"人民文学奖"评选中，2001年第三届得奖的13部长篇小说中，豫籍作家的作品有4部：李佩甫的《城市白皮书》，张宇的《疼痛与抚摸》，周大新的《第二十幕》，柳建伟的《突出重围》。这4部小说几乎占了全部得奖小说的1/3，成为这个国家级文学评奖活动中一道格外引人注目的风景……但是，另一方面，从个人长时间的阅读中，我又确确实实地感觉到河南文学没有给中国当代文学带来所预示的那种震撼、那种冲击力和那种新气象，还没有出现像"陕西文学"的《平凡的世界》《白鹿原》《秦腔》那样厚重大气的作品，还没有出现能完整地代表一个卓有文化传

---

① 铁凝：《在"坚守与突破——2010中原作家群论坛"开幕式上的致辞》，何弘主编：《坚守与突破》，河南文艺出版社2011年版，第3页。

② 张锲：《中国当代文学和文学豫军的崛起》，《东方艺术》1999年第2期。

③ 何弘：《重铸辉煌：改革开放30年的河南文学》，《中州大学学报》2009年第2期。

承的大省的优秀文学作品。另外，看"文学豫军"的作品，几乎一人一个面孔，一人一个风格，每个作家的个性都非常强，也没有出现如"山药蛋派""东北作家群"那样具有特别明显的地域特征的作家群。作为一个"群体"的文学豫军，到底有无团体协同性？"河南文学"到底是一个什么样的状态？

## 一　河南长篇小说的总体创作状况及作家队伍

引发上述问题的前提是需要对河南文学的整体面貌有一个初步的了解，然后才有可能全面去衡量作品的质量、深度以及创作水准。因此，本书的着力点，就回到了研究资料的整理上。

就总体状况而言，自新中国成立以来至1999年12月，本书共统计出河南长篇小说139部。按时段划分如下："十七年"期间（1949—1966）23部；"文化大革命"期间（1967—1976）3部；80年代（1977—1989）46部；90年代（1990—1999）67部。五十年时间，河南长篇小说共有三个出版高峰：一是在70年代末到80年代初（1977—1983）的"解冻"期。七年时间，共出版长篇小说21部；二是80年代末到90年代初（1987—1993）的"复苏期"。七年时间出版长篇小说44部；三是在1997年至1999年，是长篇小说的"高峰期"，三年时间就出版长篇小说31部。

与其他省份相比，20世纪50年代到70年代，河南出版的长篇小说，虽然数量不太多，但是，"成就"和"影响"还是很大的。姚雪垠、魏巍、刘知侠、苏鹰不遗余力地用文学实践阐释着党领导下革命的合法性、政策的合理性。抗美援朝、农业合作化、大炼钢铁等社会政治运动在河南的长篇小说中均得到了快速的反映。70年代末80年代初（1977—1983）的"解冻"期，是河南长篇小说的第一个高峰，共有21部长篇小说出版。这个时期，河南长篇小说在内容上大部分还承续着革命历史题材的"传统"，讲述传奇故事，不忘与"革命"相结合。仅有1部涉及"左"倾路线对农村建设带来灾难性危害的作品（《大别山人》）。红卫兵题材和知识分子题材的长篇小说各有1部。第二个出版高峰是80年代末到90年代初（1987—1993）。七年时间出版长篇小说44部，平均每年6部。这个时期中原历史小说占据主导地位。以二月河的"帝王"系列为龙头，河南作家充分发掘河南历史文化资源与地方志人物，一批历史题材的小说纷纷出炉，包公、白朗、别廷芳、李香君、花木兰等贤臣名将都有人为之作传扬名。此外，李佩甫、张宇等人敏感地捕捉到市场化、商品化社会大潮对淳朴乡村的影响，也写出了贴近时代的长篇小说。第三个高峰期是 1997 年至 1999 年。三年时间共出版长篇小说 31 部，平均每年 10 部。这一时期长篇小说的发展趋势开始多元化，在作品的内容和表现方法上愈来愈呈现出丰富多彩的面貌。刘震云、周大新、李佩甫、张宇、阎连科等都推出了长篇小说佳作。《诱惑》《匪首》《疼痛与抚摸》《城市白皮书》《拒绝浪漫》等一批题材手法各异的长篇小说引起文坛的关注。这些长篇小说一方面充分展现了平原大地上的"平原文化的博大与混沌、智慧与狡黠、坚韧与冥顽、持重与沉滞、凝重与苍老……"① 另一方面对中原大地上尚存的封建特权文化因子和中原文化中的种种痼疾开始了反思与批判。同时，"地域写作"之风突起：豫西南小盆地楚汉文化的交汇，豫西民间河洛地区的盗墓传奇，政客军阀之间的争斗史，豫东大地的文化风俗流变，在周大新、阎连科、刘庆邦等人的笔下都有充分的展示。

创作长篇小说的河南作家按代际可以分为以下两类：第一类是 20 世纪"20 后"或"30 后"作家；第二类是 20 世纪"50 后"或"60 后"作家。

20 世纪前 30 年（1949—1979）发表作品的作家，大都为"20 后"或"30 后"（出生在 20 世纪 20 年代或 30 年代）。这段时间，写长篇小说的由这样三部分人组成：一是本土成长起来的作家。这批作家的特点是，受教育程度不高，大都长期从事地下革命工作，后来以自身的革命经历书写长篇小说，如刘知侠、韶华、苏鹰、贾子云、黄日强等人；二是在河南出生、成长、受教育，早年追求进步文化工作，新中国成立后积极参加革命文艺建设的作家，如姚雪垠、王昌定、苏群、李建彤等人；三是个别农民作家，如冯金堂，是在杂志社编辑的大力协助下走向创作之路的作家。

---

① 陈继会：《"平原"文化的深层探析——漫谈〈羊的门〉》，张鸿声主编：《河南文学史·当代卷》，郑州大学出版社 2011 年版，第 156 页。

这个群体的创作有以下几个特点：第一，"一部作品"现象大量存在。由于这批作家是靠本人的实际经验写作的，没有艺术想象和艺术积累的滋润，经历的素材一旦被挖空，创作便无以为继；第二，创作多为"革命历史"故事。创作方法多与民间故事的因素相联系，情节简单，人物鲜明，故事性强，作者意在用人民群众喜闻乐见的方式阐释革命道理。

20世纪后20年（1979—1999）发表作品的作家，大多是"50后"或"60后"。大致来自两个方面。一是通过参军、高考摆脱农民身份，由乡村走向城市的作家。这些作家的童年、少年在河南农村度过，他们大都有过饥荒、饥饿等苦难记忆，如刘震云，河南延津人，1973年参军，1978年考入北京大学之后开始创作；周大新，河南郑州人，1970年入伍，1983年考入西安政治学院后开始创作；阎连科，从小放牛种地，高一辍学，后来在1978年入伍，1985年河南大学政教系毕业之后开始创作；二月河，21岁高中毕业，1966年参军，经历了10年的军旅生涯，复员后，由研究"红学"开始创作。二是出生、成长在河南农村，靠写作改变命运的作家，如墨白、刘庆邦、张宇等人。墨白做过农民、搬运工人、漆匠、小学教师，后来靠写作成名，成为专业作家；刘庆邦16岁辍学，从课堂来到田野，从一名中学生转为农民，之后又到密县煤矿当了一名工人，后来靠写作成为专业作家；张宇，高中毕业后当过工人、县广播站编辑、文化局创作员，1979年开始发表作品，后成为河南省作协主席。其他"由乡入城"的作家如田中禾、郑彦英、张兴元、侯钰鑫、行者等人皆起步于七八十年代，跟上述作家有相似的求学背景和创作经历。

这批作家的群体特征有以下几点。第一，作家们大都为农民出身。他们中除了刘震云毕业于北京大学、田中禾肄业于兰州大学、李洱毕业于华东师范大学之外，其余作家基本上没有受过严格意义上的现代大学教育。他们在农村的经历和受苦受难的"童年体验"，化成了他们创作中的那份格外深沉的"乡土情感"，这份情感既成就了他们，也局限了他们。第二，自我"超越"的愿望非常强烈。在长篇小说的创作上表现出更大的热情，如李佩甫和杨东明等，不仅创作紧跟时代，而且在创作的数量和质量上都有很高的追求。有学院教育背景的作家往往表现出更加宽阔的艺术视野和不拘一格的创作手法，如刘震云在创作中对人"存在"

的哲学思考和李洱叙事方式的不断创新，使他们在河南作家中率先成为叙事的先锋。他们的创作，在全国当代文学领域内都有着重要的影响。

## 二　研究意义与方法

本书的研究目的是廓清河南长篇小说的基本样貌和特点，进而发掘河南文学的"特色"和"规律"。本书之所以选择"长篇小说"这一个文类做标本进行资料梳理，是因为长篇小说"更为深刻、本质、敏感和迅速地反映现实生活本身的形成"，并且"它是由这个新世界产生并在一切方面和这个世界具有同样本性的体裁，在许多方面长篇小说预示了并正在预示整个文学未来的发展"①。在中国当代文学的创作整体格局中，长篇小说创作的成就可以说是当代文学成就的主要标志，国内知名作家往往需要有长篇小说代表作才能够跻身一流作家的行列，长篇小说一度被视为衡量作家创作能力的重要标准。

纳入本书研究视域的河南长篇小说包括以下三类作家的作品：第一类是河南"本土作家"。他们从小生活、成长在河南，在河南定居，在河南写作、发表，如李佩甫、李準等人；第二类是河南籍"外出作家"。他们出生、成长在河南，后来通过考大学、当兵等途径走出去，但他们的文学创作始终以河南（中原）为主题、背景，如刘震云、周大新等；第三类是"外省来豫"作家。这些作家出生地（籍贯）并不在河南，但由于后来工作、生活等原因来河南定居。这部分作家的作品纳入本书的研究范围是有条件的，即他们的作品内容或写作背景一定要是河南（或中原），如尼尼、郑彦英等人的创作。

本书选取的时间段是 1949 年到 1999 年，之所以如此，不是刻意要回避什么"问题"，实在是因为现实的出版状况造成个人统计上的困难。2000 年之后，随着图书出版市场运作的日渐成熟，民间自费出版的长篇小说越来越多，"学生作家""民间写作"、网络写作的创作状况更是不可胜数。"仅在 2000 年和 2001 年，全国各地出版长篇小说达 700 部和 800 部，到了 2002 年，这个数字直逼 1000 部。而在新中国成立至'文革'前的 17 年里，长篇小说创作的总量也仅有 170 多部。如今长篇小说一年

---

① 巴赫金：《长篇小说和史诗》，《20 世纪小说理论经典》，华夏出版社 1996 年版，第 296 页。

的创作量，比原来近 20 年的创作总和还多几倍。时至今日，每年出版的长篇小说已经达到 3000 部以上，有人把这种现状说成是文学创作的大丰收，长篇小说的一片繁荣。"① 2000 年之前，由河南省作家协会主办的内部刊物《河南作家通讯》（月刊）每期都有"新书架"栏目，记录一段时间内出版的河南小说篇目，但这个栏目也于 2004 年停止了，不知是否也出于同样技术原因的考虑。如此看来，能有效地进行统计的范畴也就是 2000 年之前这 50 年的时间了。

就文体而论，"河南小说"经历了由短篇到中篇再到长篇循序渐进逐渐成熟的过程，长篇小说，已是能代表河南文学的一个较为成熟的文体。20 世纪 50 年代，河南文学是以短篇小说为主的，李準、乔典运、南丁、张有德、段荃法等一批作家是近 50 年来河南小说创作的第一群体。他们以深厚的生活底蕴和强有力的现实主义艺术，在新时期文学上占据了引人注目的位置。到了七八十年代，河南的中篇小说一片繁荣。张一弓、田中禾、刘震云、李佩甫、周大新、张宇、阎连科等人都有优秀的代表作叫响文坛。90 年代，长篇小说成为文学的"主流"。刘震云、阎连科、二月河、周大新、李佩甫都发表了有影响力的作品。正是在 90 年代，"'文学豫军'的规模真正形成并得到健康发展"。②

关于河南文学的统计资料，50 年来前人已经做过不少。本书所统计的长篇小说资料来源如下：第一，《河南新文学大系·资料卷》（李允豹主编，河南大学出版社 1996 年版）③；第二，《图说河南文学史》（何弘整理，中州古籍出版社 2004 年版）；第三，《河南作家词典》（刘学林主编，河南大学出版社 2005 年版）；第四，河南作家通讯"河南新书展"栏目（河南作协内部刊物）；第五，个别篇目由河南文学院资料室提供。

---

① 丁妮文：《长篇小说创作现状》，新华网，http://news.xinhuanet.com/banyt/2004－09/29/content_2037815.htm。

② 孙荪：《文学豫军论》，《河南大学学报》2002 年第 4 期。

③ 《河南新文学大系》将张扬的《第二次握手》也归之为河南文学，将叶文玲也归为河南作家。但据资料查证，张扬乃北京人，在广州长大；叶文玲出生在浙江，长期在郑州生活，后加入中国作协，任浙江省文联主席。这两个作家都不符合我上述的标准，因此统计资料的时候将之忽略了。

### 三　研究现状和思路

本书的研究思路是在阅读几篇有关河南文学的博士学位论文的基础上得到的。

姚晓雷的博士学位论文《乡土与声音——民间审视下的新时期以来河南乡土类型小说》，深入阐释了河南民间"侉子性"的文化性格。作者首先对陈思和的民间理论进行了深入阐释（对现代启蒙视角的拓新；对地域文化视角的超越），作者将"民间"视角定位于批判国民性的启蒙视角和地域文化视角的基础之上，凭借他对新时期以来河南乡土作家及其作品的谙熟，提出并严密地论证了河南乡土小说中展现的一种民间性格特征——"侉子性"，这是该论文理论上的一个贡献。

梁鸿的博士学位论文《外省笔记——20世纪河南文学》所选取的"外省"视角是非常新颖的。这一理论视点"既包含一个区域固有的文化品格，如它的文化背景、性格特点、人文地理特征，又可以透视它与中心文化圈之间的动态关系，在这两者之间的冲突与较量中，本土文学最终呈现出属于自己的特质与命运"。① 在具体的研究过程中，梁鸿不仅仅局限于地域文学研究，而是将之与中国一个世纪以来的现代性追求过程联系起来，将传统文明的考察与现代精神的考察结合在一起，形成一个坐标，河南文学在这一坐标中显示出了它在中国20世纪文化空间中的"生成、意义与特征"。

刘保亮的博士学位论文《河洛文化视野下当代河洛文学研究》② 是一篇研究地域文化的论文，该论文选择以河洛为中心的中原地域文化为研究对象，分别论述了河南乡土文学中的"权力书写""叙事伦理"和"道家话语"。论文"不仅填补了地域文化与文学研究的空白的意义，而且显示出一种可贵的文化反思与重建意识，一种强烈的与传统和当下积极对话的冲动"③。

---

① 梁鸿：《外省笔记——20世纪河南文学》，社会科学文献出版社2008年版，第5页。

② 该文出版后名为《河洛文化视野下新时期河南文学的乡土风骚》。

③ 刘保亮：《河洛文化视野下新时期河南文学的乡土风骚》，河南人民出版社2012年版，第9页。

李丹梦的博士学位论文《主体精神镜像——关于农民叙事伦理学的探讨》，宣布告别"地域写作"。因为如果"我们纯粹以'地域文化'的视角去观照豫军的写作，将在理论上陷入一叶蔽目的困境，从而阻碍我们对其创作进行更深刻的洞察，和别的地域文化小说相比，所谓的中原风土是相对平淡的"。所以，她在提出"主体性"概念后，从第二章开始，分别概述了周大新、刘庆邦、李佩甫、阎连科、墨白、李洱等6个河南作家的创作状况，重点分析了他们在叙事中所体现出来的主体身份与形象诉求，探讨了他们在书写"村庄情结"及"权力情结"过程中所体现出来的智慧、面临的伦理纠葛与困境，并通过他们相互之间的比较，揭示了"文学豫军"在主体形象塑造上的变迁。

李少咏的博士学位论文《现代性语境中的乡村政治文化言说——新时期河南小说主题研究》，从政治文化的角度阐释河南文学的一个特点，的确抓住了河南文学的某些核心东西。对河南文学来讲，乡村政治文化的内在制约甚至主宰的确是河南文学最主要的一个方面。该论文为新时期的河南文学研究提供了一个较深刻的视角。从魏巍、李準、姚雪垠的创作实践来看，的确存在着这么一股"政治文化"的潜流，成为贯穿50年河南长篇小说的一条主题线索。

上述论文以不同视角和概念论述了河南文学的某些特征，但是，正如李丹梦认为的单纯从地域文化视角进入研究会产生局限性那样——"我们纯粹以'地域文化'的视角去观照豫军的写作，将在理论上陷入一叶蔽目的困境，从而阻碍了我们对其创作进行更深刻的洞察"。任何一个角度的深入研究也都存在着遮蔽固有概念之外的问题。当然，这种用一个视角（或一个概念）为主线去透视研究对象的方法，能有效而深入地挖掘研究对象某些方面的问题，对这些"视角"或"概念"本身来说，是一种内涵的深化和拓展，但对于研究对象是一个领域非常宽泛且有大量作家作品存在的范畴而言，还是有较大的缺陷的。一个明显的问题就是，如此做会忽略、遮蔽掉"视角""概念"之外的一些文本和问题。就河南长篇小说而言，新中国成立初期出现的师陀的长篇小说《历史无情》，80年代初期出现的大量的"革命传奇"故事，80年代中期大量富有中原历史人物风情的"历史小说"，90年代刘庆邦所写的关于豫东地区民情风俗的长篇画卷《高高的河堤》，还有中原农民出版社出版的部分农民作家的创作，一批反映中原人民清官诉求的侠客故事等等，均因为不属于某些"概念"或者"视角"而长期被排除在研究者的视野之外。即使对于同一个作家而言，由于作品本身产生的过程非常复杂、细微，有很多受外部因素的影响而出现了"内部"变动，这些问题很容易在我们宏观"概念"的解读阐释之下被忽略。如《李自成》的文本生成过程对内容发生的影响，李準的《黄河东流去》与"文化大革命"末期的电影剧本《大河奔流》的顺承关系，《黄河东流去》上部和下部中农民形象的某些改变，等等，这些变化如果不仔细地还原文本、用一种更宏阔的"视角"去观照，是很难对作品做出准确判断的。

　　本书无意对上述论文观点进行"修正"，我只是在阅读了大量河南长篇小说的基础上，想到与其再从一个理论视角去做一个观点的阐述，还不如整理一下这些数量众多、有的内容还互相重复的小说。所以，本书一方面是做河南长篇小说的资料积累工作，另一方面，还要在大量的资料阅读和文本分析的基础之上，生发自己对河南文学的认知。拟从大量文本资料的整理归纳中，发掘隶属于河南文学的特征和面貌。因此，本书在进行研究的时候，在方法的选择上竭力避免概念的先行介入，也避免为论证观点而选择材料的方式，尽量从作品的"现场"出发，发现问题，以"问题"为突破口寻求河南长篇小说新风貌。

　　就"河南文学"的研究现状而言，对河南单个作家的研究内容丰富而深刻。很多河南作家都有"专论"，相关成果散见于单篇论文。如，刘思谦的《张一弓创作论》（《文学评论》1983 年第 3 期）、孙先科的《"鸡毛"与"蚂蚁"的隐喻：个人的磨损与丧失》[①]、姚晓雷的《刘震云论》（《文艺争鸣》2007 年第 12 期）、刘增杰的《师陀小说漫评》（《河南师大学报》1982 年第 1 期）、吴义勤的《李洱：诗性的悬疑》（《山花》1999 年第 9 期）、洪治刚的《乡村苦难的极致之旅——阎连科小说论》（2007 年第 5 期）、王德威的《革命时代的爱与死——论阎连科的小说》（《当代作家评论》2007 年第 5 期）等等。刘思谦论述的虽然是张一弓的创作个案，但很多观点都是理解当时和后来河南作家创作共性的一把钥匙。如

---

　　① 刘增杰、王文金：《精神中原——20 世纪河南文学》，河南大学出版社 2002 年版，第 378 页。

"对于农民命运的关注和思索，便成为他小说的第一乐章和第一主题。这是张一弓个人的选择，也是时代的驱使"，"张一弓小说创作的政治色彩小心翼翼地跨越了那简单化、庸俗化和图解政治的老路，比较真实地反映了当代农村的现实生活"，这些观点都富有高度的涵盖力；姚晓雷对刘震云小说中的"民间立场"、权力质询主题、人道主义情怀、"民间反叛式"的语言策略等方面做了较为全面而透彻的分析；孙先科对刘震云小说《一地鸡毛》中的"鸡毛"与"蚂蚁"两个意向的精神分析和文化释义新颖独到，将"鸡毛与蚂蚁"的象征意蕴与20世纪的某些著名象征意象如鲁迅的铁屋子、卡夫卡的城堡、钱钟书的围城与鸟笼相比，指出"一地鸡毛"与"铁屋子""城堡""鸟笼"有着"同构甚至同质的特性"，的确新颖而独到。其余较有代表性的作家评论还有孟庆澍的《乡土精神的现代阐释——阎连科小说简论》[1]、曹禧修的《论周大新的盆地小说》[2]、李丹梦的《李佩甫论》(《文艺争鸣》2007年第2期)等。其中，对作家创作中的"村庄情结"和"权力情结"，很多研究者都有不同角度的深入揭示。

纵向研究河南文学发生发展状况的有孙荪的《文学豫军论》(《河南大学学报》2002年第9期)、孙荪和何弘的《新时期新经验新期待——改革开放30年的河南文艺总述》(《中州大学学报》2009年第2期)、毛兵的《河南文化发展60年》(《中州学刊》2009年第9期)、王萍的《当代河南文学的发展流变》(《中州学刊》2007年第5期)等文章。其中，《文学豫军论》较为系统地论述了"文学豫军"的形成与发展的3个时期：第一，从新文学发端到新中国的成立(1915—1949)；第二，新中国成立至20世纪70年代末；第三，20世纪八九十年代。该文追溯文学发展的历史，结合各时期的时代背景，结合重要作家、作品，分析、探讨了各个阶段的特点及形成原因，并指出了文学豫军在90年代出现长篇小说高峰的原因：其一是资源因素；其二是人的因素；其三是文体演进规律。

对河南文学的阶段性研究也取得了丰厚的成果：刘增杰在《风雨五

---

①　刘增杰、王文金：《精神中原——20世纪河南文学》，河南大学出版社2002年版，第406页。

②　同上书，第393页。

十年——20 世纪上半叶的河南文学》中，从作家创作内容上总结了河南文学的"两大创作母体"——对苦难的抗争与对中原文化的反思，从艺术特点上总结了河南文学来自"民间"的魅力特色（《精神中原——20世纪河南文学》序言）；鲁枢元的《一种视觉化写作的尝试》以清醒的理性对河南的文化精神及其所产生的土壤做了全面的总结，一方面指出了河南所面临的危机，另一方面以河南人的口头语"中"为例证，对河南的前景充满了希望："'中'，就是对东西方文化冲突的冷静估量，就是对物质文明与精神文明的协调平衡，就是对经济发展与生态保护的恰当举措，就是对'全球经济一体化'风险的成功化解，就是在现代社会转型中求取全面的、最佳的、切实的效应"。[①] 任访秋、赵道山的《百余年来开封文学发展梗概述略》，文章以开封作为透视河南文学的凝聚点，分"鸦片战争以后""辛亥革命前后""五四运动后""30—40 年代""新中国成立以来"几个阶段对百年来开封文学的发生发展状况做了高度的概括。[②] 孙先科的《理性精神与"乡村情感"——河南近期小说创作透视》，从田中禾、张宇、李佩甫等河南作家近期的创作中发掘出了"现代文明所启迪的理性自觉是河南作家近年创作所贯穿的一条精神线索"，又指出河南作家由于创作"过于关注'吾土吾民'的艰难生息的'形而下'的生存，构成了河南作家所独有的一种'乡村情感'"。所以，"现代理性精神与乡村情感的矛盾、交叉与渗透构成了新时期以来近两年河南小说创作的总体特征"。[③]

　　有关河南乡土文学的硕士学位论文也不少，多是对河南浓郁的传统道德、乡土文化以及河南人官本位思想的初步论述。

---

　　① 刘增杰、王文金：《精神中原——20 世纪河南文学》，河南大学出版社 2002 年版，第105 页。

　　② 同上书，第 107 页。

　　③ 孙先科：《理性精神与"乡村情感"——河南近期小说创作透视》，《当代作家评论》1992 年第 3 期。

# 第 一 章

# 河南长篇小说概况

本章分三个时期描述 1949 年新中国成立以来河南长篇小说的发生发展状况。第一，20 世纪 50—70 年代。此时期河南作家不遗余力地用文学实践阐释着党领导下革命的合法性、政策的合理性，抗美援朝、农业合作化、大炼钢铁等社会政治运动在河南长篇小说中均得到了快速的反映。姚雪垠、魏巍、刘知侠、苏鹰都取得了瞩目的成就。第二，80 年代。此时期"革命历史传奇"故事由繁华到没落，渐行渐远；历史小说蔚为大观；"乡土"主题代替"革命"主题成为河南作家的新追求。第三，90年代。商品经济大潮涌动，给河南的地方经济与文化生活带来很大影响，但"乡土小说"仍牢牢地占据着河南长篇小说创作的制高点，出现了深刻反思中原文化心理的《羊的门》，以新颖的艺术形式获得好评的《匪首》等优秀作品。

## 第一节　20 世纪 50—70 年代河南长篇小说概况

这个时期共出版河南长篇小说 26 部。在中华人民共和国建立之初，河南作家也加入"时间开始了"的时代颂歌之中，贡献出了像《铁道游击队》《李自成》这样家喻户晓的作品。和全国大多数此时期的小说一样，50 年代的河南长篇小说洋溢着乐观主义的情怀，书写了新中国成立的艰辛历程、人们进行社会主义建设的高涨热情。《历史无情》表达着一位"现代"作家进入当代书写的努力转变过程；《燃烧的土地》诉说了一代人抗美援朝时激情燃烧的岁月；《铁道游击队》则是民间版的抗敌斗争故事，写尽了人民斗争的智慧和勇敢；《李自成》则以高度意识形态化的理念为指导，为我们重塑了一位人民领袖的形象；一系列现代版的农民战争故事，《闪光的年华》《太行志》《攻克汴京》等小说谱写了一曲曲"英雄主义"的赞歌和"革命历史"的颂歌。

这一时期河南出版的长篇小说如表1—1所示。

**表1—1　　　　20 世纪 50—70 年代河南长篇小说统计**

| 序号 | 出版年份 | 作品名称 | 作者 | 出版社 |
|---|---|---|---|---|
| 1 | 1951 | 《历史无情》 | 师陀 | 上海杂志公司 |
| 2 | 1956 | 《燃烧的土地》 | 韶华 | 中国青年出版社 |
| 3 | 1954 | 《铁道游击队》 | 刘知侠 | 上海文艺出版社 |
| 4 | 1957 | 《海河春浓》 | 王昌定 | 上海文艺出版社 |
| 5 | 1957 | 《贾鲁河边》 | 苏鹰 | 长江文艺出版社 |
| 6 | 1959 | 《炼》 | 苏鹰 | 上海文艺出版社 |
| 7 | 1959 | 《碧绿的湖泊》 | 倪尼 | 北京出版社 |
| 8 | 1960 | 《黄水传》 | 冯金堂 | 河南人民出版社 |
| 9 | 1963 | 《李自成》第 1 卷 | 姚雪垠 | 中国青年出版社 |
| 10 | 1963 | 《垦荒曲》 | 白危 | 作家出版社 |
| 11 | 1964 | 《隐蔽的战斗》 | 苏鹰 | 河南人民出版社 |
| 12 | 1965 | 《山村新人》 | 胡天亮、胡天培 | 作家出版社 |
| 13 | 1967 | 《闪光的年华》 | 倪尼 | 河南人民出版社 |
| 14 | 1975 | 《洪流滚滚》 | 李明性 | 河南人民出版社 |
| 15 | 1976 | 《李自成》第 2 卷 | 姚雪垠 | 中国青年出版社 |
| 16 | 1977 | 《伊水弯弯》 | 伊河 | 中国工人出版社 |
| 17 | 1977 | 《太行志》 | 崔复生 | 河南人民出版社 |
| 18 | 1977 | 《风扫残云》 | 丁令武 | 河南人民出版社 |
| 19 | 1978 | 《南疆擒谍》 | 王岭群 | 河南人民出版社 |
| 20 | 1978 | 《龙山惊雷》 | 时宇枢、冯维纲 | 河南人民出版社 |
| 21 | 1978 | 《东方》 | 魏巍 | 人民文学出版社 |
| 22 | 1979，1981 | 《刘志丹》（上、下） | 李建彤 | 中国工人出版社 |
| 23 | 1979 | 《攻克汴京》 | 魏世详、亢君 | 河南人民出版社 |
| 24 | 1979 | 《夺粮记》 | 黄日强 | 内蒙古人民出版社 |
| 25 | 1979—1985 | 《黄河东流去》 | 李準 | 北京出版社 |
| 26 | 1979 | 《沧海横流》 | 韶华 | 中国青年出版社 |

### 一 关于《历史无情》

统计河南长篇小说，映入眼帘的首先是河南"现代"作家师陀1951年出版的《历史无情》。师陀共有3部长篇小说，2部为1949年之前出版。①《历史无情》是新中国成立以来河南出现最早的一部长篇小说。在诸多文学史中好像很少提到这部创作，与随后（50年代末开始）的长篇小说相比，师陀创作的这篇《历史无情》显得那么"异样"。从这部长篇小说发表的曲折过程中，我们似乎可以窥探到50年代的一种特殊"政治"需求。

小说刚开始是在《文汇报》的《笔会》栏目连载的，但是不久就遭到了一个刊物以"公开信"形式进行的攻击，"公开信"署名为一群"苏北青年"。理由是小说中有地主家的仆人爱上小姐的情节。作者后来在1982年《中岳》第3期的一篇文章中才进行了理直气壮的辩解。可是，在作品发表的当初，受到"苏北青年"质疑之时，却没有他说话的空间。迫于"苏北青年"的压力，《文汇报》不得不终止对《历史无情》的发表。因为"1949年末或1950年初，'苏北青年'表示是从解放区来的，革命的，一个尚且吓人，何况'几个'或'一群'"。②

这种指责很是枉费了师陀的苦心，如果对比之前的《三个小人物》，就能明显地看出来，这部长篇小说已经是师陀为新政权的"辛苦经营"之作了。《历史无情》是师陀于1945年在自己的短篇小说《三个小人物》的基础上改编而成的。小说主要反映了三方面的社会现实：第一，"九·一八"之后，县城官宦人家"布政第"老主人遗孀胡太太一家人的命运变化；第二，郑恩领导的游击队力量的发展状况；第三，日本侵略者以及他们的傀儡汉奸魏仲达们的活动情况。由《三个小人物》到《历史无情》，作者增加了共产党游击队的活动，在很多地方增加了对投机商人、日本侵略者批判之辞，尤其是在小说结尾，更预示着八路军、共产党人无限光明的前途。虽然作品还不是典型的"英雄主义"叙事，但作者向

---

① 《荒野》载1943年7月1日《万象》月刊第3卷第1期至1945年第4卷第7期，署名师陀；《雪原》载1940年上海《学生月刊》第1卷第1期至第6期，未完，署名芦焚。

② 刘增杰：《师陀研究资料》，北京出版社1984年版，第117页。

主流意识"靠拢"的心态还是能察觉到的。然而即便如此,该小说仍被"腰斩"。现在看来,原因可能是小说中出现了大量"直面人生"的笔墨、关于革命故事的日常化叙述,以及对游击队员本真的平民化描写等元素。这种与"主流"相悖的作品风格,岂是增添几个游击队员的情节和一个光明的尾巴就能改变的?看来,作者的"努力"和以"苏北青年"为代表的"群众"的要求之间还存在着很大距离。这本小说后来出单行本时又被人批判,火药味更浓。"在我的家乡河南,又有人写文章大'骂',题目是够刻薄的,似乎是《师陀念弥陀》。在别的地区可能也有人批评,我不知道。"① 到底是作者看不透形势,还是有意在艺术上坚守着某种底线?

## 二 关于"革命历史"题材

就全国范围来看,"从1957年《红旗谱》的出版至1961年《红岩》的问世,这5年左右的时间里集中涌现了一大批优秀的长篇小说作品,新中国成立后'十七年'的长篇佳作几乎都出现在这5年间"②。在50年代末60年代初和70年代末80年代初,河南也出版了一大批长篇小说,其高峰的"节奏"基本上和当代文学"主流"同步。这一时期,河南共出版长篇小说22部,具体分以下几类:第一,写"革命历史"题材的9部:《铁道游击队》《黄水传》《隐蔽的战斗》《风扫残云》《南疆擒谍》《攻克汴京》《她的代号白牡丹》《大石马的秘密》《黑网下的星光》;第二,写两条路线、两个阶级斗争的6部:《闪光的年华》《洪流滚滚》《太行志》《龙山惊雷》《沧海横流》《大别山人》;第三,写朝鲜战争的3部:《燃烧的土地》《东方》《龙城飞将》;第四,写革命群众建设社会主义热情的4部:《海河春浓》《贾鲁河边》《炼》《碧绿的湖泊》。阅读上

---

① 刘增杰:《师陀研究资料》,北京出版社1984年版,第118页。

② 据陈美兰的《中国当代长篇小说创作论》(上海文艺出版社1991年版)统计:第一次"浪潮"出版的长篇小说有《红日》(1957)、《百炼成钢》(1957)、《林海雪原》(1957)、《青春之歌》(1958)、《苦菜花》(1958)、《山乡巨变》(1958)、《创业史》(1959)、《三家巷》(1959)等。第二次"浪潮"是在70年代末80年代初,长篇小说出版达到406部,中国第一、第二届茅盾文学奖获奖的9部长篇小说中,除《钟鼓楼》(1984)外,《李自成》第2卷(1977)、《东方》(1978)、《许茂和他的女儿们》(1979)、《将军吟》(1980)、《芙蓉镇》(1981)、《冬天里的春天》(1981)和《黄河东流去》(上)(1979)、《沉重的翅膀》(1981),都出现在这5年中。

述小说，笔者发现除了《东方》能运用优美的诗性语言，在第一部中描绘了年轻人的日常生活，刻画了活泼的人物性格；《铁道游击队》用了侠义小说的故事结构和人物模式引人入胜之外，其他小说都有图解政策、人为制造矛盾冲突的特点。

"革命历史小说"的定义是"在既定意识形态的规限内讲述既定的历史题材，以达成既定的意识形态目的"①。中国革命战争历史之长、规模之大是世界罕见的。从这个意义上说，作家们书写辉煌的革命历史过程、总结革命历史的规律等一切活动、一切探索都应当受到欢迎。而长篇小说这种形式，也正适合表现广大劳动人民解放前所经受的长期苦难和他们在中国共产党领导下所进行的艰苦卓绝的革命过程。1960 年出版的河南农民作家冯金堂所做的《黄水传》，可以看作是为革命合法性寻求证明的长篇小说。这部长篇小说采用传统章回体的形式，充分地描写了贾鲁河畔的老百姓在黄河水泛滥、日军侵略、国民党征缴、土匪村霸等多种恶势力压迫下艰难的生存状况。全书共 41 回，在 22 回之前，几乎每一页上都充满了死亡：饿死、冻死、被地主打死……一幅幅人间地狱的凄惨景象，使人不忍卒读。一直到第 22 回，新四军出现，所有人物才结束了受苦受难的凄惨命运。

《黄水传》的意义在于展现民众苦难，目的是证实"革命""土改"的合法性。在新四军出现之前，老百姓所遭受的灾难大致有以下几种形式：黄河水泛滥后老百姓家园被毁，饥寒交迫，居无定所；"吃干队"大肆打劫——各村地痞流氓组织起来的武装人员，对百姓严刑拷打要钱要粮；地主财主对老百姓逼租催粮；各种税款林立，百姓谋生寸步难行；小说中的玉如玉生弟兄俩做小生意，贩卖烟卷，一百多里路，被收了 5 次税，坐火车，一路上要"买"好多次票。总之，在新四军出现之前，百姓的苦难是说不尽的。但问题是，在小说中，怎么能将苦难变成生动可感的"现实"呢？在叙述"苦难"的方法上，此篇小说出现了明显的艺术缺失，即唯一一个方法就是让笔下的"穷人"一个个死亡，如周大赖一出场身上就背负了 7 条人命：开篇李兴、武治被周大赖打死；张老

---

① 黄子平：《"灰阑"中的叙述》，上海文艺出版社 2001 年版，第 2 页。

六没给周大赖看好病，全家五口被周大赖杀死。逃荒路上，乡亲们遇见中央军的讹诈，上船一个人要 3 块钱，中途船翻，小三家和二娃家被淹死；成仁全家逃荒，小安得病没钱医治，病死；金凤去背盐，被淹死……小说人物在各种情况下饿死、病死、被地主打死的不计其数，情景惨不忍睹。但是，一个有名有姓的人物出场，没有一丝面目，没有一点性格，就"被死亡"（小说中，有名有姓的到最后没有参加新四军八路军的人物几乎都死了）。这种累加的数字性罗列，对统计学意义上的调查报告尚有意义，但是对于文学作品来说，这种展现形式未免过于单一，色调过于暗淡了。

作者冯金堂是个农民，在"民间"估计亦是个讲故事的高手（《黄水传》中小荣和武强的爱情故事不乏称道之处）。如果作者单线式地讲一个"俗家"子弟的悲欢离合，或一个才子落难民女相救的"民间"故事，可能会更精彩，但是面对"革命历史"如此宏大的政治叙事需求，他的艺术储备明显不够。在这种情况下，也只能用近乎号啕痛哭的方式来表明自己的政治决心，所以，小说中很多地方让人感到了作者声嘶力竭的困窘。值得一提的是，在冯金堂写了《黄水传》之后，许多作家都对类似题材表现出了浓厚的兴趣，像后来李準的《黄河东流去》、梅桑榆的《花园口决堤前后》等作品均以此为背景。

如果按写作内容和作品的思想倾向来看，把 1963 年出版的《李自成》归为"革命历史"题材也未尝不可。小说讲的是明末崇祯十一年和十二年间李自成率领的农民军由斗争低潮到重整旗鼓，又到斗争高潮的革命故事。但"姚雪垠对于这一人物及高夫人和起义军的描写，明显地是以 20 世纪以井冈山为根据地的农民武装作为参照"。"李自成对革命事业的耿耿忠心，他的卓越的军事才能，他的严以责己，宽以待人，以及他的卓越的军事才能，他的天命观和流寇思想等弱点；起义军由小到大，由弱到强的原因，军队与百姓之间的鱼水关系，政治路线的正确和组织上的巩固对军队发展的重要性——所有这一切，都来自对 20 世纪工农红军的经验教训的总结。这是作者考察明朝末年那支起义军的思想基点。"[1]

---

① 洪子诚：《当代文学史》，北京大学出版社 1999 年版，第 122 页。

所以,《李自成》基本上可以看作是革命历史小说的延伸。

把革命战争小说与传奇人物、历史典故相结合,是河南"革命历史"题材的一个特色。《铁道游击队》与其说是表现战争,不如说是表现草莽英雄的传奇故事;《隐蔽的战斗》更是抗日战争时期中共地下工作者与敌人斗智斗勇的故事,情节曲折,故事性强。侠义小说的骨干,加上"革命"的外衣,构成了河南"革命历史小说"的特质。

### 三　"英雄主义"的赞歌

1956年出版的韶华的《燃烧的土地》,内容虽然写的是朝鲜战争,但从人物的表现及其内容所表达的主旨来说,仍属于"革命历史"之范畴。小说重点在于表现革命战士顽强战斗、保家卫"国"、不怕牺牲、不怕流血的革命精神,高歌他们视死如归顽强作战的英雄主义气质。在这批小说中,一个明显的概念就是"英雄",即每个正面角色都是英雄,具有英雄的觉悟、英雄的决心和英雄的战斗风格。具体表现在以下几点。第一,所有人都能把抗美援朝看成与自己密切相关的大事,不等号召纷纷前往战场,情形危机刻不容缓。第二,英雄们精神的力量是无穷的。第三,在杀敌战场上,人人神勇无敌。一个人能用手榴弹连炸5辆坦克,[1] 用步枪能打下敌人的战斗机。[2] 在他们的步行追逐下,敌人开着坦克走投无路,坐以待毙。志愿军从一个胜利走向另一个胜利……

此类"英雄赞歌"的作品还有《龙城飞将》《铁道游击队》《攻克汴京》等。《龙城飞将》写志愿军的小分队在彭德怀司令员的关怀和领导下,深入敌后,一举炸毁龙潭大桥,阻断美军退路的过程。小说充分表现了我军指战员机智灵活、顽强无畏的战斗精神,几个主要人物个性鲜明,形象突出。特别是彭德怀总司令的形象刻画得威严亲切,真实感人。知侠的《铁道游击队》着力塑造了老洪、王强等游击队员的英雄形象。作者取材于真人真事,赋予了作品很多传奇色彩,给我们留下了一系列脍炙人口的故事。如巧设计谋打票车,出其不意搞洋行,浴血奋战微山湖,等等,故事相当生动。《攻克汴京》是一支爱国主义和国际主义的战

---

① 韶华:《燃烧的土地》,中国青年出版社1956年版,第134页。
② 同上书,第166页。

斗颂歌。小说描写1948年夏初，我军在关内作战解放第一个伪省会——开封的故事。小说形象生动地再现了我军解放开封、取得军事政治"双胜利"的历史事实，表现了中国人民解放军攻无不克、战无不胜的革命英雄主义本色，塑造了师长张平耀、连长童春亮、班长鲁大雷、战士焦震山等一系列的英雄形象。

### 四　社会主义建设热情的书写

除了书写"革命历史"之外，在表现社会主义生产和建设方面，河南作家又显现出了满腔的热情，主要作品有苏鹰的《贾鲁河边》《炼》，倪尼的《碧绿的湖泊》等作品。

对于广大人民群众来说，能参与政治活动的直接途径就是参加革命生产。小说中主人公的"跃进"姿态都非常明显，修水库、建工厂、炼钢铁，人们无私奉献无怨无悔。这里没有个人，只有集体；没有个体愿望，只有国家需要。小说用一系列高大的形象表现了人们的主观热情，这里有偷着加班的老工人周厚生（《贾鲁河边》），有克服重重困难培养技术工人的工程师（《碧绿的湖泊》），有大炼钢铁奋不顾身的一对对青年男女（《炼》）。书中的情节和人物表现具有非常鲜明的时代气息，能充分反映那个特定年代劳动人民的心理状态和精神状态。

《碧绿的湖泊》中，主要任务是在永定河上建设官厅水库，自然条件当然艰苦：险峻的山势，能刮跑人的狂风，繁重的作业劳动，等等。但是，像其余众多革命题材作品一样，小说将恶劣的自然环境作为磨炼人精神意志的一种衬托，不断地说明着此地曾是革命老区，领导这次建设水库的又是过去在此地抗日的将领叶子明。这种将革命和建设不断进行"关联"的叙述其实暗指一种自信心的传递，即像"革命"这样如此艰难困苦的事，我们硬是取得了全国性的胜利，那么，我们的建设工作，还有什么不可以？"战争期间，是有名的英雄，参加建设工作，也一定是个能手。"① 客观条件不重要，每当遇到困难，或者别人在摆困难的时候，经常有主人公叶子明式的反问——"那为什么我们的革命胜利了呢？在

---

① 倪尼：《碧绿的湖泊》，北京出版社1958年版，第74页。

一个身经百战的战士面前，还有什么困难不能克服？"①

　　小说的正面人物形象是叶子明，他过去是永定河地区抗日游击队的将领，在永定河地区有着极高的威望，他的妻子早早为革命牺牲了，女儿在抗美援朝的前线工作，屡立战功，现在就剩他一人日夜在水库建设工地，几乎昼夜不停地工作。作者以一种革命乐观主义的调子谱写了以叶子明为党委书记的共产党人在与天斗与地斗的建设生活中表现出的英雄主义情怀，以及他在和局长易其名等人的保守主义、技术主义思想斗争中所表现出的共产党人的坚定信仰。总之，他是一位有才干、有作为、能担当大任、能克服一切困难的共产党员。

　　广大人民群众的建设热情也值得称道：50多岁的老技师张岩，大风雪之夜还跟两个徒弟在钻机边工作，战胜严寒的办法是老工人讲故事：老工人过去在日本统治时期就在这钻机边干活，当时"吃不好饭，睡不好觉，就是想胜利，盼着有一天把敌人消灭了，把河里的钻机取出来为我们自己工作"。② 年轻人劝他回去休息，他说："老骨头更结实，经过多年的风霜，哪怕风再硬，也没有我们的钻杆硬，它就挡不住我们往下钻。"③ 在一次会议上，张岩恳请工程师考虑到同志们的建设热情，将进度大大提前，因为"我们不能光拿过去的眼光来看今天的事情，工人同志们的积极性发挥起来，力量是无穷的"，"同样是过去那两部钻机，现在在我们手里，一年来做了多少工作啊！"④

　　政治生活改变命运，也改变人的力量。新中国，在叶子明这样的党委书记的领导下，有众多的张岩式的老工人，人们相信奇迹是能被创造出来的。小说中，除了老技师外，还展现了广大妇女们参加社会主义建设的热情。柳香女要学机械，师傅当年是5年学会的，她要求自己3个月学会，师傅刚开始觉得不可能，但是，一想到自己当时学机器的时候是旧社会，就马上完全"理解了"，因为"旧社会师傅是怕学生学会了，而现在，他多么渴望姑娘学会啊"。⑤ 小说的一切细节都和政治挂钩，在很

---

① 倪尼：《碧绿的湖泊》，北京出版社1958年版，第75页。
② 同上书，第35页。
③ 同上书，第32页。
④ 同上书，第82页。
⑤ 同上书，第119页。

多时候，政治信念要大于技术力量、"态度"比"方法"更重要。突出的例子就是党委书记和革命群众的热情把水利工程师们的技术研究结论推翻。从本书的第1页到第9页，小说的一个主要矛盾冲突是建成水库的时间是3年还是要5年。这不是时间的争执，而是激进与保守、先进与落后的较量。以叶子明、马云龙这一支以过去抗日的队伍为骨干的代表力量相信群众主张的3年完成计划，以工程师安维世为代表的知识分子通过各项分析，得出至少要5年的结论。水利部最后支持了叶子明等人的意见，这样，党委书记和革命群众的热情把水利工程师和教授们的研究结论推翻了。[①] 最后在现实的重大成果面前，工程师们纷纷服膺于广大群众的建设热情。小说中凡是有工程师（知识分子）与人民群众相冲突的地方，一定是人民群众胜利。在民工队长马云龙提出要做混凝土隔水墙之时，工程师冯得意不信群众，不同意建造隔水墙。最后，终因没有建造混凝土隔水墙而遭到了洪水的冲击，冯得意在实践中终于接受了群众的教育，承认了自己思想上的"落后"。总之，虽然是修桥修水库这样极有技术含量的工作，但离开了"群众路线"是万万不行的。因为，只有群众掌握了正确的思想、观念，只有群众愿意跟党走。易其名、冯得意之所以失败，就因为他们骄傲自满，不相信群众，不依靠群众，有一个细节亦能说明问题：工人林中深夜加班工作，遇到了难题，不辞辛劳前去请教工程师冯得意，冯得意不开门，非要等到明天上班再说，林中喃喃自语地说："党要我们团结技术人员，向工程师们学习，共同建设祖国，哎，好难团结的工作啊！"[②] 林中这位群众在这里表现出的革命热情（深夜加班）与冯得意这位工程师对工作的冷漠（"第二天上班再说"）形成了鲜明的对比，这种叙述暗含着小说的叙事走向，即最后胜利的一定是工人阶级的林中，而知识分子冯得意等人一定会承认错误、受到教育。

　　此期类似的小说还有《贾鲁河边》《炼》等。《贾鲁河边》充满了昂扬的战斗气息和乐观主义精神，一切困难都因为有了为党为人民的政治目的而微不足道。《炼》的人物和故事极为简单，矛盾设计完全围绕既定的政策路线，与同时代《山乡巨变》（1958）等作品相比，这批小说缺乏

---

① 倪尼：《碧绿的湖泊》，北京出版社1958年版，第94页。

② 同上书，第157页。

生动的风土人情描写、丰富的心理活动以及对"中间人物"的塑造。这种反映"革命与建设"类的长篇小说,其"余脉"延续至80年代初期,越过了"反思文学""改革文学"的"进程",一直到1985年,伴随着二月河的《康熙大帝》、郑彦英的《少女》、刘秀森的《李香君外传》的发表,才走出狭隘的表现领域,摆脱两极对立的思维模式,把目光投向了更广阔的空间。

### 五    大炼钢铁及合作化运动

河南作家对时代的跟踪一向非常密切,对于政治政策的"反映"非常及时。李凖的短篇小说在全国打响之后,河南本土作家苏鹰的小说《炼》是全国第一部反映全民炼钢的长篇小说。小说通过一个炼钢厂的诞生和发展以及一个工人家庭在炼钢中的变化,反映了钢铁生产战线的伟大胜利。在炼钢中,轻视土法炼钢、迷信洋设备的厂长变了,自私落后的家庭妇女的思想提高了,长期闹别扭的夫妻和好了,小说充分表达了"炼钢"这一群众运动"既炼了钢,又炼了人"的政治主题。这些作品的及时出现,被认为是"充分说明了党所领导的全民炼钢运动是十分正确和伟大的,是深得人心的,斗争的胜利成果是无比辉煌的"。[①]

魏巍认为:"写军事题材的作品,不能仅仅局限在战场上或狭小的战斗上,而应该放在广阔的时代背景上,才能充分显示出战争的意义。从抗美援朝战争的实际出发,我觉得还要写出国内国外两个'战场'的关系。"[②] 那么国内的战场是什么呢?那就是土改后,贫富差距又一次拉开后,人们走什么路线的问题。在魏巍的长篇小说《东方》中,朝鲜战争这一条线索还不足以反映当时的形势,他还提出了和李凖一样的问题:农民在"土改"之后得到了土地,下一步的出路在哪里?作者通过几个鲜明的形象为我们提供了这个问题的解决方案——走合作化道路。小说中的小契是村里的支委委员,过去在"土改"运动中,一贯很积极,但是,现在却很消沉:"这会儿种二亩地,交十斤八斤公粮

---

①    王知伊:《第一部反映全民炼钢的小说〈炼〉》,《上海文学》1960年第2期。
②    魏巍:《魏巍文论集》,河南人民出版社1984年版,第10页。

就叫闹革命？"① 于是，他破罐子破摔，不好好种地，偶有闲暇，就打鱼、打猎、交朋友，跟朋友们吃吃喝喝，原来的支部委员，彻底"沉沦"了，以致不得不再一次卖地维持生计。与之形成对比的是另一个支部委员李能，他光顾着做生意，变得越来越富，连支委会也没空开了。党员杨大妈意识到了问题，找小契深谈，彼此都认识到："全村三百二十户贫雇农已经有三十三户卖地了，才分的地，没几年工夫，又转到别人手里了，转到老中农，暴发户手里了。"杨大妈忧心忡忡的是："长此以往，贫富差距增大，不是要政府实行第二次土改吗？"② 第二次"土改"希望毕竟渺茫，那么现实的路径怎么办？杨大妈和小契驱车几百里去学习合作化的经验，终于找到了治理农民贫富差距的一把金钥匙。

　　与李準通过逻辑严谨的结构让人们明白"合作化"政策的必然性相比，魏巍更擅长于人物的雕刻。两人均能以中国老百姓喜闻乐见的形式写出他们所关心的"政治问题"。"缺乏艺术性的艺术品，无论政治上怎样进步，也是没有力量的"③，李準和魏巍以较高的艺术水准成功地书写了合作化政策的必然性与合理性。

　　黄子平说："有时候，小说直接成为中国革命的一部分（"齿轮和螺丝钉"、"旗帜和炸弹"），有时，却于边缘处记下了正统'大历史'必定遗漏的苦难，挣扎与悲欢。"④ 纵向考察，我们发现除了在师陀的《历史无情》中有零星的"大历史"遗漏的苦难、挣扎与悲欢——参加游击队后的老百姓的日常化表现等，在其余的河南长篇小说中几乎没有"苦难与挣扎"。充斥长篇小说内容的，满是革命的话语和逻辑，以至于《燃烧的土地》的作者韶华在《后记》中说："我不敢说它是文学作品；我只能说它是这段伟大历史中片段生活的记录。"⑤ 令人困惑的一点是：在文学与时代的关系上，但凡牵涉作品人物的思想感情之处，是作者禁忌于某

---

① 魏巍：《东方》，人民文学出版社1979年版，第352页。

② 同上书，第350页。

③ 毛泽东：《延安文艺座谈会上的讲话》，《毛泽东选集》，人民出版社1966年版，第854—855页。

④ 黄子平：《灰阑中的叙述》，上海文艺出版社2001年版，第1页。

⑤ 韶华：《燃烧的土地·后记》，中国青年出版社1956年版，第296页。

些规则，没办法忠实记录，还是作者真心信服那个时代的真，用想象和概念完成了自己对革命的理解和叙述？

## 第二节　20世纪80年代河南长篇小说概况

20世纪80年代的河南长篇小说，在恢复和发展中充满了喧哗与骚动。"革命历史传奇故事"渐行渐远，退出了历史舞台；反映改革开放初期农村生活的"乡土小说"新鲜萌动，既暗续了河南"乡土"小说的优良传统，又开辟了新时代中原"乡土"叙事的新气象；"历史小说"蔚为大观，"帝王将相""才子佳人"小说层出不穷，一定程度上，流露出河南作家对往昔作为政治中心的中原地区的怀想与留恋。这一时期，河南出现了46部长篇小说。其中，《李自成》《黄河东流去》《东方》等作品获得"茅盾文学奖"，给新时期伊始的河南文坛注入一股较为强悍的文化自信力。

80年代初期，"当代文学"在"伤痕"和"反思"的潮流中行进，然而"拨乱反正"之后的河南长篇小说，并没有涌现"反思"的潮流，迟至1986年，才有以焦裕禄为原型反思"左"倾路线给人们造成伤害的小说《中原大地》出版。占据80年代初期河南长篇小说主流文坛的，仍是上承五六十年代的一大批革命历史题材的传奇故事。只不过，与那个时代不同的是，这批由河南人民出版社、黄河文艺出版社大量推出的带有革命历史性质的故事集锦，形式上是"革命战争"小说，但民间传奇的要素占据了整个文本的核心。李準的《黄河东流去》是新时期河南长篇小说的代表作。作品通过黄河岸边7户农家的坎坷遭遇，如实描写了他们坚韧不拔的求生经历，发掘了我们民族生生不息顽强生存延续着的"精神密码"。这种"大事件，小人物"的写法表面上是告别了"文艺是宣传"的写作模式，其实是李準又一次靠近时代引领文学潮流的一种新途径。接下来，河南长篇小说在历史和生活之间大放异彩：栾星整理出版了清人李绿园的长篇白话小说《歧路灯》；张之根据《红楼梦》前80回的暗示、伏线及脂砚斋评语的提示，参考清人笔记及有关红学研究成果，模仿曹雪芹的笔法、语言续补《红楼梦》后30回；二月河出版《康熙大帝》3卷，气势恢宏，雅俗共赏。在反映现实农村生活方面，郑彦英的《少女》《少妇》不仅细腻地表现了女性的生活和命运，而且及时反映了当下农村生活在时代中的变迁；李佩甫的《李氏家族的第十七代玄孙》在挖掘中原文化的心理积淀方面十分着力；赵玄的《红月亮》描写了一个红卫兵的生活历程，是本书所统计的河南唯一一部正面直接描写"文化大革命"的长篇小说；还有反映知识分子的"成长小说"《风雨编辑窗》，虽没有过多的地域特色，但一定程度上体现着那个政治文化主导一切的时代对于河南作家的影响是多么深远，这个问题同样值得人们深思。本期具体作品如表1—2所示。

表1—2　　　　　　20世纪80年代河南长篇小说统计表

| 序号 | 出版时间 | 作品名称 | 作者 | 出版社 |
|---|---|---|---|---|
| 1 | 1980 | 《大别山人》 | 苏群 | 长江文艺出版社 |
| 2 | 1981 | 《歼魔历险记》 | 张惠芳 | 河南少年儿童出版社 |
| 3 | 1981 | 《她的代号白牡丹》 | 肖云星 | 河南人民出版社 |
| 4 | 1981 | 《李自成》第3卷 | 姚雪垠 | 中国青年出版社 |
| 5 | 1981 | 《吉鸿昌》 | 周骥良 | 河南人民出版社 |
| 6 | 1982 | 《大石马的秘密》 | 崔为工 | 福建人民出版社 |
| 7 | 1982 | 《风雨编辑窗》 | 苏群 | 上海文艺出版社 |
| 8 | 1983 | 《蔚蓝色的脚印》 | 权延赤 | 河南人民出版社 |
| 9 | 1983 | 《金牛奇传》 | 许俊逸 | 河南人民出版社 |
| 10 | 1983 | 《海灯法师》 | 刘孟洪 | 中州书画社 |
| 11 | 1983 | 《鸦片战争演义》 | 辛大明 | 河南人民出版社 |
| 12 | 1983 | 《黑网下的星光》 | 王岭群 | 黄河文艺出版社 |
| 13 | 1983 | 《神州擂》 | 残墨 | 河南人民出版社 |
| 14 | 1984 | 《龙城飞将》 | 王楠 | 河南人民出版社 |
| 15 | 1984 | 《红楼梦新补》 | 张之 | 山西人民出版社 |
| 16 | 1985 | 《楼兰古国》 | 侯钰鑫 | 工人出版社 |
| 17 | 1985 | 《康熙大帝·夺宫》 | 二月河 | 黄河文艺出版社 |

| 序号 | 出版时间 | 作品名称 | 作者 | 出版社 |
|---|---|---|---|---|
| 18 | 1986 | 《狐踪狼迹》 | 张华荣 | 北岳文艺出版社 |
| 19 | 1986 | 《中原大地》 | 周原 | 北京十月文艺出版社 |
| 20 | 1986 | 《李香君外传》 | 刘秀森 | 妇女儿童出版社 |
| 21 | 1986 | 《少女》 | 郑彦英 | 中国文联出版公司 |
| 22 | 1986 | 《红月亮》 | 赵玄 | 作家出版社 |
| 23 | 1986 | 《少林寺内传》 | 甄秉浩 | 河南人民出版社 |
| 24 | 1987 | 《百万富翁》 | 于中华 | 华夏出版社 |
| 25 | 1987 | 《三个姑娘与战争》 | 王岭群 | 海燕出版社 |
| 26 | 1987 | 《少妇》 | 郑彦英 | 中国文联出版公司 |
| 27 | 1987 | 《李氏家族第十七代玄孙》 | 李佩甫 | 百花文艺出版社 |
| 28 | 1987 | 《造山时代》 | 杨东明 | 百花文艺出版社 |
| 29 | 1987 | 《都市里的情人们》 | 杨东明 | 百花文艺出版社 |
| 30 | 1987 | 《白朗起义》 | 杨贵才、周熙 | 黄河文艺出版社 |
| 31 | 1987 | 《许世友习武少林寺》 | 姚蓝 | 中国少年儿童出版社 |
| 32 | 1987 | 《白莲遗恨》 | 侯钰鑫 | 文化艺术出版社 |
| 33 | 1987 | 《包公正传》 | 屈春山、李良学 | 中州古籍出版社 |
| 34 | 1987 | 《康熙大帝·惊风密语》 | 二月河 | 黄河文艺出版社 |
| 35 | 1987 | 《小包公》 | 杨复俊 | 海燕出版社 |
| 36 | 1988 | 《康熙大帝·玉宇呈祥》 | 二月河 | 黄河文艺出版社 |
| 37 | 1988 | 《白奴梦》 | 王化幼 | 海燕出版社 |
| 38 | 1988 | 《地球的红飘带》 | 魏巍 | 人民文学出版社 |
| 39 | 1988 | 《迷彩的诱惑》 | 杨东明 | 北京十月文艺出版社 |
| 40 | 1988 | 《乱世枭雄：别廷芳演义》 | 秦俊、行者 | 黄河文艺出版社 |
| 41 | 1988 | 《汉家女》 | 周大新 | 长江文艺出版社 |
| 42 | 1988 | 《中华第一大帝》 | 蔡柏顺 | 华夏出版社 |
| 43 | 1989 | 《水上吉普赛》 | 魏世详 | 中国青年出版社 |
| 44 | 1989 | 《康熙大帝·乱起萧蔷》 | 二月河 | 黄河文艺出版社 |
| 45 | 1989 | 《雾锁漳河》 | 王景山 | 中国曲艺出版社 |
| 46 | 1989 | 《武则天登封传》 | 甄秉浩 | 河南人民出版社 |

### 一　渐行渐远的"革命历史传奇"

在河南，"民间故事"有着良好的群众接受基础。一些发生在中原地区的历史事件，被艺人们以评书的方式传播、讲述，成为中原地区人人耳熟能详的民间故事。如讲述北宋时期的历史故事就有《赵匡胤演义》《杨家将》《七侠五义》《包公案》，讲述南宋岳飞抗金的《岳飞传》，讲述隋唐时期的历史故事《罗通扫北》等。在上述地方历史文化的基础上，河南的文化工作者"与时俱进"，创作了大量的革命历史故事，只不过，这"革命历史"故事嫁接在了上述"民间历史故事"的模式之上。

以王岭群的长篇小说《三个姑娘与战争》为例，小说的人物设计和情节模式完全是一个"英雄救美"的民间故事。小说以国民党县党部身份的女特务花解语为视角，叙述了三方力量鼎足而立的局面：日本鬼子屯驻小镇，但兵力已经不足，正怀柔各种势力让之缴粮纳税；以黄世藩、黄不平兄妹为首的民间武装力量，他们积极抗日，但缺乏组织，盲动行事，急需英明的领导者；以金少保为首的国民党伪军，积极反共，消极抗日。3个姑娘分别是国民党县党部的调查员花解语（她的任务是找到八路军武装队的有生力量，然后争取当地民间武装，共同抵抗武工队）；民间武装力量二寨主黄不平（她不满国民党的各项政策，又积极抗日）；共产党地下党员柳三春。3个姑娘一样的英俊秀美，都具有豪爽泼辣的性格。故事的主体部分是武工队队长肖成川几次扮演的"英雄救美"过程，他不费吹灰之力赢得了花解语和黄不平两个姑娘的好感与爱慕，为后来武工队抗日和争取地方武装力量铺平了道路。在政治意味上，身为国民党县党部调查员的花解语对肖成川掩饰不住的倾心好感意味着在"国共"力量的较量中，代表着共产党力量的武工队从一开始就处于"支配"地位。在第二章，随着肖成川对民女黄不平的解救完成，共产党的另一革命任务——团结群众争取民间地方武装力量的工作也顺利完成。故事的结果是八路军武工队联合民间武装力量，粉碎了日本鬼子的"围剿"，有力打击了国民党的反共势力。

故事的结局与中国革命历史教科书上的结论高度一致，但小说的人物、情节设计完全是按照民间故事中"英雄救美"的模式去进行的，这种故事讲法在民间传奇故事《罗通扫北》《杨家将》中已用得烂熟：对方女主将一出场即被我方男性主将的魅力所倾倒,接下来,女将们往往在为爱献身的同时反戈一击,帮助男性主将完成大业。只不过,这里的英雄变成了武工队队长,武工队队长不仅要在政治斗争中大获全胜,还要在情感上征服国民党女军官,这样的政治和情感上的双重胜利总会把故事推向高潮。另外,作品很多地方都直接借鉴了古典小说中的描写手法。如古典小说中对人物的刻画,从头至脚都有细致的描写,在这篇小说的第五章的"黄世藩与假板头的对话"一节①,不但"寨主""吊桥"之类的场景直接模仿《三国演义》等小说,就连双方见面的对话方式、心理活动都酷似"张飞战马超"或"宋公明三打祝家庄"的情景。其他如花解语路途遇黑山强盗、两相搏斗用暗器伤人,正是太多中国人熟悉不过的武侠打斗模式。

黑白分明两极对立的斗争模式,跌宕起伏引人入胜的斗争情节,一方机智勇敢、一方残暴愚蠢的性格模式,平实流畅的语言风格,是这类"革命加传奇"故事的共同特点。这类故事自50年代伊始,随着知侠的《铁道游击队》红遍祖国南北,为广大群众喜闻乐见。河南人民出版社与黄河文艺出版社短短几年之内相继推出了十几部这类小说:有贾子云以自己为原型所创作的长篇小说《隐蔽的战斗》;有反映解放战争时期湘西剿匪故事的长篇小说《风扫残云》,反映中国东南沿海山区军民的反特小说《南疆擒谍》;还有深入虎穴、与国民党特务开展机智斗争的《她的代号白牡丹》;写红军游击队和地下党同志在苍括山地区利用各种关系和不同身份同国民党反动派地方武装和特务作斗争的《黑网下的星光》,等等。这些小说在百姓中流传很广,发行量也很可观。只不过,与《保卫延安》《红日》等小说擅长描写正面战场上敌我双方复杂的局面相比,河南的这类小说大都呈现单线式结构,描写重点也不着重人物性格的多侧面刻画,往往是单一的性格特征贯穿到底,或机智多谋,或能言善辩,或胆大心细,或勇猛剽悍等,具有着强悍的战斗能力,能逢凶化吉、化险为夷,历尽苦难,最后取得成功,富有通俗文学的"趣味性、娱乐性、知识性和可读性"②的特征。小说矛盾冲突并不复杂,主要情节往往就是

---

① 王岭群:《三个姑娘与战争》,海燕出版社1987年版,第104页。

② 范伯群:《中国近现代通俗作家评传丛书·总序》,南京出版社1994年版,第1页。

执行一个任务，随着这些困难被克服、任务被完成，故事也就结束了。

虽然从小说的艺术角度来看，长篇小说《三个姑娘与战争》存在着较大的缺陷，整部小说既没有成功塑造 3 个姑娘的人物形象，故事的发展又充满了各种偶合与机巧，但这种革命历史故事与民间故事嫁接的写作模式曾盛行一时，有较大的影响。只不过，随着时代的发展，到了 80 年代中期，这类故事越来越显得"不合时宜"，这批河南长篇"革命传奇"故事遂成为"红色经典"系列中闪现的最后一道风景，以微弱的合唱之声在时代的大潮中落下了帷幕。

## 二 一部"红卫兵题材"的长篇小说

在本书所统计的 80 年代河南长篇小说中，我们发现，正面反思"文化大革命"的小说很少，1986 年的《中原大地》偶尔穿插了对"左"倾思想危害的描写，但主要精力还是放在以焦裕禄为原型的"正面人物"塑造上，直接写"文化大革命"的长篇小说仅有青年作家赵玄在 1986 年 10 月发表于《中国作家》的一篇《红月亮》。

本篇小说的优势在于细致地展现了主人公扭曲性格的生成历程，后两部分情节上稍有重复，最后一章对"文化大革命"的反思结论有巴金《随想录》的影响，很多话语如"不幸的根源在自身""我们自己没当好自己的领袖""领袖有领袖的责任，平民有平民的责任"都将矛头指向了青年自身。在叙事结构上，属于"荒诞叙述"的范畴[1]，因为从全文来看，符合了"荒诞叙事"的两个特征：小说中主人公李亚柯最后情形比刚开始还要糟，"情景急转"之后，喜欢他的 3 个女人（香草、倩芬、红菱）都因种种原因离他而去，在"文化大革命"中不顾人民死活拼死往上爬的冯乃莉等人最后都得到了高位。[2] 但也恰恰是之后 3 个"民女"相

---

[1] 许子东在《为了忘却的集体记忆——解读 50 篇"文革"小说》一书中，将对"文化大革命"小说的叙述分为四类：第一，契合大众审美趣味与宣泄需求的"灾难"故事；第二，体现"知识分子——干部忧国情怀的"历史反省"；第三，先锋派小说对"文化大革命"的"荒诞叙述"；第四，"红卫兵——知青"视角的"文化大革命"记忆。

[2] 许子东将"荒诞叙事"的特征归纳两类：一是叙事模式中的结局不一定比"初始情景"好，很难得出因祸得福或坏事变成好事的结构意义；二是"情景急转之后的意外发现并不一定总是正面的"。

救的故事大大削弱了"荒诞故事"应该抵达的深度，尤其是最后香草培养无毒棉和好朋友国强要用工人直接选举领导的理想设计，似乎要将小说融入"改革文学"的潮流中去了，与《波动》《黄泥街》等"文化大革命"小说相比，主人公"我"那清醒的反思姿态，不仅完全背离了小说开始极具个人化经验的出色叙述，而且还偏离了"反思"文学的方向。换句话说，正是这种清醒的姿态，使作品失去了应有的批判力量。

### 三　历史小说

中国是一个文化高度发达、历史积淀异常深厚的国度，自古以来就有着非常深厚的"史传文学"传统，几乎每一个历史时期都留下了宝贵的历史资料，这些历史记忆已经成为中华民族宝贵文化遗产的重要组成部分，同时也是众多小说家创作的思想资源。河南作家们记录着这块逐鹿之地上的枭雄豪杰、英雄人物，为他们作传扬名。这其中，有再现1840年鸦片战争的历史画卷、歌颂爱国主义精神的《鸦片战争演义》，有描写清末武林生活的《神州擂》和描写爱国僧侣的《海灯法师》，还有描写著名民族英雄吉鸿昌烈士生平的《吉鸿昌》，亢君、魏世祥以解放开封为题材的《攻克汴京》，老作家叶君健描写战争年代农村斗争生活的《山村》等。除此之外，作家们还从中原地域流传的历史传说、人物传奇中选取素材，经过想象与加工，创作出富有一定传奇色彩、浪漫情调和地域特色的长篇小说，如南阳作家秦俊的《别廷芳外传》《落地状元——庞振坤外传》，豫东地区刘秀森的《李香君外传》《花木兰全传》《华佗与师妹》，淮阳作家杨复俊的《小包公》，项城作家高有鹏的《袁世凯》，侯钰鑫的《白莲遗恨》等，给我们展现了一个个富有奇人异事的民间世界。

而历史小说的集大成者，还要数南阳作家二月河所作的500万字的"帝王系列"：《康熙大帝》、《雍正皇帝》、《乾隆皇帝》。

从1984年年底到1999年，二月河共创作出500多万字的"帝王"系列长篇小说，其间《康熙大帝》再版4次，《雍正皇帝》在央视一套热播。"帝王系列"不仅在内地叫响，还远销中国香港、中国台湾、东南亚等华人市场，二月河本人也曾被中国香港和中国台湾评论界和新闻界誉为"文坛一杰"。

小说力图再现清初壮阔的历史图景，对一些重大历史事件如康熙除鳌拜、东收台湾、西平噶尔丹等做了充分的想象与描绘，除此之外，还对清代的世俗生活做了详尽的雕刻，"里巷杂业、饮食服饰、青楼红粉、蓬门荜户、勾栏瓦肆、宫廷庙堂、五花八门无不展示，三教九流，七行八业无不涉及"[1]。更重要的是，二月河结合《清史稿》等历史文献，充分发挥自己的想象，重新刻画了清朝 3 个帝王的形象。他笔下的康熙是"精算术，会书画，能天文，通外语，八岁登基，十五岁庙谟独运智擒鳌拜，十九岁乾纲独断，决意撤藩，四下江南，三征西域，征台湾，镇东北，修明政治，疏浚河运，开博学鸿词科，一网打尽天下英雄——是个文韬武略直追唐宗宋祖，全挂子本事的一位皇帝！"[2]；雍正，不仅是合法的皇位继承人，还是一位有着"心机颇深、办事干练，富有雄才大略，外表却又沉稳镇定、不苟言笑的冷面王"；乾隆是一位圣学渊深，精明强干，历世练达，勤于政务，"千古帝王没一个及得上的帝王形象"[3]。

## 四　知识分子"成长小说"

与河南籍"本土作家"笔下的"乡土"、"政治"主题相比，河南籍"外出作家"反映的人生面更宽些。《风雨编辑窗》的作者苏群是河南泌阳人，曾经在中原大学学习，后奔赴解放区。1982 年，他出版了写知识分子成长史的小说《风雨编辑窗》，开拓了河南长篇小说表达的新视域。从全书来看，小说主要展现的是一个杂志编辑赵兰和同事在几次政治活动中的遭遇轨迹。但笔者所注意的是受"政治文化"影响后女主人公赵兰形象的"被中断"过程。在笔者看来，全书 460 页，只有不到 40 页的《序篇》部分写得最精彩，到了后来，赵兰加入革命后的"成长"部分，由于形象被刻意地拔高，反而使人物一步步失去了真实性。《序篇》主要交代主人公赵兰早年（新中国成立前）的生活背景及成长历程，其中，她与好友晏凤丽的友谊以及与国民党军医米宜生的微妙关系，充满了生活气息和人性化的心理活动，毫不做作。赵兰家

---

① 张书恒：《论二月河"清代帝王系列"小说》，《文学评论》1999 年第 2 期。

② 二月河：《雍正皇帝·九王夺嫡》，长江文艺出版社 1991 年版，第 83 页。

③ 二月河：《乾隆皇帝·日落长河》，河南人民出版社 1994 年版，第 206 页。

境贫穷，晏凤丽虽身为贵小姐，但两人关系很好，小说中有很多细节表现这一点，如晏凤丽通过自己的关系为赵兰谋到一份教职，赵兰勤勤恳恳地工作，一学期过去薪酬未发，等待的过程充满了不安，后来在母亲的叮嘱下，主动找校长拉近感情，彼时赵兰心里忐忑复杂，等等。另外，她和一个国民党军官米宜生（其实是我党地下工作者）由排斥到逐渐接受的心理过程写得非常细腻。总之，在这个过程中，小说有大量的人物心理活动描写，细腻、传神、真实地表现了一个女子在生活和感情面前谨小慎微的人生态度。

但是一个偶然的机会，赵兰被"捡"到了《五月》编辑部，开始了革命工作后，小说的叙述就发生了巨大变化。首先是生活化、人性化的人间烟火气不见了，取而代之的是一种想象的乌托邦叙述。其次是主人公赵兰改变了形象、改变了气质，由原来一个心理懵懂对世界充满紧张感的小姑娘，迅速地"成长"为一个全心全意为人民服务的共产主义战士，"凡是人民需要的，都值得自豪"①。小说不再叙述她的私人感情、心理想象（对母亲的感情和自己的私人生活），而是着重刻画一个"新人"的特点："作风正派，热情直爽，劳动观念强，机关里大凡有体力劳动的时候，她是最泼辣的一个，缺点就是过于自信，对领导同志也不相让。"②

由新中国成立前一心挣钱养家孝顺母亲谨小慎微地过日子的民家小女到新中国成立后全心全意为人民服务的革命战士，主人公到底经历了什么？这些内心转变的过程都被作者略去了。作者无意展现一个知识分子在大革命的风暴中灵魂的冲突和内心的挣扎，只是和主人公紧紧融合在一起，相当诚恳地接受着当年的主流价值观，用自己的创作谱写了又一曲时代的赞歌。

这种情况，在河南另一个"外出作家"韶华的创作中也有体现。在韶华 50 年代的小说《燃烧的土地》中，主人公张贵回家探亲初始的时候亲情依依，可是，一看到报纸上的美国轰炸朝鲜的新闻，就"沉默"了。从张贵的"沉默"开始，一个思念家乡、渴望与家人共享生活的"人"

---

① 苏群：《风雨编辑窗》，上海文艺出版社 1982 年版，第 116 页。
② 同上书，第 82 页。

不见了，一个"英雄"诞生。他马上去了朝鲜战场，在战场上屡立战功。阅读小说时，笔者很想发现一丝"普通人"到"英雄"之间的成长痕迹，但令人惊奇的是，在宏大叙事和人物私密化的成长叙事之间，河南作家几乎不留一点"话语缝隙"，都竭尽全力地投入到时代话语的叙述中去了。

### 五　"乡村小说"

前文说过，在20世纪五六十年代，河南"乡土"题材的小说主要是集中表现农村中的"革命"主题。随着时代的发展，80年代的"乡土"题材成了作家们的一致追求。

改革开放之初，河南作家笔下的"乡土"也萌发了欣欣向荣的春草般的气息。带着中原大地复苏的味道，人们再一次有了发家致富的梦想。宁静温馨的乡间土地上，人们勤奋劳作、追求爱情，这是20世纪80年代河南作家奉献出的最精致的时代图画。郑彦英的《少女》就是这样一篇富有田园牧歌气息的长篇小说。

在一片春意萌发的乡村土地上，展现在我们面前的是"三男一女"的爱情故事：吉吉是村里头号美女，父母双亡，跟外来的哥哥同吃同住，哥哥与村里的小能人——买拖拉机的钢娃，还有复员军人斌魁同时喜欢她。于是，3个男人围绕吉吉展开了角逐。斌魁有知识，会唱歌，有眼界，有理想，所以赢得了吉吉的芳心。但斌魁为了进城，一心想找个城里的媳妇，抛弃了吉吉，最后，斌魁在县城当了个临时工，而吉吉在乡村靠养兔发了家，赢得了大家的尊敬。

小说中很多场景描写极富80年代初期的中原乡土气息：农村中联产承包责任制全面实行，农民已经在做发家致富的梦，新买的拖拉机让男青年钢娃有了追求爱情的优越感，新开的养兔场让女主人公吉吉赢得了村人的敬意。青青的田野，懵懂的心，少男少女追逐的快乐与相思的痛苦，都在这刚刚"开化"的中原大地上散发着久违的青春气息。小说有着80年代流行歌曲《在希望的田野上》般的轻快旋律，拖拉机是农业现代化的象征，农民在城里当个临时工也成为他们骄傲的资本。

小说的环境描写中，"春天"的气息特别浓厚，乡情、田野、大地和乡村年轻男女追逐爱情的身影，都充满着撩人的气息。作品画面虽然不够广阔，但是很精巧。其中，钢娃是农村土地上勤劳致富的代表，斌魁是农村中"向城求生"的一代，他们在追求人生幸福的过程中，既展现了新时代农村青年的那种自信，又流露出受传统礼法制约的羞涩，在向吉吉示爱的过程中，各人都用尽了各自的神通，这也是小说最引人注目的地方，如钢娃买了拖拉机想让吉吉看见他，专门开着到集市上寻找吉吉，吉吉不在，往回走的路上突然见到了她。他开着拖拉机从吉吉身边过去，"停在她的前边二百米，然后停下来，希望她能注意他，他先稍微侧了侧身，让她觉得像他，然而迅速而又轻捷地跳下驾驶室，给了她一个大正面而又不看她那边，一双眼朝拖拉机后轮胎看去，抬起脚在后轮上踢了踢，做了个很大的点头动作，他知道这动作可以说明很多问题"。① 把一个农村小伙儿初恋的感觉用动作表达得特别准确。斌魁作为乡村中有知识分子范儿的退伍军人，在那个时代所拥有的优越感在小说中表现得也很充分。

　　几乎没有过多的时间让中原作家沉浸在20世纪80年代初期对乡村的田园想象中，李佩甫就开始了他凝重的乡村苦难叙事。他的《李氏家族的第十七代玄孙》显示了一代代乡村农民自古到今的生存状态和精神图像，充分表现了中原农民在新时代经济大潮下欲望的膨胀和为摆脱乡土困境做出的努力和挣扎。小说中李金魁的成长经历可以代表李佩甫所有小说人物的成长模式，即"初始情景"是小时候受苦受难受辱；"情景转折"为参军或上学，拼命追求进步；"意外发现"是爱情来临（或其余诱惑）时坚决拒绝；"结局"是当官，或职务高升。② 《无边无际的早晨》中的"国"，《李氏家族》中的李金魁，《城的灯》中的冯家昌，等等，莫不如是。

　　《李氏家族》中的李金魁，上大学之前，经历了千辛万苦和重重考验，而且在大学毕业后，又经历了一番"天降大任"的辛苦过程：开始他给乡长打扫卫生，提尿壶，乡长连他的名字也记不起，叫他"那个金

---

① 郑彦英：《少女》，中国文联出版社1986年版，第64页。

② 这里借用加州大学比较文学教授米勒（J. Hillis Miller）解释亚里士多德有关故事基本元素的几个概念："任何故事的基本原素……必定有，首先，一个初始情景，导致这个情景反转的情节发展，和可能是由这个情景反转所造成的意外发现。"转引自许子东《为了忘却的集体记忆：解读50篇"文革"小说》，生活·读书·新知三联书店2000年版，第5页。

什么的"，他朴拙、口讷，甚至结巴，但是办事非常牢靠，乡人大主任老婆生病了想吃樱桃，他连夜进省城跑 300 里，买回了两瓶罐头，还送了他1000 元钱。后来他一步步升任乡长、县长、市长……这些情节，我们在《城的灯》里也可以看到，冯家昌为了能够成为城里人，不惜一切代价用心"坚忍"：他每天 4 点起来写黑板报；野外拉练时身背 9 条枪，成年累月地打扫厕所；夏天里在驻地附近的黄河滩里开出一小片荒种南瓜，让部队的士兵都喝上南瓜汤……

值得注意的是，李佩甫在表现这种乡下主人公挣扎奋斗之时充满了急切，也就是说，他笔下的人物往往有着一蹴而就的"成功"模式，很多事情没有矛盾解决的过程，作者几句交代就一笔带过，缺乏了"必然性"的细节往往导致人物形象的失真。如李金魁这样一个连鞋子都买不起的穷小子，怎么就轻易得到了校长女儿李红叶一次次献身的热情？小说没有交代李红叶的心理活动，倒是一次次地叙述了李金魁拒绝李红叶的过程；李金魁的爷爷跟大队支书要不回来自家的树钱，才七八岁的李金魁拿了一根上吊绳把村支书吓得慌忙给钱；李金魁在读大学的 4 年很少跟人交往，毕业时候请全班同学下馆子痛痛快快地吃了一顿，同学们就彻底改变对他的认识了，"很多人都掉泪了，一个个分别时候对他说，同学四年，就你这一个真朋友……"这种细节是很难令人置信的。作者在传达着一种"中原的成功哲学"：平原上的"草民"要想出人头地，要用十二分的"狠劲"，才能"成功"。爱情、女人，都是成功路上的诱惑，抵挡了诱惑，才能修成正果。李金魁式的人物，是贫瘠的中原大地赋予作家的想象热情，也正是这种对中原乡土和乡民的饱满热情，导致了小说艺术上的某些缺憾。

李準 20 世纪 80 年代的长篇小说《黄河东流去》，洗尽了为政治服务的铅华，严格按照"生活中是什么样，小说中就是什么样"[①] 的创作原则，在小说展现的十几个农民组成的人物群像身上，呈现了中原地域特有的日常生活状态和风俗习惯，从而使作品具有了更加纯粹的乡土本色和乡土内涵，可以说是一部关于中原乡土文化的百科全书。刘庆邦以童年生活的回忆为基础创作的长篇小说《高高的河堤》，把豫东农村的风俗

---

① 李準：《黄河东流去·开头的话》，北京出版社、北京十月文艺出版社 1996 年版，第 3 页。

人情写得异常质朴淳厚，把普通农家子弟的喜乐悲欢展现得细腻微妙，可以说是沈从文、废名等现代作家乡土风情的当代延续。

"豫军是有根的。他们过去的作品不离故乡，是在那种特定的乡土土壤中生长出来的。"① 无可否认，乡土资源是中原作家文学创作的独特优势。可我们也应该看到80年代的河南作家写"乡土"之时，过于拘囿于"乡土"，即过于专注于本乡本土、乡村村落、乡土故事，远没有把人的命运置于更加宽广的社会和历史之中，未曾开辟更为广阔的空间和更深层的人性内涵，这个"缺憾"，到了90年代，在一定程度上才得以弥补。

## 第三节　20世纪90年代河南长篇小说概况

正是在90年代，"文学豫军"成了与"新时期以来开始以周克芹为代表的川军，到以莫应丰为代表的湘军，再到以贾平凹、陈忠实为代表的'陕军'并列的富有生命力的潜力很大的方面军"。② 90年代以来，河南文学创作朝着多元化的方向发展，在表现主题和艺术方法上呈现出丰富多彩的态势，在体裁上由中短篇小说转向长篇小说。而这一成就，突出地表现在长篇小说的创作上。自1990年至1999年，这一时期，河南作家共有67部长篇小说问世。随着长篇小说的繁荣，所获奖项也越来越多：二月河的"帝王系列"《康熙大帝》《雍正皇帝》《乾隆皇帝》获"美国中国书刊、音像制品展览会——海外最受欢迎的中国作家奖"；李佩甫的《城市白皮书》、张宇的《疼痛与抚摸》、周大新的《第二十幕》、柳建伟的《突出重围》获人民文学出版社五年一届的"人民文学奖"；戴来获人民文学出版社第一届"春天文学奖"……此外，还有一系列虽没有获奖但是同样引起很大反响的优秀长篇小说，如田中禾的《匪首》、李佩甫的《羊的门》、张宇的《软弱》等，在主题思想和表现方法上都有新突破。

具体作品如表1—3所示。

---

① 孙荪：《文学豫军论·续》，《河南大学学报》2002年第5期。
② 刘增杰、王文金：《精神中原——20世纪河南文学》，河南大学出版社2002年版，第53页。

表 1—3　　　　　　　　20 世纪 90 年代河南长篇小说统计

| 序号 | 出版年份 | 作品名称 | 作者 | 出版社 |
|---|---|---|---|---|
| 1 | 1990 | 《冒险家和他的情人》 | 侯钰鑫 | 上海文艺出版社 |
| 2 | 1990 | 《华佗和师妹》 | 刘秀森 | 中国广播电视出版社 |
| 3 | 1990 | 《花木兰全传》 | 刘秀森 | 北方妇女儿童出版社 |
| 4 | 1990 | 《七色情》 | 王岭群 | 黄河文艺出版社 |
| 5 | 1990 | 《金屋》 | 李佩甫 | 长江文艺出版社 |
| 6 | 1990 | 《晒太阳》 | 张宇 | 上海文艺出版社 |
| 7 | 1990 | 《游戏》 | 成一 | 作家出版社 |
| 8 | 1990 | 《少林寺演义》 | 李亚东 | 中原农民出版社 |
| 9 | 1990 | 《走出盆地》 | 周大新 | 百花文艺出版社 |
| 10 | 1991 | 《血洒东京》 | 屈春山、张欣山 | 河南人民出版社 |
| 11 | 1991 | 《乱世丹心谱》 | 刘秀森 | 河南人民出版社 |
| 12 | 1991 | 《神剑魔女》 | 刘西安 | 中原农民出版社 |
| 13 | 1991 | 《李逵前传》 | 刘明远 | 华夏出版社 |
| 14 | 1991 | 《她们十八岁》 | 刘锡安 | 海燕出版社 |
| 15 | 1991 | 《布衣王爷》 | 严双军 | 百花文艺出版社 |
| 16 | 1991 | 《故乡天下黄花》 | 刘震云 | 中国青年出版社 |
| 17 | 1992 | 《遥远的仇恨》 | 刘学林 | 明天出版社 |
| 18 | 1992 | 《血洒昆仑》 | 李焕振、谢流波 | 海燕出版社 |
| 19 | 1992 | 《欲情世界》 | 杨东明 | 四川文艺出版社 |
| 20 | 1992 | 《天幕下的恋情》 | 肖云星 | 文化艺术出版社 |
| 21 | 1992 | 《回龙腾蛟》 | 周学忠 | 中原农民出版社 |
| 22 | 1992 | 《女性的流浪》 | 陈韧 | 中原农民出版社 |
| 23 | 1993 | 《风云际会》 | 周学忠 | 中原农民出版社 |
| 24 | 1993 | 《血魂》 | 王景山 | 河南人民出版社 |
| 25 | 1993 | 《少林寺全传》 | 甄秉浩 | 河南人民出版社 |
| 26 | 1993 | 《从红妆到女囚》 | 南豫见 | 中原农民出版社 |
| 27 | 1993 | 《故乡相处流传》 | 刘震云 | 华艺出版社 |
| 28 | 1994 | 《雍正皇帝》 | 二月河 | 长江文艺出版社 |

续表

| 序号 | 出版年份 | 作品名称 | 作者 | 出版社 |
|---|---|---|---|---|
| 29 | 1994 | 《炎黄大帝演义》<br>《伏羲大帝演义》<br>《夏禹大帝演义》 | 杨复俊 | 中国工人出版社 |
| 30 | 1994 | 《扈三娘下山》 | 刘明远 | 华夏出版社 |
| 31 | 1994 | 《匪首》 | 田中禾 | 上海文艺出版社 |
| 32 | 1995 | 《疼痛与抚摸》 | 张宇 | 人民文学出版社 |
| 33 | 1995 | 《穿越死亡》 | 朱秀海 | 中国工人出版社 |
| 34 | 1996 | 《城市白皮书》 | 李佩甫 | 人民文学出版社 |
| 35 | 1997 | 《倾斜的中原》 | 焦述 | 百花文艺出版社 |
| 36 | 1997 | 《船与水》 | 师咸卿 | 河南文艺出版社 |
| 37 | 1997 | 《河洛沉梦》（上、下） | 古野 | 中国文联出版社 |
| 38 | 1997 | 《北方的城郭》 | 柳建伟 | 人民文学出版社 |
| 39 | 1997 | 《河洛魂》 | 雷衡山 | 河南文艺出版社 |
| 40 | 1997 | 《波涛汹涌》 | 朱秀海 | 中国青年出版社 |
| 41 | 1998 | 《突破重围》 | 柳建伟 | 人民文学出版社 |
| 42 | 1998 | 《拒绝浪漫》 | 杨东明 | 作家出版社 |
| 43 | 1998 | 《生命原则》 | 南豫见 | 中原农民出版社 |
| 44 | 1998 | 《第二十幕》 | 周大新 | 人民文学出版社 |
| 45 | 1998 | 《新城》 | 许福林 | 国际文化出版公司 |
| 46 | 1998 | 《故乡面和花朵》 | 刘震云 | 华艺出版社 |
| 47 | 1998 | 《希望》 | 周振学 | 文心出版社 |
| 48 | 1998 | 《日光流年》 | 阎连科 | 花城出版社 |
| 49 | 1998 | 《突出重围》 | 柳建伟 | 人民文学出版社 |
| 50 | 1998 | 《高高的河堤》 | 刘庆邦 | 河北少年儿童出版社 |
| 51 | 1998 | 《命运》 | 乔典运 | 华艺出版社 |
| 52 | 1999 | 《好风好雨》 | 侯钰鑫 | 上海文艺出版社 |
| 53 | 1999 | 《生命激情》 | 南豫见 | 中原农民出版社 |
| 54 | 1999 | 《疙瘩村》 | 张向泽 | 太白文艺出版社 |
| 55 | 1999 | 《一岁等于一生》 | 张斌 | 上海文艺出版社 |

续表

| 序号 | 出版年份 | 作品名称 | 作者 | 出版社 |
|------|---------|---------|------|--------|
| 56 | 1999 | 《伊水淙淙》 | 伊河 | 中国工人出版社 |
| 57 | 1999 | 《寻找外境地》 | 墨白 | 长江文艺出版社 |
| 58 | 1999 | 《楚天浩歌》（上、下） | 周学忠 | 作家出版社 |
| 59 | 1999 | 《羊的门》 | 李佩甫 | 华夏出版社 |
| 60 | 1999 | 《石瀑布》 | 郑彦英 | 人民文学出版社 |
| 61 | 1999 | 《流水落花》 | 张宇 | 河南文艺出版社 |
| 62 | 1999 | 《大地芬芳》 | 李明性 | 海燕出版社 |
| 63 | 1999 | 《谍花谱》 | 木也 | 河南文艺出版社 |
| 64 | 1999 | 《清明雨》 | 蔺小平 | 中国文联出版社 |
| 65 | 1999 | 《叶公沈诸梁》 | 王笑迪、王效勇 | 京华出版社 |
| 66 | 1999 | 《天鹄》 | 郭鸿志 | 中国文联出版社 |
| 67 | 1999 | 《刘老师和他的学生们》 | 周振学 | 京华出版社 |

## 一　乡土大地之歌

### （一）耸立在中原乡村的"金屋"

河南作家对时代的变化很是敏感，正如南丁说的那样，"河南小说创作的优势，以题材论，在于农村；以手法论，在于写实；以距离论，在于贴近跃动着的现实生活进程，与生活同步"。[①] 20 世纪 90 年代商品经济大潮涌动，给河南的地方经济与文化生活带来很大的影响，也给中原乡土这片宁静而古老的土地加入了躁动的新质素，但"乡土小说"仍然牢牢地占据着河南长篇小说创作的制高点。由 1990 年出版的李佩甫的《金屋》开始，河南作家开始全面反思中原传统文化，诞生了像《金屋》《羊的门》这样的优秀作品。与此同时，河南作家深刻地表现了中原乡村在经济潮流中的风云变幻，笔下出现了反映农村暴富阶层的《石瀑布》和反映城市生活的《拒绝浪漫》《软弱》等作品。

不知从什么时候开始，《少女》中所描绘的人们勤勤恳恳在土地上劳

---

① 南丁：《活鬼·序》，中原农民出版社 1986 年版，第 2 页。

作,靠科技知识发家致富,实现"农业现代化"的理想图画不见了,商品经济的大潮开始冲击着昔日宁静的乡村世界,暴富的心态在年轻人心头荡漾,给乡村年轻人的价值观带来前所未有的冲击。敏感的河南作家很快就捕捉到了乡村中的一种新现象,即"先富起来的人"对宁静的乡村世界造成的冲击,长篇小说《金屋》就具体地展示了在商品经济大潮的冲刷下中原民众躁动不安的心态。

主人公杨如意发了财,在扁担杨村盖起了一座二层的小楼,取名"金屋"。这给当地的人们带来了什么影响呢?"入冬以来,在寒风中矗立着的楼房少了像挂有玉米棒、红辣椒串儿那样的小瓦屋才有的村趣,显示了钢筋水泥的骨架所特有的冰冷和严峻。一个巨大而坚硬的固体,一个野蛮地堆立着沉重的黄色的固体,一个播撒着神秘和恐怖的固体,碎了扁担杨村的和睦、温馨的田园诗意……"①"金屋"的"金"字破坏了这里自古以来的乡情美景,古老的传统被彻底打破了。因为"金屋"中供奉着一个新的"神"——金钱!"这个'看得见的神',使一切神性存在变成乌有。使所有价值变成多余的垃圾,使所谓的人格变成'不是东西的东西'。金钱只为欲望服务,金钱是欲望与对象之间的皮条匠。"②

《少女》中那个惹村人羡慕的拖拉机手钢娃的形象已经消失了,取而代之的是杨如意这个靠社会制度的不健全取得财富的暴发户(杨如意是利用国家制度的漏洞,靠不断的行贿结识了上层人物一步步发起来的)。这样的暴富神话对同样具有梦想的年轻人的心理是个很大的冲击:《金屋》中的农村少女麦玲子不再像郑彦英《少女》中的吉吉那样对勤劳致富的乡村拖拉机手表示钦佩,麦玲子只想让杨如意带她一步离开这个一潭死水的地方;林蛙河蛙兄弟也不再是贾平凹20世纪80年代小说中那种白天在地里忙于劳动,夜晚在灯下看养蚕种树科技书籍的小伙子了,他们每天想的是怎样能一夜暴富;高考落榜的春堂子不再是路遥笔下的考学不成仍心存理想坚持读《参考消息》的孙少平式的优秀青年了,而是看到自己将要在这片黄土上苟延一生,最后悲观失望至极喝农药身亡。"春堂子怎么能死呢,过去那种饥一顿饱一顿吃不上穿不上的日子,人们

---

① 李佩甫:《金屋》,长江文艺出版社2000年版,第123页。
② 耿占春:《无罪的大地》,《金屋·序言》,长江文艺出版社2000年版,第7页。

也都一天天熬过去了，没有人死去。现在日子好过了，春堂子年纪轻轻的，该有的都有了，怎么就会死呢？"[1] 很多乡村人还不明白，"吃饱穿暖"已经不是乡间年轻人的追求了。春堂子升大学无望，意味着自己的"金屋"梦遥不可及，从而丧失了生的希望。总之，是"金屋"触动了他们敏感的神经。与此同时，经济基础的变化也直接冲击着传统的"上层建筑"。一村之长的杨书印也受到金屋的主人杨如意的挑战，杨如意对杨书印说："你不懂挣钱抓经济，你只会治人，你总想把人治得服服帖帖。人被制服了，也啥球都干不成了。要想干成，只有一条路：你、下、台。"[2] 一场新的权力之争已经上演，与过去乡村里靠家族势力争夺村长的方式有所不同，杨如意之所以有勇气争夺村长的职位，靠的是金钱的力量。

20 世纪 90 年代后郑彦英的长篇小说创作，告别了《少女》的乡村柳笛之声，将目光瞄准了中国新兴的暴富阶层。《石瀑布》写了中原农村的一个贫困农民林连长，通过精明的算计和无赖强悍的手腕最终成为亿万富豪的过程。主人公出身贫困，但头脑精明，因为谙熟周围环境而有了比周围人看得更远一步的能力，在特定的历史条件下，他集聚了大量的财富。主人公的成长经历带有特定中原乡村人的韧性、忍耐、精明、狡黠等特点。仔细考察这一人物，有助于我们对中国农民身上的某种中国式智慧的深入理解。

**（二）"绵羊地"与"绵羊"**

1999 年，李佩甫创作了他的第五部长篇小说《羊的门》。它是李佩甫多年来坚持中原人格精神探索的丰硕成果，它不仅成为李佩甫小说创作的代表作，而且也成为新时期"文学豫军"的重要作品。

在《羊的门》中，李佩甫给我们解决了这样一个问题：平原，这一片灾难频仍、苦难重重的"绵羊地"，到底能长出什么样的人物？答案是两种人：一种是草民，像草一样卑贱，像羊一样温顺的人；另一种是靠"恨"积累、凝聚而成的"草精"或"牧羊人"——这片土地上专制独裁的土皇帝。

---

[1]　李佩甫：《金屋》，长江文艺出版社 2000 年版，第 73 页。
[2]　同上书，第 163 页。

"绵羊地"是对中原地域的一种人格化写照，突出的是这块土地上群众"有气无骨"的精神气质，这种"气质"造成了他们自身生存的严重缺陷，形成了一种宿命般的文化基因，开启了他们苦难命运的世代循环。呼天成，是这片平原地上哺育出的"根性果实"，他以独有的气质成为新时期文学作品的"典型人物"，成为中原地区乃至中国政治集权专制文化的一个代名词。他的卓有成效的经营"人场"的方法，使他成为中原乡村40年不倒的政治神话。他的"权术"谋略之所以卓有成效，是因为他成功地运用乡土中国传统的宗族文化力量，将之与各个时代的主题话语充分结合（"政治挂帅"的年代，他运用"集体"的概念，笼络人心，泯灭人的个性；市场经济时代，他能靠金钱打开市场缺口，独家经营"呼家面"），也是他充分领略中原地域独有的人情伦理风俗文化的结果。在李佩甫的《羊的门》之前，很少有人正面解析这套运行千年的现实法则。

### （三）　政治温情与乡村情感

"'乡村—城市'视角是河南作家把握中国当前现实的一个基本的共同的切入点，是他们文学思维的基本构架，是传统与现代、城市文明与乡土文明这一主题得以展开的依托。"① 与陕西作家贾平凹等人在20世纪80年代表现的城乡"冲突"不同，河南作家张宇的长篇小说《晒太阳》中，更多地表达了城乡之间的沟通与联系，以及农民出身的为官者对于乡村家人的依恋，彰显了河南作家在政治理性与乡村情感之间的徘徊姿态。

张宇早期的短篇创作小说总是紧紧围绕着乡土生活展开，这与他从小生长在农村和农民家庭、对农村生活的深刻了解和对农民命运的热切关注是分不开的。1985年前后，他写了一大批"政治文化"小说，主题反映了"城乡二元社会结构对农民的限制"，是"他们（农民们）的政治愿望和人生理想得不到充分实现的一种隐约的抗议"②。到了90年代，张宇在乡土生命体验和现代都市文明意识的冲突中，一直在寻找一个可以融洽、契合二者的临界点。1990年他发表了《乡村情感》，文末说道：

---

①　孙先科：《理性精神与乡村情感》，《当代作家评论》1992年第3期。

②　同上。

"也许城市感情的溪水是从乡村流过来的，乡村情感是城市感情的源头。"《晒太阳》正是张宇在农村与城市间寻求平衡与过渡的一个中介。

《晒太阳》这部长篇小说仍保留了张宇一贯单纯明快的写作风格，甚至更加强化了他以简驭繁的特点。作品着重展现主人公杨润生生存境遇的两难和心理冲突的丰富景观，真实地刻画了一个为官从政的乡下人的"私人化"心理。作品一方面突出他在官场上的如鱼得水，极富斗争手腕，另一方面详细描写了他与乡村"父老"之间千丝万缕的情感联系。如果说在《羊的门》中，呼天成回到呼家堡还是单纯寻求实际的帮助（升官、保住位置等），那么在《晒太阳》中，杨润生的乡村之旅完全是与家乡、父母、兄弟等亲人之间的精神团聚。到了张宇2000年出版的《软弱》中，一系列的"城里人"：警长、球迷、女老板等个个充满人情味，充满了寻常百姓"一地鸡毛"式的苦恼与不安。我们从中看不到任何"城里人"的优越感。看来，到了《软弱》阶段，"城"与"乡"之间，在作者营造的政治温情和琐碎话语中，似乎已经完成和解。

**（四）乡土大地的沉静之气**

在20世纪90年代经济大潮翻涌滚动的中原大地上，很难得的是，河南作家田中禾用一种幽然淡然的沉静语调写出了《匪首》这样一部"纯文学"作品。作家在小说的叙事结构、叙事方法、话语模式等方面都有着明显的创新。

首先，小说有一种纯然的艺术化倾向。之所以说这篇小说为"纯文学"作品，是因为我们几乎在书中看不到任何社会学、政治学的"问题"，看不到河南作家一以贯之的苦难、忧患等"崇高"的文化意识，一切"为人生""为艺术"的创作理念都好像与之无关。"土匪"这一形象在以往的"革命文学"作品中大都是反面角色，然而在此篇小说中，姬有申却是一个全新的人物。小说写他的爱情、他的生活状态、他的反叛行为，情节像流水那样缓慢、人物命运在时间的河流中淡然地流淌，时而氤氲弥漫，时而晴川历历。即使有人物命运的跌宕起伏、人与人之间的悲欢离合，但也脱离了大起大落的激动和亢奋，世间的一切都好像中原平淡的夜色那样恬淡、平和，悄然地发生，悄然地消失。

其次，小说的情节、人物完全被细腻的诗意化描写所包围。小说的故事情节是母亲领着拾来的孤儿姬有申和荞麦在艰苦的岁月中度日，姬有申被收留后爱上自己的"妹妹"荞麦，却难以圆梦。在大表兄杨蒹之经营鸦片店成功后，他在家庭格局中的意义就注定被"边缘"化。最后，他在久久压抑的情感中离家出走，当了匪首。作者以逼真、生动的笔触或轻灵点染，或浓墨勾勒，使现实的"人和事"透出灵秀而超脱的光。整个故事写得流畅自如、轻逸灵动，语句、段落的张弛，人物、场景的勾勒，显示出作家对经验事态、"典型"场景的敏锐感知力。很多情景都写得格外精巧与众不同，如杨蒹之18岁进南山贩桐油的曲折历程，杨蒹之对荞麦一往情深的独特表达，姬有申离家出走、天虫军被围困，等等。文中有很多"百年孤独"式的句子，如"过了很多年，同妹妹聚在一起，两人像小时候那样背着行囊走在山里的路上，妹妹的身影使他无端地想起这个阳春二月的上午，想起这个像梦游似地飘飘荡荡走过城墙拐角的女人……"①"多年之后……"的句式加上书中大量的情景描写，给人一种恍若隔世的苍凉意味。

最后，小说"虚实相间"的表现手法值得称道。虽然小说的情节、人物，在大量重叠的物象中漫游，但故事与人物并非虚化。相反，在局部的大量的景色描写和心理描绘中，我们随时可以得到一种人生的实况记录，这也是小说的一种独特之处。例如，当了土匪的姬有申将相思多年的荞麦抢走，荞麦跟他流浪，为他做饭，作者精细的描写中就有着一种世俗生活的烟火气息：

> 　　红薯高粱面糊粥，做这样的饭她感到很惬意。新鲜高粱面，略带粉红，散发出异样的香味，让人闻到小时候田野里的庄稼气息。刚从地里拔出的红薯，带着湿泥，掰弄一遍，清水洗过，手上留下粘粘的津迹，在刀下清脆地断裂。她喜欢柴草在灶膛里发出"轰轰"的响声"噼噼啪啪"爆燃，玫瑰色火舌从灶门里窜出，铁锅发出嘶嘶的声音。秫秸葶穿缝的锅盖掀起，蒸腾的气雾里呼呼啦啦淋水，锅里沸腾的水咕嘟嘟冒出一团浪花，像旋涡一样打转。
>
> 　　"烧锅！"她说。黑驴（姬有申）坐在灶火前，把柴草向红彤彤的灶里塞，荞麦将稠乎乎的面糊向锅里拌。立刻有香味溢出，弥漫

---

① 田中禾：《匪首》，上海文艺出版社1994年版，第96页。

黑乎乎的茅草屋。①

这大概是主人公姬有申向往了大半辈子的生活，他死里逃生，忍辱生存，一直到了鬓发斑白，才与心上人有了这一份温馨和"浪漫"。小说用细腻的笔墨展现荞麦为姬有申烧火做饭的过程，给我们展现的不是土匪在围剿奔逃过程中流民样的狼狈，而是一对农民夫妇在充满了中原风情的农家小院里过日子时的温馨。

### 二 "都市"题材

中国是一个农业大国，都市文学产生很晚，到了20世纪三四十年代的新感觉派和京派小说，"都市文学"的概念才逐渐被人们接受。作为传统农业发源地的中原地区，更是到了20世纪八九十年代，"都市文学"才有起步并有所发展。"物质劳动和精神劳动的最大一次分工，就是城市和乡村的分离。城乡之间的对立是随着野蛮向文明的过渡、部落制度向国家的过渡、地方局限性向民族的过渡而开始的。它贯穿着全部文明的历史并一直延续到今天。"② 相比于"乡土"题材的作品，河南作家对"城市文明"的表现要少得多。有限的几篇，作者笔下描绘的"城市"，也算不上严格意义上的"都市"，充其量算是一个扩大的乡村集市，总的看来河南作家表现城市生活的作品大体上有三类。

第一类是以李佩甫的《城市白皮书》为代表的对城市生活表示质疑与批判的作品。在这篇小说中，作者完全是以批判的立场和眼光去思考和评价金钱与权力这个重大命题的。小说通过一个父母离异而身体有病的小女孩的特殊视角，对物化环境中城市人的生存状况和精神危机进行了多层次多层面的立体剖析。现代城市的商业文化属性，使得生活在这里的人们的价值观念更趋向于理性化和实利化：所有人的行为目的都围绕一个"钱"字，连母子亲情也不例外。小说中，两个妈妈面对一个小女孩明明的推拒和争夺，就是活生生的例子。城市，在作者眼中，就是一个病态的社会，小说中常有对城市认知的深刻警示之语。如"裸露是

---

① 田中禾：《匪首》，上海文艺出版社1994年版，第188页。
② 《马克思恩格斯选集》第1卷，人民出版社1995年版，第17页。

这个时代的主题""这是个洗心的时代"，等等。在作品中，作者向我们提出了一个重大问题，即"物质"或"金钱"在这个时代到底扮演了什么角色？"除了金钱，我们还有什么？既合于现代文明潮流又有民族文化传统的健全的民族精神在哪里？"

第二类是张宇表现城市生活的作品。在这些小说中，更多的是对城市中市民的日常生活展示，并没有多余的颓废情绪，对情欲的描写也很有分寸，与刁斗、邱华栋等人的"城市文学"相比，张宇的此类小说中不仅很少言及种种"现代"以及"后现代"的人际关系，而且连"现代化的图景"也很难见到。"90 年代末期，典型的 19 世纪城市文学的金钱批判主题不再流行，商品化经济制度所带来的两极分化、道德堕落、剥削、高犯罪率等社会现象不再是文学关注的重点，作家对物化力量及其形式的理解，越过了直接的经济关系表现，深入到人的心理、感觉等隐秘世界，由此开始了一个被称之为现代主义的文学阶段。"① 张宇的《软弱》写的是两个警察的故事，把城市平民的喜怒哀乐、儿女情长等生活表现得生动活泼，给人一种近距离的生活质感。"介绍一些男男女女的朋友和他们的真实生活，自然是有公开的，也有隐秘的。你也许觉得他们可爱可亲，也许可恶可恨，也许和你很近，也许和你很远，甚至也许他就是你，也许你就是他呢。"② 无论从何种角度来看，很难说这就是表现"城市"本质的作品。

第三类是杨东明表现城市人精神状态的作品。在 20 世纪八九十年代，中国人正在用"强者"的思想理念和行为方式改变着世界，这种"新"观念进入了河南作家的写作视野。杨东明的《拒绝浪漫》刻画了一个不但在自己的知识领域内施展身手，而且还在官场、商场、情场中都能够成为强者的全新人物形象。此后，他又从心理、人性、社会关系等角度考虑性爱的问题，推出了《性爱的思辨》《问题太太》《最后的拍拖》等新时代情爱作品。《性爱的思辨》写一对城市知识分子对平淡家庭生活感到厌倦，到原始丛林的部落中寻求激情和灵感的过程。虽然写的是情爱故事，但小说中大量的"独白"和"反思"让人重新审视人生命

---

① 李洁非：《城市文学之崛起：社会和文学背景》，《当代作家评论》1998 年第 3 期。
② 张宇：《软弱·后记》，人民文学出版社 2000 年版，第 386 页。

的本真状态。城市人的精神状态实在堪忧，只有用"原始丛林"中的"野性"和"原始的力"来拯救，才有希望。

### 三 历史小说

#### （一）"史诗性"追求

与20世纪80年代相比，河南历史小说在90年代再掀高峰。首先值得注意的一个现象是，在这个时期，河南作家在创作中表现出了强烈的"史诗"追求，即有意追求结构庞大、人物众多的"史诗性"作品。其次，在表现历史的方法上，河南作家也勇于创新，开辟新局面，刘震云的《故乡天下黄花》彻底解构了革命历史的宏大叙事，走向了"新历史小说"。最后，大量的具有河南地域特色的地方人物志小说出版，在数量上占据着90年代河南长篇小说的重镇。

"史诗就是创作主体对某个历史过程中精神主流绵延性的精确把握和生动的艺术再现，是寄寓于庞大的形式结构之中同时又超越于形式之上、具有多方位隐喻功能的叙事追求，它应该既有'史家之绝唱'的思想涵量，又有'无韵之离骚'的审美品格。"[1] 这个时期，河南作家擅长在巨大的历史长度上和复杂的时空广度上表现人生状态、沉思历史得失、体悟历史规律，显示出较为强烈的史诗追求。二月河继1985年以来出版了《康熙大帝》《雍正皇帝》后，又完成了《乾隆皇帝》6卷。小说以接近一个世纪（从中国17世纪初至18世纪上半叶）的历史作为时间跨度，立意在解剖整个封建社会五千年历史的脉络和经纬；周大新用10年时间写成3卷本小说《第二十幕》，小说以河南南阳一家民营丝织业家族在一个世纪的曲折发展为叙事线索，写出了一个家族5代人的衍生流变史，也写出了一部民族实业兴衰的血泪史。可以说这是一部对中原乃至中国当代经济发展具有强烈警策意义的史诗性作品。《第二十幕》中，小说几乎涉及近代以来的所有重大事件：军阀混战、抗日战争、国共之战、新中国成立、社会主义改造、三年自然灾害、80年代改革开放……小说表现了主人公尚达志百年来为实现家族理想一次次的"不能承受之重"（牺牲了与盛云玮的爱情；卖女儿做童养媳以积累资本；不让孙子尚旺唱歌，

---

① 洪治纲：《陷阱中的写作——论近年来的长篇小说创作》，《当代作家评论》2002年第6期。

把他的嗓子弄哑),让我们触及了一个家族生生不息、奋斗不止的坚韧灵魂。让人感慨的是,像发展家族实业这样利国利民的好事,在中国过去一百年的环境中竟然如此艰难!作品从社会历史的角度揭示了问题的根源,问题直指中国传统文化与体制本身:来自于政府层面的"官"正是家族实业遭受破坏的力量,动荡的社会环境是民族工商业遭受致命冲击的源泉。正是在这种意义上,"这部作品是一部对中原乃至中国 20 世纪的经济和社会发展,具有强烈的警策意义的史诗"①。

但是,在肯定河南作家这一时期的史诗性追求的同时,我们应该看到这种"追求"具有很大的局限性。一个明显的不足就是上述作品虽有着史诗性的"骨架",却没有史诗性的血肉。"一个作家要以小说的方式'揭示历史本质'从而光荣地抵达史诗的境界,就是要在'正确的历史观'的指导下,对一段时期的社会生活进行'全景式'的表现。这样,小说里时间的跨度和空间的广度,就成为一部长篇小说是否具备史诗品格的最外在也最起码的标志。当然,漫长的时间和广阔的空间,还只是保证了框架的巨大,倘若往这个框架里填充的东西太单一和太寻常,那仍然是不配称作史诗的。"② 在二月河的"帝王"系列以及上述的《第二十幕》的"家族史"系列中,这些被人不断冠以"史诗"称号的作品,还缺乏深厚的内在思想,缺乏对时代"本质"的深刻把握。反而在作品的精神内核上呈现出一定程度的对主流意识的攀附、对皇权意识的膜拜和对超越理性意识的偏执追求。《第二十幕》中即使有着对不合理的社会体制的批判和对个人命运沉浮的感慨,但由于对人物性格塑造的表面化和情节设计的简单化,使得整个"史诗"因缺乏有力的支撑变得徒有其形而无其神。换句话说,上述作品只是在结构上有了"史"的构架,还没有从内涵上完成"诗"的升华。

(二)"新历史"小说

在一些历史学家或社会学家眼中,历史总能呈现出清晰的规律和固有的秩序,尤其是对于中国波澜壮阔的革命史来说,我们将革命的结果称之为"必然的"胜利。新中国成立后的文学作品中,流行的一系列

---

①　孙荪:《文学豫军论》,《河南大学学报》2002 年 4 期。

②　王彬彬:《茅盾奖:史诗情结的阴魂不散》,《钟山》2001 年第 2 期。

"革命历史"题材小说无疑为这种规律和必然性提供了佐证。然而,"一切历史都是当代史",到了 20 世纪 90 年代,摒弃了强大的主流意识形态话语,有些作家的历史叙事开始出现新变化。"90 年代个人化、历史化和无名化的叙事学,彻底改变了 80 年代整体性叙事学的运行轨道。"①

　　"'新历史小说'之'新'主要不在题材上的'民国时期'和'非党史'这样的限制,而在于作家在新的哲学观念和历史意识支配下,对历史进行重新叙述和再度编码时,所获得的新的文本特征及相应的历史意识……新历史小说第一个明显的特征是对重大题材的更置与替换,家族史替代重大的政治历史事件成为新历史小说所青睐、所选择的最主要的题材内容。"② 河南作家刘震云的长篇小说《故乡天下黄花》就是用"新的哲学观念和历史意识"观照历史的典型文本。首先,小说以一个村庄"民国初年"、"鬼子来了"(1940 年)、"翻身"(1949 年)、"文化"(1966—1968)4 个不同的历史时期为横截面,向我们展示了民国时期一个村庄的另一种"形态"。小说对"土改"、"抗战"等故事的叙述、颠覆了之前崇高的叙事指向,以民间的话语形式讲述了一个"原生态"的民间故事。文本中大量的偶然性事件、意外场景、私人化动机左右着历史的走向。其次,与江苏作家苏童的"枫杨树村"系列(《罂粟之家》《1934 年的逃亡》《妻妾成群》)以"家族"为视域点的考察不同,刘震云的《故乡天下黄花》选择了以"村庄"这样一个基点对"历史"进行考察。"'村庄'是一个具有明显隐喻意义的'文化象征体',是中国乡村,更是整个中国的缩影。作家从乡村生活入手,对中国历史、文化的运行规则、观念体系、心理机制以及中国文化传统进行全方位的再阐释。"③ 通过"村庄"这个切入口,刘震云发掘出了历史的"新"面目,发现了中国几千年来的乡村生存密码——一部马村村庄史,原来是一部民间的权力争斗史。这可以说是河南作家"历史考察"视点的一个新发现。最后,作者把"马村"生活表面的枝枝叶叶抹去,只剩下了一个周

　　① 程光炜:《在故乡的神话坍塌之后——论刘震云 90 年代的小说》,《文学评论》1999 年第 5 期。

　　② 孙先科:《说话人及其话语》,上海文艺出版社 2009 年版,第 134 页。

　　③ 梁鸿:《所谓"中原突破"——当代河南作家批判分析》,《文艺争鸣》2004 年第 2 期。

而复始、循环往复的"争当村长"的生存主题。生活在其中的民众既是受害者也是参与者，更多的时候是盲从者，以种种扭曲的方式参与到政治争斗之中。这种状况何尝不是整个"前现代"中国的历史写照？这种历史争斗，有什么"规律"和"必然性"可言？为什么乡土社会的中国充满了这种争权夺利的斗争呢？学者曹锦清通过考察发现，"一个政权的经济基础若以第一产业为主导，或者说以农业，尤其是小农经济为主导，那么，这个政权便有可能是一个脱离并凌驾于社会之上的专制集权性质的。倘使一个政权以第二、第三产业为主导，那么这个政权有可能采取民主与法制的政体"①。这就把中国文化最本源的物质生产方式和中国的政治形式进行了关联。"马庄"的经济基础是"农业"，这样的生产基础带来了"专制"的制度形式，所以，才有了《故乡天下黄花》中两个家族为之生生不息的几十年的政治争斗。

---

① 曹锦清：《黄河边的中国——一个学者对中国乡村社会的观察与思考》，上海文艺出版社 2000 年版，第 768 页。

# 第 二 章

# 从《三个小人物》到《历史无情》

## ——师陀对"革命历史"的"迎合"与"游离"

整理河南籍作家的长篇小说，映入眼帘的首先是 1951 年上海出版公司出版的师陀的《历史无情》。

以短篇小说为主，"以其朴实而又热烈的感情，浓郁的抒情笔调，流畅而富有诗意的语言，向读者介绍了一个又一个凄凉而又亲切的故事"①的师陀，在 20 世纪 40 年代曾写有三部长篇小说，两部未完。② 1951 年出版的《历史无情》，成为新中国成立以来河南最早出现的长篇小说。此书的写作时间在 1948 年，从内容和艺术表现手法来看，此书不仅丝毫没有"英雄叙事"的影子，很多地方还坚持着师陀固有的清新沉郁的风格——"以真挚的感情和动人的描述来摇撼读者心灵的，使读者承受着感情的重压，诅咒那不合理的社会，黑暗的时代。"③ 现在看来，正是这种坚持和固有的风格，使得这部小说格外精彩。

作为一个性格鲜明的"现代作家"，在"当代"文坛的格局中要站稳脚跟，首要的一个问题是将"五四"所界定的文学的社会功能、文学家的社会角色、文学的写作方式等元素，接受新的历史语境（"现代版的农民革命战争"）的"重新编码"。这部小说是从短篇小说《三个小人物》

---

① 刘增杰：《师陀小说漫评》，《河南师范大学学报》1982 年第 1 期。

② 一部是《荒野》，载 1943 年 7 月 1 日《万象》月刊第 3 卷第 1 期至 1945 年 6 月 1 日第 4 卷第 7 期，署名师陀；一部是《雪原》，载 1940 年上海《学生月刊》第 1 卷第 1 期至第 6 期，署名芦焚。

③ 刘增杰：《师陀小说漫评》，《河南师范大学学报》1982 年第 1 期。

改编而来的，从改编前后的人物设置以及命运安排的效果来看，长篇小说《历史无情》正是作者努力接受新的历史语境、对以往的叙述"重新编码"的结果。可是，作为一个有着鲜明创作个性的现代作家，无论他怎样努力，他的创作和当时的"规范"都有着明显的距离，文本中流露出的生动活泼的乡土气息和时而闪现的国民性批判意识，使小说主观上的"迎合"和客观上的"游离"构成了显著的张力。

## 第一节　迎合的姿态：从"短篇"到"长篇"的改编

《三个小人物》是师陀在 1945 年至 1946 年所作的一部短篇小说，主要写一个旧式望族胡家的败落过程，其中偶尔闪现了门房老张的儿子参加革命暴动的身影。胡家高祖做过"布政使"，胡太太娘家（马家）也是果园城首富，当时的民谣是"马家的墙，左家的房，胡家的银子用斗量"。[①] 但是，这样一个家族，现在已经在走下坡路了，"马家的高墙早已夷为平地了，至于用斗量的胡家的银子，也早被'布政爷'的游手好闲的子孙们用光"[②]。胡凤梧的父亲仅给马夫人及子女们遗留下一小部分田地和那些又深又大的老布政第门宅。"这些一重一重的房屋是神秘的，大半经年空在那里，高大阴森，没有人敢进去，也没有人想进去。里面到处布着蛛网，顶棚下挂着长长的灰穗，地上厚厚的全是尘土和蝙蝠粪。"[③]

胡家母子的命运就是在这样的背景下展开的。胡太太现在依然活在过去的光辉岁月里，她在婢仆的奉承与绫罗绸缎的包围中度过了半生，只要肯动动嘴，一切都会送到面前，连走路都要丫鬟搀扶。她从来不用求人，也从来不知道活着需要工作，提到别的绅士人家，她便轻蔑地说："小家子气！我们马家是拿肉喂狗的。"[④]

---

① 师陀著，刘增杰编校：《师陀全集》第 1 卷（下），河南大学出版社 2004 年版，第 562 页。
② 同上书，第 562 页。
③ 同上。
④ 同上书，第 563 页。

胡太太的大儿子胡世梧承袭了那些破落主子的全部德行，虚妄、骄傲、自大，无所不为。于是本来已经败落的家业在胡世梧的大肆铺张下迅速败落，他出外上学两年，花费的银圆比人家一生消耗的还多，吃喝嫖赌样样在行。作者详细地陈述了这个败家子败家的过程：他喜欢养鸟，于是家里满是百灵的声音、画眉的声音、鹌鹑的声音……他好赌，于是每天"先前布政爷曾接过圣旨布政奶奶拜过封诰的"大厅里烟雾腾腾，充满了形形色色的赌徒，果园城人都沉入清梦了，布政第的前厢房还在夜以继日地开着宴席。① 他大肆铺张，奢靡至极，胡太太过生日，他在果园城4门唱4台戏，宰150头猪，果园城50里以内的鸡鸭被搜罗光了、人也被号召光了。"所有的人——不分男女老幼，有无关系，识与不识，只要肯向马夫人磕三个头的，都可以白玩三天，大嚼大醉三天。他自己终日安卧在妓院馆楼的烟榻上。"②

终于，在胡世梧掌握家政第四年，胡家宣布破产，他卖出去了剩余的田地和布政第，无以为生，只能替绑匪与肉票的家人做中间人。由于他过于贪心，中间吃了过高的差价，被绑匪打死。胡太太由于要吸食大烟，没有经济来源，便强迫女儿去卖淫，成为当地一大传闻。

小说讲了门房老张的儿子小张离家闹革命的故事："他领到一根从警察所缴来的枪，和众人一起上街'工作'去了，去喊'打倒帝国主义'，'打倒军阀走狗'，'打倒土豪劣绅地痞流氓去了'！"③ 在《三个小人物》中，小张们的革命也就限于把公共的墙壁刷成蓝色，写上标语，上街喊喊口号，"正规军一来，他们就被打跑了"。他们的命运是："至于以后他们怎么样过日子，他们怎么样在世界上荡来荡去，饿的眼睛发绿发花，除了到处搜寻他们想把他们丢进牢狱，当然没有人管了。"④

在《三个小人物》中，作者致力于对布政第家族生活方式的批判和反思。作者不动声色地展现着这腐朽的一切，以悲悯的眼光叙述一个昔日无比荣耀的家族走向破败的过程。门房老张的一生遭遇悲惨命运可悲，

　　① 师陀著，刘增杰编校：《师陀全集》第 1 卷（下），河南大学出版社 2004 年版，第 567 页。

　　② 同上书，第 568 页。

　　③ 同上书，第 564 页。

　　④ 同上。

他老实、木讷、麻木，"他的门房是世袭门房。至于他从来没有领过的工钱，大概还是他爷爷的爷爷在道光三年替他讲定的，每年至多不过一百大青钱"①。然而，就是这样一个人，被胡太太"亲自在他的老脸上掌过嘴，吩咐拿一块钱——就是说将他半生劳苦的代价扔到他面前"把他赶走了。最后老张冻死在布政第门口。

师陀对小张儿子的"革命"不抱希望，对布政第的兴衰充满了人生无常的苍凉感慨。他始终用一种悲悯而无奈的眼光看着这人世间的一切，结尾处他说："人世间原来就是这样，在生活着的本人看去是庄严的，由旁边人看去却像讥诮。"② 小说中，有两次当时世人评论这一家人的兴衰过程，从小说的情景构造来看，充满了《红楼梦》中的那份感慨："陋室空堂，当年笏满床；衰草枯杨，曾为歌舞场；金满箱，银满箱，转眼乞丐人皆谤。"

这凄凉的挽歌调子，在《历史无情》中，得到了大大的改观。

## 一　人物命运的改变

在 1949 年之前，师陀的"果园城系列"主要关注的是旧中国现实境况下人物的"不变"状态："《果园城记》中，书中真正的主人是城镇本身。改革者、共产党人及国民党官员来的来了，去的去了，可是城镇本身却我行我素，继续着它懒惰、懦弱和残酷的行径。"③ 如果是变，也是走向堕落，师陀很善于写人物的堕落，在堕落中抒发人生世事无常的感慨。但自《历史无情》开始，师陀在关注旧时代旧家族人性丑陋的同时，开始展现历史前进的动力，展现人物的新变化。历史不再是圆式循环，而是曲折前进。在《历史无情》中老张和小张的命运有了光明的前途，有了可期待的改变。

纨绔子弟胡世梧的命运有了很大的改变。在《三个小人物》中，他在家庭败落之后做绑匪和肉票家人的联络人，因为中饱私囊，贪了太多的钱被土匪打死，如此处理人物，除了说明人物从"小康"坠入"困顿"

---

① 师陀著，刘增杰编校：《师陀全集》第 1 卷（下），河南大学出版社 2004 年版，第 565 页。
② 同上书，第 575 页。
③ 夏志清：《中国现代小说史》，复旦大学出版社 2005 年版，第 295 页。

的可怜，还彰显了人性贪念之可悲。但是，在《历史无情》中，胡世梧的命运轨迹发生了改变：不仅率先成为汉奸，还成了日伪统治下的县长，正式与贫苦农民、郑恩领导的游击队有了阶级分野；小张由原来的革命流浪者形象，一下跃升为游击队警卫连连长、营长，一直到司令，其父老张也加入了游击队。小张的恋爱情节也大为改观：《三个小人物》中，小张暗恋凤英，但凤英一直嫌弃他是鼻涕虫，但在《历史无情》的结尾，却是凤英为等待小张煞费苦心，为伊消得人憔悴。按上述人物的变化情况来看，长篇小说《历史无情》的情节设置显然基本符合了"革命历史小说"的观念："历史的主体和推动者是无产阶级及其同盟军，推动历史的动力是阶级矛盾和阶级斗争。历史的发展会有曲折，有暂时的倒退，但历史的规律是从胜利走向胜利。"① 小说标题之所以改为"历史无情"，即隐含了历史的直线发展不可阻挡的势头（结合文本来看，无情的"历史"应该就是胡家必然破灭，日本侵略者必然失败，游击队八路军力量必然胜利），又说明了历史的发展是在阶级斗争的冲突中前进的，依靠历史自身，小人物的命运很难改变，只有革命才能使小人物彻底翻身。

　　作者一向非常重视小说的结尾设计，他说："文章先有结尾不一定篇篇精彩，而先有结尾好比射箭有了'的'，设计有了'靶'，先有了结尾，考虑开头就方便多了。"② 《三个小人物》的故事结局是胡家败落，胡世梧因贪钱被土匪打死，而《历史无情》的结尾是"炮弹落在拐角上，掀起泥土，烟雾腾上去，遮住阳台，慢慢淹没了整座大楼"。③ 胡世梧由于围剿游击队失败被日本人打死，胡凤英在思念小张的心情中郁郁寡欢。作者后来在1981年写的回忆文章里说："是八路军最后开的一炮。那一炮掀起的尘土遮掩了华洋旅馆的阳台，也就是海陆空俱乐部的阳台，暗示那个荒淫无耻的旧社会要灭亡。"④ 作者如此精心策划的结尾和如此鲜明预设的结局，是否可以看作作者对新政权认同的一种努力？

---

① 孙先科：《说话人及其话语》，上海文艺出版社2009年版，第158页。

② 刘增杰编：《师陀研究资料》，北京出版社1984年版，第116页。

③ 师陀著，刘增杰编校：《师陀全集》第2卷（下），河南大学出版社2004年版，第618页。

④ 师陀：《从〈三个小人物〉到〈历史无情〉》，刘增杰编：《师陀研究资料》，北京出版社1984年版，第116页。

### 二　关于革命者郑恩和小张的形象

在《历史无情》中，小说增加了郑恩这个游击队的组织者形象。他是小说中和日本人打仗的指挥者，是利用国民党保长做线人的筹划者，也是游击队员小张的革命启蒙者。相较于其他小人物的描绘，作为一个革命者，郑恩的形象是比较模糊的。小说中他出现的机会很少（仅是两次指挥战斗，一次给群众讲话，一次给小张和老张讲道理），但却担任着很重要的话语功能：由于他的出现，一种无产阶级的历史进化论与爱憎分明的阶级优胜论已经代替了门房老张的历史循环论。同样，由于他的出现，小张和老张的人生道路彻底得到了改变。小张的历史命运本来是极有可能像老张那样循环的："从他爷爷的爷爷开始，就在这做门房。"但他一开头给小张讲的道理是"一个人所以卑贱，不是因为他祖上没做过官，不是他穷也不是他坏，而是他自以为祖上没做过官，自以为穷，自以为吃的穿的不如人家，地位不如人家，那才是真的卑贱"。[①] 他给老张说："别小看你的孩子——你们少爷家里有钱，大人又宝贝他，将来绝学不好，可是你的小张，就许比他有出息。"[②] 他的语言和行动最终"唤醒"了小张，小张正是在他的引导下，一步步走向革命，最后得以翻身。

小说没有正面展现小张成长的心理过程，只是写了他一步步升任警卫连长、营长，一直到传说中的司令的过程。相较于《三个小人物》，《历史无情》中小张的恋爱是最有戏剧性的，不过也可以说，正是通过"小张的恋爱故事"，彰显了他参加革命的意义。小张在参加革命前对胡家大小姐凤英充满了相思之情："傻小子（小张）却有个怪脾气，专门喜欢和凤英接近。他自幼觉得她的声音是仙乐；她的眉目、鼻子、嘴唇、小手……什么都有引力；甚至从小姐身上，他闻到一种特别味，香的新鲜的教人心醉的气息。可是摸摸她的袖子，他愚昧糊涂的心眼里就感到满足，为她效劳就是福气。"[③] 通过细节生动描绘人的心理进一步刻画人

①　师陀著，刘增杰编校：《师陀全集》第 2 卷（下），河南大学出版社 2004 年版，第 451 页。

②　同上书，第 460 页。

③　同上书，第 448 页。

的性格，是师陀的拿手好戏，小说详细地描写了小张对凤英那种朦朦胧胧的相思之情，这种相思一直到小张 16 岁时明白了"世情"才结束："除非他有本事穿上西装，梳起分头，变成个大学生，根本别存娶她的心。"从此他告别胡凤英参加了革命。

几年之后，胡家已经完全败落，胡世梧被日本人打死，胡太太贫病交加死去，此时相传小张已经成了八路军司令。而胡凤英则代替胡太太躺在烟灯旁边，"面前的大烟灯是她看见的唯一光亮"。下人冯嫂为了骗她的财产，撒谎说小张要来看她。此时，作者用了两页的篇幅，写了胡凤英的穿戴打扮、行为举止和心理活动，将一个热恋中的女子等待心上人的那种焦灼、无奈、无聊、急切的心情表现得非常细致："她站起来拿着镜子照，看了这面再看那面，像画家鉴赏他刚完成的作品：色彩和不和谐？线条生不生动？小地方是不是忽略或添改？""外面又是什么声音，是谁走进来了？""她故意咳嗽，怕生客误会家里没人"。① 然而，小张此时根本没有找他，他正调查能驻扎军队的房屋。

胡凤英为什么如此前倨后恭？突然就对小张"回心转意"？其实，每个人都能看出来，她等待的不是那个流鼻涕的小张，而是一个传说中的八路军司令员。这里隐含着一个非常清晰的逻辑：革命，改变了小张在"爱情"中的位置；革命，打破了世俗的门第传承，改变了世界和个人生活的一切。胡凤英之所以能以热恋般的情感等待小张，正是小张革命的结果。虽然作者一再说这个结果不是讲述"原来被高贵人看不起的'底下人'，由于地位的变化，'底下人'成了高贵人的幻想中的救星的，它的真实意义要宽广的多，是八路军最后开的一炮，暗示那个荒淫无耻的旧社会要灭亡"。② 可从实际情形来看，"底下人"小张和胡凤英爱情位置上的"反转"清晰地表达了"旧社会"人物关系的一去不复返，"反转"的结果无形中为新政权的合法性做着最充分的注解。

---

① 师陀著，刘增杰编校：《师陀全集》第 2 卷（下），河南大学出版社 2004 年版，第 614—615 页。

② 师陀：《从〈三个小人物〉到〈历史无情〉》，刘增杰编：《师陀研究资料》，北京出版社 1984 年版，第 116 页。

# 第二节 "游离"于"革命叙事"之外

早在长篇小说《结婚》中，因为师陀笔下的主人公胡去恶说了"这是个吃人的世界，你不吃人，人就吃你"的话，被尹雪曼评为，"充分表露出他（师陀）要向共党靠拢的心态"。[1] 并且被认为，"这部小说从一开始破题，就落入共党社会主义写实主义的'八股'窠臼之中"。[2] 尹雪曼的理由也就是"作者不从人性出发用力地描写，去描绘，只知道一味的谩骂，一味的抨击，说这人不好，那人混蛋，这是为政治服务的一种文学作品"[3]。可在我看来，《历史无情》这部长篇小说有趣的地方恰恰在于师陀写作目的的"政治倾向性"和实际写作中不自觉流露出的"批判国民性"所构成的矛盾张力之中。

从内容上来说，长篇小说《历史无情》主要反映了三方面的社会现实：其一是"九一八"之后，官宦人家"布政第"老主人遗孀胡太太一家人的命运变化；其二是郑恩领导的游击队力量的逐渐发展、壮大；其三是日本侵略者及其傀儡魏仲达们的活动。如果放在20世纪50年代后来的英雄主义叙述中，这应该是一个典型的敌我双方你死我活的斗争故事，讲述我方游击队员在党的英明指导下和敌人开展曲折的斗争将是故事的重点，塑造高大全式的英雄人物将是小说的中心。但今天看来，这个长篇的可贵之处恰恰是师陀"反英雄主义"的叙事风格。在上述三方力量的各自叙述中，作者并没有过多地写游击队的强大力量，而是将叙事重心放在了做生意出身的魏仲达与胡家的争斗上。作品最出色的地方，恰恰不在于敌我之间的斗争故事，而在于人物性格的展示，在于形形色色的小人物的出色表演。

---

① 尹雪曼：《师陀与他的〈果园城记〉》，刘增杰编：《师陀研究资料》，北京出版社1984年版，第262页。

② 同上。

③ 同上。

## 一　写作重心的转变

虽然小说《历史无情》写的是抗日主题的"重大"事件，但作品的表现重心很大程度上放在了展现旧家族的畸形文化和几股丑恶势力之间的斗争上面。从篇幅的安排和所占比重来看，小说总共10章，其中，郑恩和小张的游击队抗日活动仅仅在第三章（郑恩组织溃兵、学生、无业游民拉起队伍）、第五章（郑恩训练队伍，打第一仗）、第九章出现。而且，正面战斗的场面描写也如漫画一般草草而成。游击队领袖郑恩的面目也非常模糊，几次出场讲话和指挥战斗的场面着墨不多，没有形成完整的人物形象。小张的艺术形象最生动之处仍是在"布政第"之时的表现（也就是未参加游击队之前）。看得出来，虽然作者在主观上有意融入革命叙事"主题"，但自己最熟悉的生活和固有的写作习惯等因素仍使他不由自主地把笔墨大量地花在了"主题"之外，如展示"布政第"遗孀胡太太整天吸食大烟、动辄骂人的寄生虫一般的生活方式，描写八面玲珑、内心狠毒的魏仲达一步步蚕食胡家田产和宅第的过程，等等。与游击队对胡家这个封建式的大家庭的打击相比，魏仲达对胡家的蚕食和陷害才是胡家走向衰败的直接原因。作者详细地叙述了魏仲达怎样口蜜腹剑、巧设机关地将胡家的土地和宅第据为己有，通过对这样一个在各方势力的夹缝中虚与委蛇巧妙发迹的人的生动描绘，小说为我们展示了一个阴谋和权诈横行的混乱世道。

## 二　日常生活中的"战争故事"

与20世纪五六十年代出现的"革命历史小说"相比，作者在《历史无情》中表现出的革命斗争故事明显不同，最显著的特点是将斗争放在了"日常生活"的叙述中："九一八"事变发生了，街头上有了日本人，侵略者来了，要打仗了。然而胡太太只想着吸大烟，她的生活逻辑是"横竖日本人也是人，总得叫人抽大烟"[1]；冯嫂一有空就想偷胡家点儿东西；丫鬟秋香想着怎样在太太跟前跟冯嫂斗气；门房的儿子小张加入了游击队，但满心都是自己喜爱的胡家大小姐凤英；商会会长魏仲达在收

---

[1]　师陀著，刘增杰编校：《师陀全集》第2卷（下），河南大学出版社2004年版，第486页。

取军队的"开拨会"从而中饱私囊；乡下的杨保长借机把"救国捐"存起来取利息；知识分子郑恩逃难到一个村庄，把溃兵、学生、地痞组织起来，成立抗日武装……所有在平静的时日中发生的事件和"抗日"活动搅和在一起，泥沙俱下，扑面而来。作者有条不紊地一幕幕"还原"着抗日故事背后的日常生活场景。

这是作者笔下的抗日过程：日本人来了，邻居中慢慢就有人做汉奸了。这些昨天还和你一样日出而作日落而息的乡里乡亲，今天就成了"汉奸"被你捉住了，是个什么样子呢？小说中这样描写："汉奸们被游击队缴枪后放了，有人要他们下次带几挺机枪来，大家交个朋友，他们中有不在乎的，笑着说'不用急，朋友，后会有期'。"① 这里的"战争"，没有剑拔弩张你死我活的气息，什么"汉奸"不"汉奸"，不还是邻居？

有关游击队的描写也是如此：

郑恩组织的游击队的组成人员是"地主、富农、退伍兵、无赖光棍、失业长工、有做生意的、原来在各级地方机关吃公事饭的、也有上过几年中小学半瓶子醋的地主儿子的……"②

他们的目的是"为发展势力，为闲着无聊，为出风头，为发财，或纯粹为吃饭……"③

面对着这样一支队伍，组织者郑恩给他们讲救国救民的革命道理，他们的表现也就可想而知了：

> 打麦场上堆着绿豆秸和黄豆秸的圆垛。队伍刚解散不久，照例乱乱糟糟的，一片的吵闹声、笑声。有人使劲朝同伴屁股上一巴掌，被打的立刻去追，人们便逃着笑着："喂！喂！我是打日本呀。"被打的也笑着骂："操你妹子，咱们瞧谁是日本！"同伴们就喊着助威，"逮住他，别饶他！""抄他的后路""打！打小舅子！"。④

---

① 师陀著，刘增杰编校：《师陀全集》第 2 卷（下），河南大学出版社 2004 年版，第 556 页。

② 同上书，第 515 页。

③ 同上书，第 515 页。

④ 同上书，第 515 页。

郑恩在讲完救国抗日的道理后，问："我们都是中国人不是？"下面的群众反应是"老太太老头子笑开了嘴"。[①]

当日本人真的一来，游击队员们的反应是"小胆的先发了慌，蹑手蹑脚的想溜……大家准备一哄而散"。此时，原来的国民党溃兵（当然现在都是游击队员）大骂"我日你奶奶，你们装孙子了。你们敢跑，今个先打死你们"[②]。逃跑的人才走回来，带着难为情的笑。

这就是师陀笔下的抗日游击队的面目。作家没有刻意地拔高人物，而是按照生活中的样子"如实"描写，这些人物，不高大，不威风，更谈不上是英雄。在乡间的"集训"，我们看不到备战的紧张，看不到苦大仇深的面孔，看到的却是茅盾笔下百姓在"香市"集会的情形。老百姓的日子虽然过得苦，但总有精神上的"胜利"：一有机会彼此就会互相取闹，博得精神上的愉悦。我们可以说师陀不会写战争，但这也是他的可贵之处，他没有脱离乡村的实际故意美化这些刚刚被组织起来的乡亲，而是写了一种他认识到的"现实"，我们才看到了一支这样的游击队伍：成员复杂，动机复杂，队员胆小、麻木，无组织无纪律。他们带着乡间的麦秸秆的味道，带着活泼生动的生活气息扑面而来，与后来当代文学中的一个个高大的"英雄"相比，这些农民无疑显得更真实、更可爱。

## 三　旧时代小人物性格的生动展示

《历史无情》中最出色的人物不是"英雄人物"，而是"小人物"。像饱含心机、阴险狠毒的魏仲达；整天躺在烟炕上抽大烟、骂人、骄纵儿子的胡太太；自幼不学无术、欺凌弱小、嫁祸于人、毫无廉耻之心、亦没有自知之明的胡世梧等人，作家对这些小人物是那样的熟悉，或粗笔勾勒，或细节呈现，或静态素描，或动态刻画，寥寥几笔，人物就栩栩如生、个性张扬。

---

① 师陀著，刘增杰编校：《师陀全集》第 2 卷（下），河南大学出版社 2004 年版，第 490 页。

② 同上书，第 517 页。

　　小说人物的语言和行动都极具个性化。如胡世梧从小骄横跋扈，就是通过他跟姐姐胡凤英斗嘴的话表现出来的："我是妈的儿子，将来没有了她，家是我的……你是个赔钱货，我要把你嫁给小张，给我当一辈子门房。"① 下人冯嫂劝他少吃梨，他鼓起眼睛说："大爷高兴，滚你的蛋。"② 他在学校黑板上画乌龟，说是小张画的，回家还给老张告状，结果小张在学校里挨老师打，回家后又被老张打。通过人物自身的言语与行动，一个纨绔少年子弟的嘴脸暴露无遗。

　　出场不多的下人冯嫂和秋香也写得活灵活现。下层小人物冯嫂的特征是刻薄、势利、狡猾、贪婪，会说非常得体的漂亮话，会用自轻自贱的姿态讨主人欢心，表面上对主人逢迎巴结，一转身就偷主人的东西。当她偷东西时被秋香看见了，怕被告发就寻找各种机会主动出击，怂恿胡太太将秋香卖出家门。这个小人物身上，有着怎样扭曲的一颗灵魂！正是在她身上，闪现着师陀国民劣根性批判的思想火花。

　　作者还擅长从人的外貌描写入手进一步刻画人的内心世界，从人物所处的历史环境描写人物的性格。如对丫鬟秋香的描写："她生的并不算丑，只是那又尖又小的鼻子、薄嘴唇、青灰脸，加上眼梢的皱纹，很难断定她到底是十七八岁、二十七八或是三十七八。她八九年前被卖进公馆时，的确还是个孩子。也就从那时起她被安置在烟炕上，开始学夜里两三点钟睡觉，白天直到晌午起床。到了十三岁，'大人'为取元红，又给她破了身。因此她脸上经常总有两种以上的表情：她的黑眼睛是冷的，阴险的，时时都在那里侦察，同时又表示她尖刻，在这人家有无限权利。她唯一的本事是烧烟，经过长期训练先不说火候，单那双小手活动的巧妙就够教人入迷。"③ 秋香姑娘那冷漠的眼神、阴鸷的性格，就是在"布政第"氤氲的鸦片烟雾中形成的。那个时代、那个家族给予一个少女的，是空洞的岁月、黯淡的青春和无知的未来。

　　门房老张是一个罕见的"厚道"人："从爷爷的爷爷起，他们一家

---

①　师陀著，刘增杰编校：《师陀全集》第 2 卷（下），河南大学出版社 2004 年版，第 446 页。

②　同上书，第 447 页。

③　同上书，第 444 页。

父子相传，给胡家当门房。世上真有这种厚道人，比方他的工钱，大概还是那位老祖宗在道光年间讲定的，至今也没有人要求增加过。况且他自己在主人家里，只要见天能喝四两，以外并无需要，连那点钱的数目也早忘了……他只要天天能喝几两酒，就什么都不关心了。"① 在现代文学作品中，在鲁迅、茅盾、老舍等人的笔下，有一系列这样"厚道"的"老中国儿女"，他们是鲁迅笔下的闰土、华老栓、祥林嫂，茅盾笔下的老通宝……统治者长期的残酷压迫，自身境遇的凄凉悲惨，造就了这些人沉默的性格、麻木的灵魂。他们是中国"沉默的大多数"。鲁迅曾在杂文中激愤地说："人民在欺骗和压制之下，失了力量，哑了声音。"② 事实上也正是众多老张们加一起造就了这样"无声的中国"。

书中主要人物胡太太、魏仲达、胡世梧等人的性格特点是随着情节的发展场景的变换逐步得到展示的。在作品的第三章第一节，在胡太太下乡逃难的路上，胡凤英、门房小张、乡下杨保长和胡太太关于日本人进中国的认识问题各抒己见，作者用简练而富有个性的对话，显现了各自不同的身份和性格特征。

（胡凤英）"杨保长，你瞧那边……满树红艳艳的。"胡家大小姐青春年少，暂不会去理会什么避难，只有她才有心情欣赏乡下的空气和景色，所以，这"红艳艳的"景色，只有她才能看得到，才能说出来。

关于日本侵略中国，胡太太的认识是："你说是红羊年……日本人见都没见过，会打到中国来——这不是劫数么？"这是胡太太的认识，根据是"红羊年，大灾年"迷信的说法。

"人有头疼发热，天有风雨，国也得有灾星，"他（杨保长）说，"您只管放心，太太，日本统治不了中国。就算他能统治，您也不用害怕，他老远的来到咱们地面，总得客气点才成。"把日本人的侵略看成是客人之间的串门，因为老远来，就要"客气"，乡下杨保长头脑中首先想到"礼"而不是"救亡意识"，很符合人物的身份特征。

---

① 师陀著，刘增杰编校：《师陀全集》第 2 卷（下），河南大学出版社 2004 年版，第447 页。

② 鲁迅：《田军〈八月的乡村〉序》，《鲁迅全集》第六卷，人民文学出版社 2005 年版，第 295 页。

"你真会胡说八道，"年轻人照例认真，凤英本着破除迷信的热诚，用鼻子咳他。"日本人统治朝鲜，十家只准用一把菜刀。"这是凤英的看法，一开口，就带有一副学生腔，会说书本上的知识，知道日本人统治朝鲜时候的做法。

杨保长认错也不成杨保长了。他反驳说："朝鲜是朝鲜。你小姐念的书多，我见识的多。我问你来，谁灭过中国？"

"谁灭过，元朝清朝都灭过。"凤英立刻证明。

不料胡太太那边正有这本戏经。她大声说：

"那是因为人家大清是有道的明君，要不然吴三桂一个中国大将，世受大明皇恩厚禄，平白怎么肯勾鞑兵？"这是胡太太的说法，因为她的身份为世受圣恩的清朝"布政使"的后裔，当然要替"大清"说话。

"对，太太。还是您明白。"杨保长高兴的拍着腿嚷，"别的不说，单讲人，咱们十个打他一个，另外还有十个抱衣裳的，轮得着他们鞑子来？"

……"依你的意思，崇祯是有道还是无道？"（胡太太反问）

"这点太太知道的顶清楚。"他毫不为难的回答，说："您看过那出戏：朕非亡国之君，臣皆亡国之臣……运数尽了，李闯王一出世，大明的江山就弄倒了。"杨保长的身份是乡下的保长，他对历史的判断、推论，所依据的知识皆来源于戏文，并有很强的宿命论色彩。

"那个时候出个李闯王，现在出了个共产党，李闯王杀人八百万，共产党杀的也不少了。"胡太太说。

"你们年轻人听听，到底是我们上年纪的有见识。"他（杨保长）用教训的口气下了结论。①

杨保长一开口，一句一个"太太明白""太太知道的顶清楚"，那种奴才对主子说话的谦恭劲儿十足，不经意间就暴露了他过去的身份——"布政第"的佃户。他对胡太太毕恭毕敬，对凤英的见解不以为然，对小张就是倚老卖老、嗤之以鼻，对不同的人用不同的口气说不同的话，符合他作为一个乡下保长八面玲珑、"见多识广"的身份特征。

---

① 师陀著，刘增杰编校：《师陀全集》第2卷（下），河南大学出版社2004年版，482—483页。

# 第三节　一个转折点

其实，早期的师陀对社会上各种时髦的主义包括共产主义是没有信心的。在 1936 年，他曾写了讽刺中国共产党知识分子的短篇小说《马兰》，大意是一个马克思主义的翻译者，从乡间带了村女马兰回城，小说通过马兰的视角展现了"五四"后一批青年知识分子种种不切实际的幻想和令人鄙视的行径。不论是李伯唐、乔式夫，还是"五四"以后的许多青年知识分子，他们的通病就是太醉心于编织自己的梦想，而没有投入到社会实践中去。所以，他们的结果最后要么是幻灭，要么是跌落到更加痛苦的深渊中去。

也许为时代形式所感，作者也想吸取往日沉思感伤的乡村小故事的不足，想写一部抗战时期混乱背景下的"重大题材"，以表明自己的"态度"。但是，对文学特性尊重的立场和自己的写作习性使他只能以自己的方式为时代"呐喊"。所以，在他的小说中，小人物的故事以及对小人物性格的生动刻画依然占据着核心地位。

不论"转变"如何艰难，作家在实际生活中逐渐适应了新的时代要求，开始按照新的意识形态规范写作。1950 年后，师陀在社会身份上已是"国家干部"了，正式纳入了国家体制。从 1950 年至 1952 年 1 月，他任上海出版公司总编辑，1957 年担任中国作家协会上海分会专业作家，河南省第一届人民代表大会代表，上海市政协第二、第三、第四、第五届委员，上海文联理事等职务。在此期间，师陀不断按照党的要求"深入生活"，发表了大量的短篇小说和散文，如《石匠》《前进曲》《保加利亚行记》，历史小说《西门豹的遭遇》，电影剧本《农村钟声》《洋场狼群》等。20 世纪 70 年代以后，师陀还对《无望村的馆主》《结婚》《马兰》等作品的再版进行了修订，并发表了一批总结自己创作经验的文章。

对很多"现代"作家来说，面对新中国成立这个大的时代语境，他们的写作都要面临一个转型问题，考察这个转折点，可以发现作者很多微妙的心态，更容易发掘出作者所坚守的创作个性。正像丁玲从《莎菲女士的日记》（"五四新女性"）到《杜晚香》（"社会主义女劳模"）的创作过程中，"《在医院中》恰好是一个戏剧转捩点"① 那样，师陀的《历史无情》我们也可以将之看作是他创作的一个转折点。从此之后，师陀的写作发生了很大变化，由原来写"人物"写"故事"写"风景"，到之后写"任务"写"运动"，由展现中原乡村人物落后的精神状态变为宣传党的政策、渲染人民对党的感恩之情。在这个转折过程中，《历史无情》中那扑面而来的生活化气息、小人物的种种表现形态，那种将大时代要求的宏大叙事与小人物经历的日常生活相融合的表现手法，无疑是"京派"叙事话语在 20 世纪 50 年代闪现的最后一抹霞光。

---

① 黄子平：《灰阑中的叙述》，上海文艺出版社 2001 年版，第 154 页。

# 第 三 章

# 意识形态的文化建构

## ——《李自成》的写作与出版

## 第一节 《李自成》的写作与出版

1962 年，许多作家写的历史题材小说一发表便遭劫难。如陈翔鹤的《广陵散》《陶渊明写〈挽歌〉》，黄秋耘的《杜子美还家》等。可是，姚雪垠的《李自成》却得到了毛泽东的两次支持，并能在 1963 年出版，这是为什么呢？

作者姚雪垠很早就对明朝的历史题材感兴趣，他曾在《幸福》月刊第 23—26 号连载《崇祯皇帝传》（1948 年 12 月至 1949 年 3 月），在《中国建设》1948 年 7 卷 6 期发表《明初的锦衣卫》等小说。至于他真正着手写《李自成》，大概有两个方面的原因：一个"现实"的因素是姚雪垠是河南人，而李自成的很多故事都发生在河南，很多次战役也发生在河南（如李自成攻开封、打洛阳、杀福王等）。对于这段历史，姚雪垠有着地域上的认同感和心理上的亲近感。再加上姚雪垠十四五岁的时候曾被土匪掳去，和他们共同生活了三个多月，对于绿林好汉的生活有亲身经历。这些都构成了他写李自成的独特优势。除这些因素之外，另一个重要因素大概就与姚雪垠对政治形势的判断和考量有关了。1951 年，姚雪垠离开上海回到河南，他说："准备写三部宏大的长篇历史小说：《李自成》《天京悲剧》《大江流日夜》……要为社会主义祖国的文学事业做贡献，通过李自成、太平天国和辛亥革命的历史悲剧，来说明一个真理，只有无产阶级和共产党的领导，只有马列主义和社会主义能够救中国。"①
至于为什么首选写李自成，据姜弘回忆的情形是："姚雪垠原来准备写
《杜甫传》和《天京悲剧》，最后再写《李自成》。可是，他忽然改变了
主意，提前创作《李自成》，为什么呢？是因为毛泽东对李自成的特殊关
注。他说他虽然很早就对李自成的事迹感兴趣，而真正从文学创作的角
度思考这个问题，是 1944 年在重庆的时候。当时，郭沫若的《甲申三百
年祭》发表了，毛泽东对此文很重视，将之列为整风学习材料，而且还
曾致函郭沫若给以高度评价，同时还有搬上戏剧舞台的建议。"② 在杨建
业所著的《访问作家姚雪垠》一文中，当问及"为什么要创作《李自
成》"的时候，姚雪垠也明确地说："毛主席在他的著作中很多地方都提
到李自成，并对中国农民起义战争有极其精辟的论述。李自成领导的农
民起义时间长、规模大，在封建社会的农民起义中有代表性。为了充分
表现伟大的中华民族的英勇气概和志气，通过《李自成》和《天京悲剧》
写出中国古代和近代的阶级斗争原貌，农民战争的基本规律、经验教训，
我决心以毕生的精力来表现李自成所领导的农民战争，然后接着写《天
京悲剧》。"③ 从后来姚雪垠主动将书寄给毛泽东的事实来看，上述姜弘的
话应该有一定的根据。姚雪垠说："伟大的中国共产党和毛主席不仅给我
一个新的艺术生命，而且更难忘的是，在我最迫切需要的时候都得到毛
主席的亲自关怀和支持。"④ 今天看来，这些话在那个特殊的年代下说出，
不排除作者有"表现"的成分。但是，从创作心理上来讲，在那个"政
治标准第一"的年代，要想获得文学创作的"话语权"，对政治形式的正
确判断的确是作者能进行创作并顺利发表的重要一环。

　　姚雪垠说的"亲自关怀和支持"指的是毛泽东两次针对《李自成》
的"最高指示"，而姚雪垠本人也因为《李自成》的缘故在"十年浩
劫"中获救。1957 年秋天，姚雪垠开始创作《李自成》第 1 卷，在十
分艰苦的条件下，经过他的拼命努力，书稿终于在 1963 年出版。姚雪

---

　　①　段景轩、李兴盛：《成功者的足迹——姚雪垠访问漫记》，姚北桦、贺国璋、俞润生编：
《姚雪垠研究专集》，黄河文艺出版社 1985 年版，第 36—37 页。
　　②　姜弘：《姚雪垠与毛泽东》，《黄河》2000 年第 4 期。
　　③　姚雪垠：《关于长篇历史小说李自成》，上海文艺出版社 1979 年版，第 369 页。
　　④　姚雪垠：《李自成·前言》，上海文艺出版社 1979 年版，第 265 页。

垠和他的妻子王梅彩，在武汉从邮局给毛泽东寄了一套书。此书果然受到毛泽东重视，一个明显的表现就是1966年8月，"文化大革命"开始不久，毛泽东在武汉主持召开中央政治局常委扩大会议，对中共湖北省委第一书记王任重说："姚雪垠的《李自成》分上下两册。上册我已经看了，写的不错。你赶快通知武汉市，对他加以保护，让他把书写完。"① "第二天早晨，王任重即打电话向武汉市委第一书记宋侃夫传达'最高指示'。这一'最高指示'既挽救了《李自成》，也保护了姚雪垠的生命。"② 从《惠泉吃茶记》到《李自成》，姚雪垠也意识到了《李自成》这部历史小说的政治"功用"。姚雪垠曾自信地说："中国是一个农民战争绵延不断的国家，长篇小说的成就标志着一个国家的文学水平，长篇历史小说，特别是歌颂农民起义的长篇历史小说，除了《李自成》，还有什么？"③

姚雪垠第二次给毛泽东上书是在1975年，当时已经在"抓革命，促生产"，姚雪垠处于被"废物利用"阶段，不断地为工农兵看稿子、改稿子，还要到电影院收门票，在商店站柜台。在此情况下，《李自成》的写作停了下来。此时他已经65岁，不甘心就这样消耗自己的生命，但又无法拒绝上述种种琐碎的革命任务和革命道路，于是又产生了上书毛泽东的念头。1975年10月19日，他又给毛泽东写了一封信，汇报了他决心在有生之年写完《李自成》全书和另一部长篇小说《天京悲剧》的计划："我原先除写李自成外，还有一个写太平天国的计划，也做了一些必要的准备工作……如今转眼间已经60多岁，我身体也不好，《李自成》尚未完成一半，希望再次获得您的支持，使我能够比较顺利地完成《李自成》，准备75岁以后写出长篇小说《天京悲剧》，为无产阶级的利益占领这一角文学阵地。"④ 此信由胡乔木转给毛泽东，毛泽东在此信的报告上批示："印发政治局各同志。我同意他写李自成小说二卷、三卷至五卷。"简短的批示，表明了毛泽东对《李自成》创作的全力支持，并指示帮助

---

① 姚雪垠：《关于毛主席对我写〈李自成〉的关怀和支持及其它》，《华中师范大学学报》1994年第1期。

② 同上。

③ 姜弘：《姚雪垠与毛泽东》，《黄河》2000年第4期。

④ 姚雪垠：《关于历史长篇小说〈李自成〉》，上海文艺出版社1979年版，第43页。

他解决写作和出版中遇到的困难。12 月 21 日，姚雪垠抵达北京，在有关方面的安排下，住在中国青年出版社幸福一村宿舍里进行创作。1976 年，《李自成》第 2 卷与读者见面。

无论如何，对于在政治风雨中飘摇的知识分子而言，姚雪垠两次"上书"能够得到最高领导人的肯定，《李自成》1、2 卷能够顺利出版，实在是文学史上一大幸事。毛泽东之所以会对该书如此青睐，其原因大概也就在于它完成了《永昌演义》未能完成的故事，即通过对李自成起义过程的描写，体现了"在中国封建社会里，只有这种农民的阶级斗争，农民的起义和农民的战争，才是历史发展的真正动力"① 这一重要思想论断。同时，《李自成》完成了毛泽东的另一个夙愿，即要用李自成的故事教育全党，让大家思考李自成农民军为何在取得胜利后遭遇失败。从姚雪垠对李自成这个历史人物的塑造效果来看，基本上达到了此书"运用新历史观点，教育人民"② 的"目的"。

1976 年《李自成》第 2 卷完稿，由中国青年出版社于 1976 年 12 月出版第 1 版。1977 年 7 月《李自成》第 1 卷出第 2 版，未加改动。

自 1978 年开始，姚雪垠开始创作《李自成》第 3 卷。与前面不同的是，姚雪垠是边写作边发表，所以，第 3 卷里的很多故事在单行本未刊出之时，已经陆续在杂志上发表：《慧梅出嫁》载《收获》1979 年第 4 期；《袁时中叛变》载《长江》1979 年第 2 期；《李自成箭射天安门》载《旅游》1980 年第 3 期；《第二次开封战役》载 1980 年 6 月 7 日《解放军报》。这一方面固然是《李自成》第 1、第 2 卷获得成功之后，广大群众迫不及待的阅读之情的驱使，另一方面，也跟作者擅长的中短篇写作手法有关。这些刊于杂志上的单篇故事情节曲折、人物性格鲜明，结构上也显得有机紧凑，跟连缀的长篇第 3 卷相比，更能体现姚雪垠的艺术功力。

---

① 毛泽东：《毛泽东选集》第 2 卷，人民出版社 1952 年版，第 619 页。

② 史料记载，在 1944 年 4 月 29 日毛泽东给李鼎铭的信中认为《永昌演义》赞扬了李自成个人品德，但贬抑其整个运动。"实则吾国自秦以来，千余年来推动社会向前进步者主要是农民战争，就是两千余年来几十次这类战争中的极著名的一次。"毛泽东信后曾建议作者按上述新历史观点加以改造，以"教育人民"。但《永昌演义》作者于 1950 年去世，修改一事，也无从谈起。(据《新文化史料》1994 年第 4 期《毛泽东关于〈永昌演义〉致李鼎铭函》)

1981 年 6 月至 8 月，《李自成》第 3 卷分上、中、下 3 册出版。

随着时间的推移，《李自成》第 4、第 5 卷的写作和出版日益显得困窘与艰难。一个重要的原因是，20 世纪 80 年代以后，我们民族生活的"中心"已从阶级斗争转到经济建设上，我们的文学也从单一的"颂歌型"转向了多元求索、多元竞赛的"百花型"。因此，这部曾因与主流意识形态的默契而风光无限的历史小说，因为无法适应新的时代主流不得不停下了它的脚步。《李自成》的续写成了一个很突出的问题。徐建辉的《李自成的遗憾》详细记载了《李自成》第 4 卷第 5 卷诞生的艰难："1997 年 2 月 8 日，时任中国青年出版社总编的陈浩增先生和时任中青社文学编辑室主任的李硕儒先生前往姚家拜年。当着他们的面，姚老之子姚海天也像我一样唐突发问：'爸爸，第 4 卷你到底写了没有？'众目睽睽之下，老人窝在沙发里，抬起眼睛看看他的儿子，又看看大家，两片嘴唇抿成了一条坚毅的直线，一言不发。又问：'你还能写完吗？'这个问题实在太敏感也太残酷了，老人的眼里'倏'地浮起两片云彩，随即艰难地站起身来，步履蹒跚地向'无止境斋'走去，嘴里含混不清地嘟哝着：'能写完！我能写。'"① 当助手许建辉再催促姚雪垠，仍"希望能再从老人嘴里掏出点东西来，终于把老人惹火了：'你就知道催、催、催，脑子里没有东西，说什么？'"② 之后，第 4 卷作者一直未能出版。③

姚雪垠在 1990 年《创作体会漫笔——〈李自成〉第 5 卷创作情况汇报》中，从文字、语言等细节方面对自己创作"慢"做了说明，"愈是年老，我对自己的要求愈苛。例如小说某一个人物的对话中用了一个从前读书人常用的词儿，也是我平日熟悉的词儿，这句对话已经写在稿纸上了，我忽然对自己问道：'这个词儿用得准确么？'我要对我的小说人物负责，对文学语言负责，同时也要对广大读者负责，于是我停下写作，翻阅有关书籍，查清了这一词儿的本来含义，还查出它最早出自《易·

---

① 许建辉：《〈李自成〉的遗憾》，《新文学史料》2010 年第 2 期。
② 同上。
③ 仅有 1985 年的《崇祯皇帝之死》，载《小说》1985 年的第 3 期，《李自成之死》载《小说》1986 年第 1 期。

系辞》中的某一句话。"① 而事实上，《李自成》第1、第2卷中固有的意识形态内容（"农民的起义和农民的战争，才是历史发展的真正动力"）与新时代意识形态的不可调和的矛盾冲突才是导致《李自成》"难以为续"的原因。在新时代其余的历史小说（如《白门柳》《曾国藩》等）创作从内容到形式都在全面创新之时，《李自成》怎么可能再固守原来的艺术范式与思想套路止步不前？再加上姚雪垠个人精力与时间的不足，所以才造成了第4、第5卷写作的困境。②

## 第二节　从《长夜》中的李水沫到
## 《李自成》中的李自成

《李自成》到底承载了什么观念，使得毛泽东如此支持姚雪垠的写作？这些观念对作品的人物形象以及情节发展有什么影响呢？

让我们从两个极为相似的场景描写入手分析。

姚雪垠1947年出版的长篇小说《长夜》，着重描写了20年代军阀混战时豫西山区以李水沫为首的一支土匪队伍的传奇生活。小说中有李水沫部下崔二旦临阵叛逃的情节，土匪头子李水沫放了他。巧的是，这个情节又被姚雪垠再现在《李自成》中。大战在即，李自成的部下郝摇旗要临阵脱逃，在周围将士群情激奋、纷纷要杀他之时，李自成也放了他。处理同样的人、同样的事，李水沫和李自成用的方式方法都是一样的，但是，《长夜》中的李水沫给我们留下了一个有血有肉、栩栩如生的"土匪"形象，《李自成》中的李自成则成了一个面目模糊、没有个性、没有"面孔"的人物。让我们仔细对比两个文本的描写。

　　……崔连长已经把他的人带到村外了，越想越不对。下命令让

① 姚雪垠：《创作体会漫笔——〈李自成〉第5卷创作情况汇报》，《文艺理论与批评》1990年第1期。

② 一直到姚雪垠去世（1999年4月29日）之后的1999年8月，《李自成》第4卷与第5卷由后人整理才得以出版。

人马暂时停住，他匆匆地提着枪跑进团部，站在李水沫的烟榻旁边，说："团长，我，崔二旦明人不做暗事，我崔二旦知道好歹，团长一向待我太好……"

……李水沫的眼睛懒散地盯在灯亮上，继续烧烟，用一半安慰一半责备的口吻说："有啥子事啊，明天说不行吗？"

"兄弟们穷得活不下去了，"崔连长用力说，"大家都愿意重干一场。我来找团长报告一声，因为团长待我太好……"

李水沫若无其事地向崔连长望了一眼："妈的，芝麻子儿大的事情也用得着急成这样？你是不是打算拉出去干几个月？"

"是，团长。"

李水沫继续烧烟，问："现在就拉走？"

"人马在村外边等着，我特意来向团长报告。"

"拉走多少人？"

"只拉走我自己的。"

"枪支呢？"

"都带走了。"

"叫军需官来！"李水沫向旁边的护兵吩咐。

军需官急急慌慌地跑了进来……

李水沫说："去！找二十支好枪给二旦。一连人子弹袋都灌满，再把团部的轻机枪给他一挺，把我的手枪队的好盒子给他五支！"

"是，团长……现在就办？"

"立刻就办！"

李水沫又掂起烟钎子，眼睛看着崔的脸，下巴向外一摆，和蔼地吩咐说："去吧二旦，出去痛痛快快地玩几个月，遇见挨打的时候派人来报个信儿。"①

---

① 姚雪垠：《长夜》，人民文学出版社 1981 年版，第 394 页。

作者用大量的细节（从人物的神态、动作到说话的口气、心理）表现了土匪李水沫的绿林豪气，刻画了属于土匪的个性特征。听到崔二旦要走的"大事"后，李水沫眼神是"懒散"的，表情是泰然的，口气是镇定的，腔调不紧不慢，毫不惊慌，"继续烧烟"。众多细节呈现了一个沉湎于酒色财气及时享乐的土匪形象。还有极具个性化的语言，送枪支送银两时充满着江湖豪气。语言干净利索、冷峻有力、不容置疑，显现出土匪果敢霸道的性格特色。"去吧，出去痛痛快快地玩几个月"。"玩儿"几个月，这是李水沫从他自己的思想出发对他人的一种猜测：李水沫自己拉杆子、抢肉票、攻寨子，就是为了"夜夜结婚，天天过年"，就是"玩儿"。因此，从他的角度理解崔连长的出走也无非就是痛痛快快地"玩儿"，这种揣测再自然、真实不过。"挨打的时候来报个信儿！"说出了对方实实在在潜在的危险，也道出了"江湖人士"固有的哥们儿义气。

这段描写之所以让人印象深刻，是因为作者不拔高、不提升李水沫的人物形象，用符合人物身份的行为来表现人物性格，用来自生活本身的语言刻画一个绿林人士，没有任何外在的先行概念。小说真实地表现了杆子们之间"你信得着我，我更不能给你半点亏吃"的土匪生活。所以，《长夜》基本上是生活的原始记录。可是，在《李自成》中，在同样的场景中，土匪头子李水沫变成李自成后，不仅《长夜》中那表现人物形象的一系列细节没有了，同样的场景已成为李自成"教育"郝摇旗的"佳话"。下面是《李自成》中同样的情景：

> 李自成在灯下摊开一本书，连看两遍……郝摇旗把四个亲兵留在老营大门口，提着马鞭子走了进来……
>
> "闯王！"
>
> 李自成从书上抬起头，笑一笑，但笑得很不自然。他放下书，慢慢从方桌边站起来，问："摇旗，这么晚来找我，有什么事？"
>
> "闯王，我对不起你。我要走啦。"
>
> "你要走啦……为什么要走啦？"
>
> 郝摇旗吭吭哧哧地说："商洛山中本来是个苦地方……你让我走我就走；你不让我走，要治我违反军纪的罪，该杀该剐也凭你。"
>
> "你们要往什么地方去？"闯王问。

"往河南去……"

自成不等他说完，又问："你们打算什么时候走？"

"马上就走。我的人已经在陈家湾村外排好队，等着我来辞了行回去就走。"自成坐到椅子上，沉默地望着郝摇旗，脸色沉重……自成皱皱眉头，用责备的口气叹了一声，又停片刻，问道：

"你想离开我，离开商洛山中，为什么不早对我说一声？"

"前些日子我来找过你……可是大丈夫来去分明。"郝摇旗接着说，"我郝摇旗不能瞒着你闯王拉走，所以已经站好队啦，我越想心里越不是滋味儿，特来向你辞行，凭你发落。"

……李自成的脸色严峻，突然从椅子上站起来，走到郝摇旗的面前。郝摇旗心中惊慌，本能地退了半步。门口的人们注视着闯王的动作，连呼吸都停止了。自成说："摇旗，你也够糊涂了！"

"我糊涂，我混蛋，愿杀愿剐，凭你！"

自成接着说："你想想，你本来只收容了一百多人，有些人归还原队。你手下只剩下七八十人，盔甲不全，兵器也差。虽说人人有马骑，可多数是劣马，真正的战马不多。就凭着你这点人马，别说经不起沿路官军收拾，连乡勇也会收拾你们。想走，为什么不早说？"

郝摇旗摸不着头脑，一时不知如何回答。围在门口的将士们也糊涂了。

自成向门口瞟一眼，说："叫总管来！"

老营总管任继荣早就在人堆中站着，提着拔出鞘来的三尺宝剑。这时他很感意外，赶快把宝剑悄悄地插入鞘中，答应一声，走进屋去。

自成吩咐说："总管，你立刻挑选二十四战马，三十副盔甲，三十把大刀，派人送往陈家湾，不许耽误！"

任继荣怔住了……

自成把眼睛一瞪，严厉地说："你愣怔什么？快去！办好以后前来禀我！"

"是！"总管一转身奔出去了。

自成又对亲兵头目说："李强，取四百两银子出来！"

　　"是!"

　　不大一会儿,李强从里间把银子捧了出来。自成接住银子,对郝摇旗说:"摇旗,我知道你手头没钱。这点银子,你拿去在路上用,估计够你们用到河南。你眼下人数很少,一路上打尖吃饭,一定要给老百姓钱,不可骚扰百姓……到了河南,千万注意军纪。从前你军纪不好,我说你你不听,今后你自己去闯江山,不得民心如何能站稳脚步?这道理不难懂,你千万莫当耳旁风。我等着你到河南的好消息。倘若遇见困难,你千万派人对我来讲,我好立刻帮助你。"①

　　比较一下李水沫和李自成的几个简单的神情和动作,会发现对李自成的描写相当缺乏"个性"。如一开场李水沫的"眼睛懒散地盯在灯亮上,继续烧烟"的动作换成了李自成的"在灯下摊开一本书,连看两遍";李水沫的"一半安慰一半责备的口吻"变成了李自成"从书上抬起头,笑一笑";听到对方要走的消息,李水沫的语言是"妈的,芝麻子儿大的事情也用得着急成这样?"到了李自成,是"用责备的口气叹了一声,埋怨道,为什么不早对我说一声?";最后,李水沫对要离开的崔连长,说的是"挨打的时候来个信",李自成是"等你的好消息!你一有困难我立刻就帮助你"。"看书""笑一笑""脸色严峻"这一连串的词语没有突出李自成的个性心理,作者之所以能把土匪李水沫写得栩栩如生,很大程度上是因为作者真的见过李水沫样的人物,还跟他们一起生活过。据姚雪垠回忆,他曾经在14岁的时候在泌阳境内被土匪抓去,做了"票子"。由于他胆子大,被头目从"票房"中要出,做了义子。随后,姚雪垠同他们共同生活大约100天,亲眼见了土匪的所作所为,亲身参加了他们的行动。"他们破寨,我随在他们后边冲进寨去;头目烧房子,我点火,他们都叫我娃儿""我又认为义父和他手下的叔叔们都是好人,心地善良,是迫不得已才拉杆子。我从心眼里喜欢他们,敬佩他们作战勇敢。我看着他们由小到大,迅速发展","我长大成人后,常常怀念我的义父

---

　　①　姚雪垠:《李自成》,中国青年出版社1977年版,第343—346页。

和几个叔叔，料想到他们都早已经死去，不免怆惘"。① 而李自成这个人物形象，完全是作者的想象加当代的一些"概念"组合而成的。"一定要给老百姓钱，不可骚扰百姓；千万要注意军纪，不得民心如何能站稳脚跟……"这些语言让人感觉李自成不是 17 世纪封建社会统治下的农民无产者，倒是一个有着"现代"思想的革命领袖。

　　李自成的形象与本书的另外一个人物——崇祯皇帝相比，也逊色不少。崇祯的性格都体现在他的语言、心理和行动之中。如在游玩中担心远方战事而忧心忡忡，去占卜得到不好的签，在田妃的解读下，刚好些，就马上低头计算从商州来的飞奏要多少天；赢了田妃一盘棋，就好像得到了战事的捷报一样高兴，可抬眼看见了太监王德化神色不安地立在背后，大吃一惊，马上问："有什么紧急军情？"通过这一系列的动作和心理活动的刻画，一个面对着摇摇欲坠的江山，内心充满了失落、惶恐、彷徨与挣扎的封建帝王形象跃然纸上。崇祯与田妃的生死离别写得尤其真实生动，感人至深。田妃死后，他"常常不思饮食，精神恍惚，在宫中对空自语，或者默默垂泪，每到静夜，他坐在御案前省阅文书，实在困倦，不免打盹，迷迷糊糊，仿佛看见田妃就在面前，走动时仍然像平日体态轻盈，似乎还听见她环佩叮咚。他猛然睁开眼睛，伤心四顾，只看见御案上烛影摇晃，盘龙柱子边宫灯昏黄，香炉中青烟袅袅，却不见田妃的影子消失在何处……"② 斯人已去，生者渺渺，亡国之痛再加上爱人的离去，给崇祯以致命的重击。他的艺术形象因为"真实"而丰满，而李自成恰恰因为少了这些具有人性色彩的描写而显得呆板、毫无生气。

　　李自成的形象崇高、伟岸，以致"很多人一看见他，鼻子一酸，热泪奔流，还有少数人抽咽起来，还有很多将士在回答他的询问时禁不住流下热泪"。③ 我们很难感受到李自成身上所有的农民气息，常常分不清他到底是古代农民英雄还是现代革命领袖。作者虚构了很多动人的情节，以使李自成的形象更加丰满。"我在塑造他的英雄形象时候，在性格和事迹方面基本上根据他本人的原型，但也将古代别的人物的优秀品质和才

① 姚雪垠：《关于长篇历史小说〈李自成〉》，上海文艺出版社 1979 年版，第 306 页。
② 姚雪垠：《李自成》，中国青年出版社 1981 年版，第 1370 页。
③ 同上书，第 985 页。

干集中到他身上。"① 李自成形象的塑造是在"伟大的中国共产党和毛主席给我的一个新的艺术生命"契机下，是"为了无产阶级专政利益占领历史题材这一角文学阵地"② 而完成的。也可以说，正是"党的要求""无产阶级利益"的要求，李自成才成了小说中的那个样子。具体来说有以下几点：第一，李自成具有远大的革命道德理想。李自成在革命之初就将"起义"与"拉杆子"划分清楚，并不断地教导手下的军士，让他们明白在自己的军中是起义而不是拉杆子。起义与拉杆子的区别就在于起义以"诛灭残暴"为其明确的目标，不推倒明朝的江山决不罢休。第二，李自成具有不计个人名分、一心为起义军前途着想的宽广胸怀。在潼关突围前，他对大将们说："打仗的事情是没有准儿的，也不能不往最坏的地方想。万一我不幸在突围的时候阵亡，你们就推捷轩做闯王。万一捷轩也不幸阵亡，你们就另外推举一个闯王。总之，一定要使'闯'字大旗不倒下去，不推倒明朝的江山永不罢休。"第三，李自成能运用民主集中制的工作方法。"这支农民军中有一个好的传统：遇见重大问题就召集众将领一起商议，谁都可以自由地发表意见。李自成的作风比高迎详还出色。他总是静静地听大家发言，自己很少作声，直到大家把意见说的差不多了，他才把大家的好意见挑出来，加以归纳，做出自己的最后决定。"③ 第四，李自成爱护士兵和百姓。"几年来，他给自己立了一条规矩，每日作战或行军宿营之后，总要到将士们中间走走，到彩号们中间看看……平时不管自己有多么疲倦，打过仗后一定要去受伤将士中间慰问，还亲自给他们敷药；大兵压境，自己压力重重，可是首先想到的是当地老百姓，给他们发银子，担心他们在树林里冻坏了。听说找到了老百姓，自成心中真高兴，简直像在战场上听到了捷报。"④ 第五，李自成平易亲切、严以律己、宽以待人。在郝摇旗临阵脱逃时，他不仅没听从众人之声杀掉他，反而送给他人马和银两，并做深刻的自我批评和自我检讨。他作风艰苦朴素，不贪财、不好色，与高夫人共谋大业，与战

---

① 姚雪垠：《李自成·前言》，中国青年出版社 1977 年版，第 7 页。
② 姚雪垠：《关于长篇历史小说〈李自成〉》，上海文艺出版社 1979 年版，第 265—266 页。
③ 姚雪垠：《李自成》，中国青年出版社 1963 年版，第 123 页。
④ 同上书，第 116—117 页。

士们吃一样的饭菜。他的部队纪律严明，平卖平买，更不打人骂人。

此书从人物塑造到情节设计，几乎是严格按照早年毛泽东对《永昌演义》"用来教育人民"的修改意见而进行的，刘再复以及其他评论者认为《李自成》是遵从"三突出"原则而作，基本上就是围绕李自成与高夫人等农民军领袖形象做文章①。的确如此，把李自成塑造得过于现代化，神化，反而损害了这一形象的真实性。

## 第三节　慧梅的婚姻故事——
## 《李自成》的转折点？

通过上文的论述，我们看到，李自成的形象是如此高大，人格是如此完美，那么，他最后是怎样走向失败的呢？在写作技巧上，作者又是如何处理这一棘手的问题？处理的效果又如何呢？从《李自成》第3卷中，我们明显地看到了李自成形象的转变，"慧梅出嫁"的故事意味着李自成决策的失误，此后他开始走下坡路，只不过，这故事的"情景急转"太过急促从而导致了故事发展逻辑上的诸多牵强与不合理之处。

《李自成》第3卷中，慧梅失败的婚姻是一个标志性的事件，是李自成起义军由盛转衰的转折点，也是李自成个人形象的转折点，即从前期的救民于水火、英明果断的义军领袖变成了一个脱离群众、好大喜功的群氓之首。严家炎在《长篇历史小说〈李自成〉的艺术贡献》中说"女英雄慧梅，她在第3卷中则已经完成了一出义薄云天、感人肺腑的动人悲剧"②。然而细读作品，我们发现作品中叙述的"慧梅的故事"并不能承担如此重要的"转折"功能。"慧梅故事"缺乏人物性格前后的发展逻辑，很多时候，在人物及事态发展还没有达到"必然性"的冲突之时，人物做出了较多的"必然性"举动，很明显地带有为某种概念故意为之

---

① 此类评论文章有：周脉柱《深入历史、跳出历史——历史小说〈李自成〉形象浅析》，《破与立》1979年第4期；周修强《关于〈李自成〉的几个主要人物及其他》，《文学评论》1979年第3期等。

② 严家炎：《长篇历史小说〈李自成〉的艺术贡献》，《平顶山学院学报》2010年第4期。

的痕迹。

《李自成》第 3 卷（中）（中国青年出版社 1999 年版）慧梅的故事是这样的：李自成手下的心腹大将张鼐与高夫人手下的心腹女将慧梅青梅竹马，彼此爱慕，闯王和高夫人也很高兴，闯王和高夫人议定：打下开封，为他们完婚。但在打开封之前，袁时中出现了，他是中原地区另一股起义军的小头目，手下有两万人马。当时，闯王锋芒正劲，天下豪杰争相投奔，刚刚吸取了前来投奔的罗汝才的十万军马，总人数已达五六十万。因此，闯王一到中原，袁时中就慌不迭地前去投奔。就在袁时中部队被闯王接纳收编的第二天，袁时中提出要娶闯王的女儿为妻，没想到闯王及其军师恰巧也正有此意！接下来，闯王及其军师开始操办此事。闯王的亲生女儿才 15 岁，怎么办？军师问闯王："可有侄女？闯王说："侄女有两个，人品一般，又不懂事，未必使得袁将军满意。"① 最后，为了"使袁时中满意"，闯王果断决定把慧梅给袁时中。帅府自上而下地忙了 3 天：第一天认慧梅为"义女"，第二天收彩礼，第三天为袁时中完婚。就这样，心腹爱将张鼐和慧梅两人十来年的恋情，相约多年的婚姻期待，3 天时间就被瓦解了。闯王说，这样，"袁时中就和闯王是一家人"，"打起仗来，就一条心了"。

慧梅得知自己不能与张鼐结婚，哭哭啼啼几天不吃饭，高夫人找闯王说情，闯王义正词严晓以天下为重的大义，高夫人说要换一个更俊俏的女将给袁时中，闯王以大丈夫要讲诚信等理由不予接受。张鼐听说后，上山打死了一只老虎后作罢。结果是，袁时中在娶了娇妻慧梅之后，还没打开封，就带着慧梅和自己原有的两万人马逃之夭夭。

第 3 卷（中册）共 500 页，除去前面打开封的故事，全书有 2/3 的篇幅讲上述故事，作者先是用大量笔墨渲染了张鼐和慧梅的彼此恩爱，然后详写了闯王及其部下如何把两人拆散，把慧梅嫁给袁时中，最后写袁时中携娇妻慧梅和自己原有的两万人马怎样逃跑。

这样看来，这第 3 卷（中册）大致内容就是一部袁时中的"娶妻记"，或是李自成版的"赔了夫人又折兵"的故事。

为什么作者肯花如此的篇幅编造一个对李自成形象如此不利的故事

---

① 姚雪垠：《李自成》，中国青年出版社 1999 年版，第 813 页。

呢？一个很明显的变化是，从这个故事之后，作者笔下的李自成的决策开始有失误了。要知道，在此之前，也就是在前 3 卷 100 多万字的叙述中，作者笔下的李自成部队——"老八队"从来都是攻无不克、战无不胜的。可是，怎么让李自成从"神坛"上走下来呢？现在看来，慧梅失败的婚姻故事是李自成决策失误的开端。也就是说，从本卷这个故事开始，作者的叙事开始从"浪漫主义"转向"现实主义"了。接下来我们就看到了李自成的战马开始吃老百姓的庄稼，李自成开始杀说他坏话的人（杀了袁时中手下的老王），开始听好听话（他极喜爱袁时中印制的宣传他做皇帝的小册子）……总之，李自成从神坛上下来了，开始成为一个"人"，但是从小说的叙事艺术上来讲，不仅人物性格如此大的转变无规律可循，关于慧梅婚姻悲剧的叙述也有太多不合常理之处。

从当时闯王和袁时中双方力量的对比来看，让闯王痛痛快快地接受袁时中的"和亲"政策的可能性不大。当时闯王人马五六十万，袁时中两万，袁时中提出要娶闯王 15 岁的女儿，闯王凭什么要果断迅速地创造一切条件，不惜拆散爱将张鼐和慧梅的感情，3 日内为袁时中举行婚礼？文本中没有做充分的说明，只是详写在袁时中想娶闯王女儿时，闯王及其部下也正想纳他为婿！用"约为婚姻"笼络人心，这做法被刘邦在鸿门宴中运用到极致，一般是弱势者的无奈之举，对国家来说，行此道似乎还有受辱之意。当年鸿门宴时，刘邦到项羽军中，一见项伯便"约为婚姻"，实在是不得已为之，然而只有这样，才有了后面项伯心甘情愿地"翼蔽沛公"。刘邦的做法之所以"可信"，是因为他正处于"人为刀俎，我为鱼肉"的情势之下。现在的情形是闯王为刀俎，袁时中为鱼肉，让身为刀俎者用"和亲"的方式讨为鱼肉者的欢心，有何道理？其实，如果是下列的情况还说得过去：第一，袁时中虽然只有两万人马，但当时他对李自成攻打开封非常重要；第二，袁拥有重兵，以此"要挟"闯王，要是让他归顺服膺，条件是娶慧梅为妻。闯王无奈之下，只能用"和亲政策"。总之，袁时中要有重要的"筹码"，才能让李自成不惜重创心腹爱将张鼐的感情送慧梅去"和亲"。但从目前文本叙述的情况看，袁时中好像一个天外来客，区区两万人马，对于李自成的五六十万来说多之不为盈，少之不为亏，构不成太大的吸引力。袁时中的力量究竟对李自成意味着什么？小说中没有体现。如此情况下，李自成凭什么就能做出这等举动？退一步来讲，即使袁时中要求娶闯王之女为妻，也无明确指向，慧梅、慧竹、慧兰、慧菊无不可，为什么非得要张鼐的未婚妻慧梅呢？总之，在这种情况下，为了这样一个可有可无的人，闯王不顾及自己多年来的"圣父"形象，毫不犹豫地破坏心腹爱将张鼐的婚事，将慧梅送给袁时忠，让人觉得不合常理。

很有讽刺意味的是，袁时中娶了慧梅之后，还没打开封，就带着慧梅和自己原有的两万人马脱离了闯王的部队，李自成的一切愿望归了空。然后，慧梅在袁时中军中自尽，以此说明李自成的"和亲"政策彻底失败，自此，李自成开始走下坡路。

恩格斯说："悲剧是历史必然的要求与这个要求实际上不可能实现之间的悲剧冲突。"悲剧的效果之所以实现，往往是这个定义中的"必然要求"和后面的"不可能实现"之间的冲突造成的。具体到故事的讲述过程中，作者要用尽力气，在情节的布置和人物转变前后蓄足了悲剧的"必然性"，然后再说明"不可能"，只有如此，故事人物命运的起承转合才让读者有强烈的审美愉悦感。古典小说中的林冲一而再再而三地被逼上梁山的过程；贾宝玉和林黛玉在各种因素作用下最终劳燕分飞；骆驼祥子在丢车、买车的人生波动中的堕落，都是这"必然性"与"不可能"之间矛盾冲突的结果。

在慧梅的故事中，缺乏的正是冲突的"必然性"要求：闯王完全可以不必答应袁时中娶慧梅的要求，即使答应，也不必是慧梅（可以将其余"义女"嫁给袁时中）。在文本内部，人物行动失去了内在必然性的依据而一味按照作者的意思前行，这就造成了概念先行、理念大于形象的弊病。这个"概念"或许就是作者在第3卷（中）的写作过程中必须要写"李自成要由胜利走向失败"的"历史真实"。

其实，不单纯是作者对于"悲剧"事件叙事的必然性"造势"不足，在其余故事的讲述中，也经常有如此的弊端，即情节的发展要靠外在的"理念""认识"才能推动，如，同是农民起义军，张献忠、罗汝才等的部队一出场，就土匪一般烧杀抢掠、无恶不作，老百姓见之退避三舍，而为什么李自成的部队往往与百姓有着鱼水深情？第一、第二卷中"老八队"（李自成的部队）再少的人，为什么也能在几千人的围困中左冲右杀冲出重围？并且，一次次失败的突围描写让读者感到的却是胜利会师般的豪气冲天，在我们慨叹内容"失真"的同时，只有佩服作者"手法"的巧妙。"潼关南原大战"中，李自成的部队几百人在前面是河水后面是几千追兵的情况下，靠李自成的"勒转马头，狂呼乱喊，杀开一条血路……"①就完成了"突围"？我们很清晰地看到，很多时候，李自成的故事情节发展本身，"必然性"严重不足，上述疑问，如果不联系作者写作小说时的外在因素，我们很难得到合理的解释。这一点与《三国演义》的战争描写相比，就可以看出问题所在。以赤壁大战为例。赤壁大战中孙刘联军大获全胜，这结果来之确非易事，诸葛亮舌战群儒，孙刘联合，接下来蒋干盗书、草船借箭、借东风、连环计、苦肉计等环环相扣，最后才大军齐下，一举歼灭了曹军。这结果是完全靠小说文本内诸多人物的努力得来的，当中那么多环节无不是"歼灭曹操"的"必然性"过程。而《李自成》中的战争描写，最缺乏的就是这个展示过程。另外，"现实主义的意思是除细节的真实外，还要真实地再现典型环境中的典型人物"。《三国演义》中很多场面都有着细节的真实性，赵子龙能在长坂坡杀个几进几出是因为曹操下了活捉他的命令；关羽温酒斩华雄是一对一的较量；关云长战胜于禁庞德七路大军是借助了水势；关云长败走麦城被活捉确确实实是寡不敌众。正是小说中这些细节的真实，才让小说人物显得"真实"。在《李自成》中，作者很少注"细节"真实性的问题，作者可以让刘宗敏的马跃下几十丈的悬崖毫发未损，再严重的病，老神医也能起死回生，很多时候，阅读小说之时，我们看到的不是精心的布局和设计，而是一种凌空的勇气和信心，一种莫名的胆略和气魄，这里面其实暗含了作者的一种想当然式的情感投射，是外在于小说文本的一种理念。

总之，"慧梅"故事的"必然性"情节设计不够，又没有更多的"细节"展现小说中人物性格的演变，故事本身的发展只能靠一个预设的概念和结果前进，从而造成了一种人物和故事的不真实感，对这些，作者所有的解释仅是"用了革命浪漫主义的手法"，这是远远不够的。

---

① 姚雪垠：《李自成》，中国青年出版社1999年版，第620页。

## 第四节　有意味的形式——复线结构中的 先验性观念

如上节所述，在主题思想和主要人物设计方面，《李自成》充分体现了毛泽东的"在中国封建社会里，只有这种农民的阶级斗争，农民的起义和农民的战争，才是历史发展的真正动力"① 这一重要思想论断。从小说的结构安排上来看，这部小说也同样体现了如此理念，即李自成所领导的明末战争史被融入先验性的革命发展史概念里，其中的人物行动明显地按照预定历史发展轨迹中的预定路线发展。

为了表达鲜明的主题，小说采用复线发展的结构方法架构全篇，以李自成所代表的农民起义军与崇祯皇帝为代表的明末封建地主阶级之间的矛盾斗争为主线，明朝军队和关外清军的战争、李自成农民军与清军的战争以及张献忠农民军的活动等为副线。随着故事情节的发展，在小说后半部分，明朝军队与清军、大顺军与清军之间的战争逐渐由副入主，而李自成与明朝残余力量的斗争则从主线降到副线。作者希望通过它们写出"明、清变动之际各个阶级、阶层，政治集团、军事集团、各种社会力量的复杂关系、动态"②。在这样的整体化历史叙述中，李自成所领导的起义军的革命过程被融入"革命发展史"的概念里，其中的人物行动、心理都按照预定轨迹中的预定路线产生、发展。例如，在第 1 卷开头，以潼关南原大战起笔，就是基于一个先验的革命主题的写法，作者就是要在第 1 卷中写出"革命运动的领袖人物在遭到严重挫折后应该抱什么态度"③ 的问题。有了这样的主题，作者才开始设计主人公的出场、设计战斗的场面、突围的过程、最后的结果等情节。这种"主题先行"的做法，不仅由作者的"意念"决定了他的选材角度，同样也决定了表

① 《毛泽东选集》第 2 卷，人民出版社 1952 年版，第 619 页。

② 姚雪垠:《〈李自成〉创作余墨》，《关于长篇历史小说〈李自成〉》，上海文艺出版社 1979 年版，第 314 页。

③ 同上书，第 319 页。

现方法。如在很多次战役中，作品通过一系列的艺术方法，将作战中的苦难细节忽略不计，一味强化了战士们的圣战情绪，硬是将作战中的失败"叙述"成了"胜利"，下面以第 1 卷中的"潼关南源大战"为例做具体分析。

以《李自成》第 1 卷（上）册（中国青年出版社 1977 年版）的"潼关南源大战"为例，从小说的第七章（142 页）开始一直到第 12 章（272 页），作者详尽描写了一场极其惨烈的战斗。说是大战，其实是李自成三四千疲敝之师在洪承畴和孙传庭的三四万大军四面围困下突围，结果是李自成几乎全军覆没，仅剩下 18 人。可是，在我们阅读小说的时候，丝毫感觉不到李自成是溃败的一方，而是感到了明朝军队的不堪一击，这是怎么造成的呢？让我们分析一下作者在叙述上采取了怎样的策略。

第一，李自成被叙述为"正义之师，仁义之师"，得道者多助。大战之前，一说找到老百姓了，闯王心中"真高兴，简直像在战场上听到了重要捷报一样"。① 当地的老百姓纷纷前来送信，告诉李自成潼关孙传庭的兵力布置情况；就战斗谋划而言，李自成与将士们促膝长谈，共商大计，充分发扬民主集中制的作风，让大家畅所欲言，充分酝酿突围之计，全军上下士气高昂。

第二，在描绘作战过程时，作者把全部笔墨放在描写李自成的军队上面，对李自成及主要将领做雕像式的描绘，对孙传庭和洪承畴几乎没有正面描写（稍有几笔也是溃败的惨状）。以下是李自成在突围前查看地形的一段：

> "太阳升得更高了，它照着西边的华山，巍峨的五朵奇峰高插入云，多么壮观！多么肃穆！它照着岗头上的闯字大旗，旗枪银光闪烁，大旗呼啦啦卷着晨风，它照着李自成和他的乌龙驹，他在静静地抬着头向前凝望……"② 以下是李自成带人马冲锋的描写："李自成浓眉轻轻一耸……犷悍异常的骑兵紧紧地跟着他，举在手中的刀

① 姚雪垠：《李自成》，中国青年出版社 1977 年版，第 117 页。
② 同上书，第 151 页。

和剑在阳光下闪着寒光，马蹄猛烈地踏着山石和坚硬的红色土地，像海潮，又像狂风暴雨……"① 其实，纵然手中的刀和剑在阳光下怎样闪着寒光，三四千人的队伍面对三四万敌人的堵截，其结果也可想而知。但作者不去描写义军战斗的实际情形，而是用"革命浪漫主义"的手法浓墨重彩地描绘义军人员的战斗意志，让人从心理上感觉到壮阔的美感。此节只有一处写到敌人，"祖大弼和孙显祖没想到这些饥饿、疲惫的人们竟然以一当十，战斗十分凶猛，他们一看见闯字大旗心中就发慌"。②

同样的描写也发生在李自成手下的将领刘宗敏身上：

"在危险的局面中，在纷乱的千军万马和刀光剑影中，像山岳一样屹立不动。他站在那里，身边左右两个亲兵中箭，自己斗篷上也中箭，他的黄骠马中了箭，立刻换了一匹菊花青，依然停在原地……"③"他大吼一声，像一声晴天霹雳，菊花青随着这声霹雳腾空而起，像闪电般穿越过河滩，跃上对岸，直向敌人最密集的地方冲去。"④"后面十几名偏将几百骑兵，在人数占绝对优势的官军中所向披靡，忽而向左，忽而向右，忽而又杀进核心，寻找官兵的主将，敌人在他的冲击下像洪水冲垮墙壁，纷纷倒下，闪开一条血路。"⑤

第三，在描写具体的战斗过程中，叙述"猛冲"的气势比叙述作战中实际的兵力布置情况更重要。"刘宗敏的主要方针是保持猛冲猛打的气势，挫折敌人的锐气，只需几百骑兵出敌不意地向官兵力量最薄弱的地方猛冲一下，这样战场的形势就会改变。"⑥"张鼐、高一功以不可抗拒的

① 姚雪垠：《李自成》，中国青年出版社 1977 年版，第 152 页。
② 同上书，第 163 页。
③ 同上书，第 153 页。
④ 同上书，第 155 页。
⑤ 同上。
⑥ 同上书，第 157、158 页。

勇猛气势冲垮了敌人阵线，一直向敌人骑兵最多、招展着祖字大旗的地方冲去；李自成同袁宗第率领着这一小队骑兵杀开一条路，直冲进官军的方阵中心。"① "这支援兵（刘宗敏、刘芳亮的部队）冲进了左营的步兵中，驰骋砍杀，使得步兵发生混乱，随即影响了骑兵，牵动全线。"②

　　在作者笔下，"冲"是主要的作战方法，好像只要"冲"进去，就可以所向披靡、取得胜利。冲，是一种豪气和精神，只要有这种"冲"的劲头，就具有了大无畏的战斗精神、临危不惧的英勇气概、出生入死的"革命"力量，那么，胜利就会属于我们。就这样，故事的情节和人物命运被先验地注定了。特定时代的读者们可能不会真正地关注几百名战士如何在成千上万人的重围中冲锋的实际场面，作品中只要有令人热血沸腾、心潮澎湃的气势就够了。这种一味强调精神、意志的作用忽视真实性细节的描绘，正是20世纪五六十年代革命历史题材所谓"浪漫主义"的常用手法，如此强烈的"倾向性"对于小说的艺术性的损害是很大的。恩格斯在谈论文艺作品表现政治倾向的特点时，不止一次地说过："作者的见解越隐蔽，对艺术作品来说就越好。"③ "倾向应当从场面和情节中自然而然地流露出来，而不应当特别把它指点出来。"④ 可我们在《李自成》中的很多次战斗场面中看到，作者强烈的倾向性贯穿在文本的字里行间，无处不在，从而让我们从作者叙述的情感上就知道了每一个战斗的胜负、每一个人物的"必然"命运。

　　"历史的语言虚构形式同文学上的语言虚构有许多相同的地方……因为，没有任何随意记录下来的历史事件本身可以形成一个故事，对于历史学家来说，历史事件只是故事的因素。事件通过压制和贬低一些因素，以及抬高和重视别的因素，通过个性塑造、主题的重复、声音和观点的变化、可供选择的描写策略，等等——总而言之，通过所有我们一般在

---

　　① 姚雪垠：《李自成》，中国青年出版社1977年版，第165页。

　　② 同上书，第181页。

　　③ 恩格斯：《致玛·哈克奈斯》，《马克思恩格斯选集》第4卷，人民出版社1972年版，第462页。

　　④ 同上书，第454页。

小说或戏剧中的情节编织的技巧——才变成了故事。"① 这种历史精神的书写与表达，由于带有了明显的先验色彩，任凭作者的主观意念自行展开，所以显得呆板而缺乏生气。这在《李自成》的后两卷中，由于对日常化历史场景的描写大大减少而表现得尤为明显。

---

① ［美］海登·怀特：《作为文学虚构的历史文本》，张京媛编：《新历史主义与文学批评》，北京大学出版社 1993 年版，第 161—163 页。

# 第 四 章

# 从《大河奔流》到《黄河东流去》

## 第一节　主人公李麦人物形象的转变

　　同样以"黄水题材"写灾民生活，李準 1974 年出版的《大河奔流》受到诟病，而 1979 年出版的《黄河东流去》却备受称赞，为何？《黄河东流去》究竟在何种意义上取得了成功？原来一直紧跟时代的李準在"新时期"的创作有哪些变和不变？①

　　《大河奔流》上部写赤杨岗村村民们在"花园口事件"中的悲惨遭遇和他们与国民党反动派进行艰苦卓绝的斗争故事，下部重点写新中国成立后，为扭转南粮北调的局面，人民群众在党的领导下将黄河由"黄祸"变为"黄福"的奋斗过程。相比李準之前的创作，《大河奔流》的艺术视野更加广阔，时间跨度也更长。可是，由于作者没有从赤杨岗人的命运遭遇本身去折射历史，而是主观地让主人公李麦代表赤杨岗人急匆匆地表演了历史，图解了两个阶级、两条道路的斗争，结果是"文学被表面的历史过程占据了，淹没了"。②

　　李麦是《大河奔流》中的主线人物，作者在她身上倾注了全部的热情和力量，将之塑造成了一个充满无产阶级革命家气质的英雄形象。她

---

　　①　《大河奔流》开始创作于 1974 年，1976 年完成第 2 稿。1977 年 5 月开始在《人民电影》上发表。1977 年 12 月由人民文学出版社出单行本。《黄河东流去》上部于 1979 年 10 月出版（北京出版社），下部于 1985 年 1 月出版（北京出版社）。

　　②　孙荪：《从〈大河奔流〉到〈黄河东流去〉——论转折时期李準的创作》，《文学评论》1986 年第 2 期。

集各种美好品质于一身，时时刻刻处在时代风云的风口浪尖，做出了一桩桩"大事"，成了一个"高大全"式的人物。具体表现如下：首先，她的情感极度"虚拟化"，语言充满了"膨胀感"，时时站在一个时代的高度代表一个群体发言、演说。如她在夜里行路途中执意看毛主席像的情节就很夸张。因为天黑风大，她"划着火柴看，用火柴把竹竿点燃起来看，眼中含着热泪"。① 黄水来了，她让儿子天亮去讨饭，蛮有豪情地说："这要饭棍该掂也得掂起来！"。逃难的路上，她救了梁晴，说："死不了我李麦，也死不了你梁晴。"其次，随着情节的发展，她的行动越来越脱离她本人的身份和实际，走向假大空。"金谷酒家"一幕，民女身份的李麦竟然当着外国记者的面将国民党第一战区长官蒋星文骂得狗血喷头，还能走进宿县炮兵营地，走向渡江战役解放南京的伟大战场，亲自指挥炮兵将南京伪总统府上的旗子炸得粉碎。在《大河奔流》的下册，为了体现"人民是历史的创造者"这一主题，李麦的言行被时代的政治话语进一步裹挟，她所说的每一句话几乎都是那个时代的传声筒，如"咱无产阶级什么'官'都不要，就要一个无产阶级世界'观'"②；县里要给她一张办公桌，她不要，说："赤杨岗三千亩地，就是咱们的大办公桌。"③ 她对梁晴说："咱的亲戚就是两家，一个是国家，一个是集体。"就是在日常生活中，李麦也时时处处能将家长里短的小事上升到政治层面的大事上去。长松打儿子小响，李麦拦着不让打，教训长松："长松，我告诉你，他（长松的儿子）是在红旗下长大的，耕的是烈士们用鲜血换来的地，吃的是用自己劳动挣来的粮食，上的是毛主席办的学校，受的是党的教育。他要革命，你不革命，你就打不得他。"④ 李麦去青岛看儿子，听儿子说国家正忙着南粮北调，夜里睡不着觉："我总觉得对不起毛主席，他老人家操着全国人民的心，操着世界人民的心……咱们是农民，农民会干什么，不就是会种个地吗？可是就这还要让国家给我们调粮食吃。"⑤ 和失散多年的女儿深夜谈话，女儿嫦娥看到李麦太劳累，想

---

① 李準：《大河奔流》，人民文学出版社 1977 年版，第 47 页。
② 同上书，第 129 页。
③ 同上书，第 136 页。
④ 同上书，第 167 页。
⑤ 同上书，第 116 页。

让她享享福，但李麦说："要不是党，咱娘儿俩今天怎么能在一起？"① 李麦还 7 次直接用"要把黄河的事情办好"这句话教育人民群众。

在这一番番慷慨激昂的言辞和行动中，李麦几乎成了一个政治宣传的机器。作者把人物拔得太高，使人变成了神，失去了作为一个农民本身应有的活泼个性。在这里"文学被表面的历史过程占据了，淹没了，而它的天职——对社会生活，人与人之间的关系特别是人的精神领域的开掘和描绘，却退到了次要地位，显得很粗疏"。②

五年之后（1979 年），李準的《黄河东流去》出版，同样有李麦这个人物，但已经和《大河奔流》中的李麦大不相同，具体表现在以下几个方面：

第一，《黄河东流去》中的李麦，革命家的言辞少了，属于一个劳动妇女本色的东西多了。她所做的事，都在她的能力范围之内，也符合一个农村妇女的身份。如为春义主持"水上婚礼"，热心积极借米借面招待客人；为揭不开锅的海长松送半升大麦面；黄水劫难中，让儿子天亮去背申奶奶；得知春义、凤英闹分离，去咸阳为他们说和；反对老清婶逼迫爱爱嫁给有钱有势的关相云，劝她说"婚姻是人一辈子的大事，人不合适，整天吵嘴生气，还不如你们自己过"③；同样是对革命活动的参与，不再是《大河奔流》中亲自指挥炮兵将南京总统府轰炸掉，而是送儿子天亮参加八路军。

第二，即使写她身上的"崇高"，作者也能做到"真正的从生活出发"，有根有据。如她对地主阶级、对旧社会的深仇大恨源于独特的个人经历：从小和爹爹给地主海螺子当长工，爹爹累死在磨坊中，地主海螺子赖账不给爹爹买棺材，丈夫海青牛又被海骡子栽赃受冤屈而死；她"不敬"神，是因为"为了四亩七分的老业地跟海骡子打官司"，她没钱，官司打输了，就整天到老天爷那里去告他，她舍不得吃，舍不得花，可是买香、买黄表却成刀成封的买。可是海骡子家该发财照样发财，该买

---

①　李準：《大河奔流》，人民文学出版社 1977 年版，第 189 页。

②　孙荪：《从〈大河奔流〉到〈黄河东流去〉——论转折时期李準的创作》，《文学评论》1986 年第 2 期。

③　李準：《黄河东流去》，北京出版社、北京十月文艺出版社 1996 年版，第 631 页。

地还照样买地……所以，"我才知道，老天爷这个老龟孙也是个眼皮朝上翻的东西"！① 悲催的遭遇层层叠叠积聚起来，使她对地主充满了深仇大恨，个人艰难的生活又铸就了她坚强的性格、反抗的精神，值得注意的是，李麦这些性格都是在生活中"长"出来的；写她"思想觉悟"提高，作者不忘交代她"觉悟高"的思想来源，是因为"几年来她跟宋敏一块生活"；写她接受"斗争"概念的时候，考虑到李麦的接受基础和接受过程，不再是《大河奔流》中动辄激动不已，而是有自己独特的理解："她的脸上浮现出一种青春的光辉。她迟了好大一会儿才说：'斗争，什么事都得斗争！人善被人欺，马善被人骑，我要是从小能上学多好。'"② 此时，她接受的心理基础是"人善被人欺，马善被人骑"的民间俗语。当听到宋敏给她讲述要建设新中国的道理的时候，她很激动，但激动的原因是"也不知道是新中国这个词在李麦的感情上激起了巨大的波澜，还是和宋敏的离别情绪触动了她，她的眼泪夺眶而出，抓住宋敏的手，一句话也没有说出来"。生活中的别离情感和崇高的政治情感交织在一起，"分不清楚"，李麦这样的话语，与《大河奔流》中的她动辄"为了新中国"的口号相比，来得更自然更真实。

第三，《黄河东流去》中的李麦，总体来说是一个有很强生活能力的农村女性，是一个热心大嫂的形象。春义举办婚礼，她跑前跑后帮忙接待；难民逃荒到寻母口，她先找到了拆被子的活计，使各家的冷锅灶冒出了烟；在西安，又是她承揽了一宗手工活，奇迹般收入几百元，顾住了几个人的吃住。她的身上具有一种强者的精神气质，还有一些超越农民传统旧观念的见识。如在贞操观念上，她敢于扔掉狭隘的"面子观"，在春义和凤英的离婚事件中，她也有独到的见解。

虽然个别地方，李麦其言其行还略高于其余人物（如她"抓起一把土问王尾巴：这是日本的土还是中国的土？"③），但是，由于作者注意了她思想转变的具体环境，使得她的这种转变也较为合理，没有过多拔高的痕迹。总之，她不再是一个叱咤风云的英雄人物，而是一个坚强、热

---

① 李準：《黄河东流去》，北京出版社、北京十月文艺出版社1996年版，第206页。

② 同上书，第65页。

③ 同上书，第159页。

情、能干、有见识、有胆识的热心大嫂，是一个不拘于传统观念的女子，一个有着坚强的性格、较强生活能力的人，是"在黄河岸边中原农村的土壤中生长的，并在长期的流浪生活中磨炼出来的勤劳、刚强、豪爽，有一定见识的劳动妇女"。①

从李麦的形象塑造上，我们可以清晰地看到现实主义又回归到了李準的笔端，李麦在《黄河东流去》中的所有情绪和特点，作者都一一加入了"来自生活"的注释，"从生活出发，生活里是怎样就怎样，我决不再拔高或故意压低人物"。②

## 第二节　新时期语境与《黄河东流去》的写作

粉碎"四人帮"之后，李準敏锐地感觉到我们国家进入了一个新的历史时期，政治、经济、文化及各个方面、各个角落的生活都在经历着剧烈深刻的变革。"文艺政策的调整与制定、文学体制的重新建构、文化官员领导作用的发挥、文学媒体的恢复与创新以及评奖制度的实施，都是极为重要的制度性因素。这些形形色色的制度安排，构成了文革后中国文学发生与发展的政治文化语境。"③ 李準认为这个时期有一个显著特点，就是"整个中华民族在一场浩劫之后，大家都在思考了，形成了伟大的、思考的一代……思考我们这个国家的过去和未来，思考我们为之付出的带着血迹的学费，思考浸着汗水和眼泪的经验"。④ 对李準这样的作家来说，"思考"可能来得更深刻、更复杂。"我这本小说，就是在思考的一代的序幕中产生的。"⑤ 李準的反思过程是伴随着中国政治形势的变化而不断深入的，过程比较曲折，大体上有如下几个阶段：

1977 年 8 月的《〈李双双小传〉后记》可以说是李準对过去创作的

---

① 孙荪：《从〈大河奔流〉到〈黄河东流去〉——论转折时期李準的创作》，《文学评论》1986 年第 2 期。

② 李準：《黄河东流去·开头的话》，北京出版社、北京十月文艺出版社 1996 年版，第 1 页。

③ 朱晓进：《非文学的世纪》，南京师范大学出版社 2004 年版，第 358 页。

④ 李準：《黄河东流去·开头的话》，北京出版社、北京十月文艺出版社 1996 年版，第 1 页。

⑤ 同上。

第一次比较系统的"思考"与总结。此时，他还没有摆脱"左"的束缚，说话底气不足："就我自己来说，在创作上，确实有缺点，有错误，也走过一段曲折道路。通过'文化大革命'，我自己认真总结经验、教训，我觉得有几个基本东西应该正确坚持，那就是：一、热爱劳动人民。二、坚持革命现实主义和革命浪漫主义相结合的创作原则。坚持用劳动人民的生活语言进行创作，努力反映革命的新生事物，为社会主义革命服务。三、学习毛主席的文艺方针，来进行创作。坚持从生活出发，从生活中提炼。四、不断地改造自己的思想、感情，改造自己的世界观。"[①] 作者一方面承认自己的缺点，要"好好总结教训"，但是一方面仍要把"坚持学习毛主席文艺方针"和"从生活中提炼""坚持革命现实主义和革命浪漫主义"结合起来，看得出来，这个时期他的心态还很犹豫。这个时期，李準埋头于历史题材的电影剧本的写作（《壮歌行》《荆轲传》等），但都未获得成功。

1978 年，随着中国社会政治形势越来越明朗，尤其是电影《大河奔流》失败后，李準的创作观念有了重大改变。1978 年 5 月 11 日，《光明日报》刊发《实践是检验真理的唯一标准》引发的大讨论，批驳了"两个凡是"的观点。1978 年 6 月 5 日闭幕的中国文联三届三次全委扩大会议宣布，中国文联、中国作协等机关单位恢复工作，《文艺报》复刊。1980 年 7 月 26 日的《人民日报》社论正式提出"文艺为人民服务，为社会主义服务"，取代了"文艺为政治服务，为工农兵服务"。与"文化大革命"时期比，"新时期"的文艺政策更加合乎文艺的规律和特点，也为文学写作预留了更为开阔和较为有弹性的空间。

在这样的政治形势下，李準大有"十年一觉扬州梦"之感。他在电影中的李麦和李双双的对比中，反思其艺术上的败笔根源于"三结合""三突出"等政策观念，电影剧本《大河奔流》的失败就是"旧时代"写作与"新时代"审美之间冲突的结果。

1980 年 1 月至 4 月，李準在《黄山笔会》（1980 年 4 月《清明》）、《初春农话》（1980 年 4 月 22 日《人民日报》）、《创作漫谈》（1980 年 5

---

① 李準：《李双双小传》，人民文学出版社 1977 年版，第 474 页。

月《牡丹》）等一系列文章中，表达了对极左政治的深度反思，认真厘清了文艺和政治的关系，提出了以下观点。第一，"文艺为政治服务也没有多大好处，容易产生概念化、公式化。"第二，文艺应该从生活出发。"我们不从生活出发，照文件来编，那是不行的。这就是概念化的根源，要文艺为具体的政策服务，后果也很严重。"第三，写作是个人的事。依据上述认识，李準创作的短篇小说《芒果》于1980年10月发表于《人民文学》，小说对盲目崇拜"最高指示"的现代迷信之风进行了尖锐的嘲讽。这篇小说的发表标志着李準的创作开始摆脱了"极左"思潮的影响，走进了"新时代"。

"反思"带给《黄河东流去》两个重大改变。

其一是"写什么"的改变。从写"人民是历史的创作者"，改为写"民族赖以生存和发展的精神支柱"是什么？李準在《黄河东流去·序言》中说："这本书的名字叫《黄河东流去》。但她不是为逝去的岁月唱挽歌，她是想在时代的天平上，重新估量一下我们这个民族赖以生存和延续的生命力量……多少年来，我在生活中发掘着一种东西，那就是：是什么精神支持着我们这个伟大民族的延续和发展？我觉得好像捕捉到了一些东西：那就是历史是人民创造的。我们这个社会的细胞——最基层的广大劳动人民，他们身上的道德、品质、伦理、爱情、智慧和创造力，是如此光辉灿烂。这是五千年文化的结晶，这是我们古老祖国的生命活力，这是我们民族赖以生存和发展的精神支柱。"[1]　与《大河奔流》相比，《黄河东流去》不再单纯地对"人民创造历史"这一正确主题做形象化的说明，而是想把我们这个民族在伦理、道德、品质、思想、情感以至整个精神领域中的特点揭示出来，这"就不仅仅要表现出人民怎样创造历史，而且要揭示出人民为什么能够创造历史"。[2]　同样的题材，作家创作的主题已经发生了明显的改变。

其二是"怎么写"的改变。从写"英雄史诗"改为写"小人物"。不是写一个人的"高大全"，而是写一个群体的道德、品质、伦理、爱

---

① 李準：《黄河东流去·序言》，北京出版社、北京十月文艺出版社1996年版，第2页。

② 孙荪：《从〈大河奔流〉到〈黄河东流去〉——论转折时期李準的创作》，《文学评论》1986年第2期。

情、智慧和创造力。《大河奔流》重点描绘的是个人英雄李麦。她集各种优秀品质于一身，或勇立于斗争的第一线，或在后方给群众做思想工作，或走向前线指挥杀敌，无所不能。到了《黄河东流去》，作者描绘的是一个群体——7户失去了土地的农民在异乡坚韧不拔辛苦辗转的求生经历。虽然小说中有大的政治活动（如新四军支队、八路军的活动），但是，这些活动仅仅成为背景（新四军支队的两次活动，仅限于通知百姓尽快转移、发放劳动工具等）。这些普普通通的百姓，有的无一技之长，有的无任何交往经验，他们带着固有的乡村"家族"观念，带着一把子力气，开始了艰难而顽强的求生之路：天亮去撑船，徐秋斋算卦，海长松拉黄包车，王跑在庙里种菜，海老清租种土地，爱爱学说书，梁晴、嫦娥去丝厂做工……每个人都有一番辛苦的经历，每个人都有一个动人的故事。不同的性格、不同的遭遇、不同的经历使得这些小人物各有特色，个性鲜明：王跑有点儿小聪明，挖了块石头便做起了发财梦，可转瞬间，竹篮打水一场空；"老庄稼筋"海老清反对女儿说书，看不惯老婆每天刷牙等新异的生活方式，于是和家人分道扬镳，自己独自去租种土地；海春义看不惯妻子凤英做生意时的"笑脸迎人"，几番吵闹后与妻子离婚。

其实，李準的小说一开始引人注意的就是那些很活泼的"小人物"。如果撇开"大办食堂""集体""阶级""先进"等政治术语，小夫妻斗嘴的过程、农民们种地捕鱼的体验、邻居们七嘴八舌的唠嗑场景，一直是李準笔墨中最精彩的篇章。在《黄河东流去》中，这种写作优势得到了最充分的发挥。①

小说深入人心的地方还在于，作者在这些"小人物"身上发掘出了富有中华民族传统美德的人性光辉，写出了他们在种种艰难的环境中对传统道德和传统伦理的坚守。如海天亮冒着生命危险，在大水中救出申奶奶；在西安街头，在生活极端困难的情况下，嫦娥主动提出卖掉自己，让嫂嫂梁晴和徐秋斋继续生活下去；徐秋斋的老伴，宁肯自己饿死，也

---

① 这些小故事大都有民间故事的特点，情节曲折，人物性格鲜明，各个人物的故事相对独立，因为结构上有这些特点，所以《黄河东流去》一开始并没有在同一份报纸或杂志上连载，而是零星地散见于各个杂志。如《牛铃》发表于1979年1月11日的《解放日报》，《姑嫂》发表于1979年2月18日的《河南日报》，1979年2月在《十月》上发表1至10章。

要给徐秋斋在炕席底下留下一瓦罐小麦；还有海天亮与梁晴彼此对爱情的忠贞守望，蓝五和雪梅九死未悔的爱情坚守，李麦与海青牛的患难之交，海长松与杨杏、王跑与老气的生死相依，都是中国老一代农民传统道德观、婚姻观、伦理观的具体呈现。

## 第三节  《黄河东流去》的政治新主题

关于李準的文学作品和政治的关系，曾有很多人论述过。

洪子诚："置身于生活的激流之中，自觉地把自己的创作活动同当前的革命斗争和政治运动结合起来，敏锐地提出现实生活中的问题，是李準短篇的一贯特点。"①

潘旭澜："李準具有着一种非常强烈的政治敏感性。他曾长期地深入农村，熟悉他们，了解他们，对自己要求也比较严格，并努力根据毛泽东思想和党在各个时期的方针政策来观察生活、认识生活，以党的政治观点来看待各种各样的生活现象，他能看到现实生活中新出现的、还未引起人们广泛注意的具有重大意义的矛盾冲突，还有可能从一些看上去似乎很平常的事件中把握生活中新的变化，反映和提出现实生活中新的问题。"②

孙荪："（李準）他的一只眼睛盯着党的方针政策，一只眼睛盯着现实生活，用艺术家的才能把两者结合起来，造成艺术形象和文学作品。从《不能走那条路》起步，直到《大河奔流》的上演，前后有二十六年的时间，李準基本上是沿着这样的创作道路走过来的。"③

的确如此，李準是个时代感非常强的作家，他始终把表现时代的情绪和生活中的问题作为自己孜孜不倦的艺术追求，他的成名作《不能走那条路》是李準偶然听到一个税务局同志说了"咱们土地交易税经常超额完成任务"而引起的思考。在他的创作中，我们几乎可以看到各个历

① 卜仲康：《中国当代文学研究资料·李準专集》，江苏人民出版社 1982 年版，第 171 页。
② 潘旭澜：《谈李準的小说》，《文学评论》1964 年第 5 期，第 32 页。
③ 孙荪、余非：《转变时期的李準》，《郑州大学学报》1983 年第 3 期。

史时期中国政治政策的变动。"从土地改革后，农民要走什么道路，到
1964 年前后，巩固发展人民公社，这十多年间，是充满着革命严峻斗争
和生活蓬勃发展的过程。《李双双小传》中的这二十几篇小说大多是短篇
小说。综合编在一起，却也可以粗略看到一点我国农村社会主义革命的
缩影。"① 与其他作家不同的是，在歌颂党的政策和时代话语的精神方面，
李準能非常娴熟地运用民间话语，对农民内心情感的波动进行细致的描
摹，很巧妙地把党的指导思想用生动的人物形象、精巧的情节结构以及优
美的生活画面表现出来。在这个过程中，李準那种来自民间的艺术家气质
和才能帮了他大忙，别人很少能像他那样把政策与文学形象融合得那么
自然。

　　"新时期"之后，李準的作品与"时代""政治"的关系是怎样的呢？

　　李準是较早地从"四人帮"的桎梏中解放出来、投入新的创作并取
得了耀眼的成绩的作家之一。许多老一辈作家如老舍、赵树理等在"文
化大革命"中被迫害，有的心灵上和肉体上创伤累累，粉碎"四人帮"
后，有的虽则从思想上较早地清醒过来，但一旦重新拿起笔来却显得那
么沉重、力不从心。像李準这样迅速"康复"，并取得如此引人注目的成
就的作家的确不多。之所以能如此快地"调转"方向，与李準一以贯之
的"政治敏感意识"有直接的关系。"河南作家的聪明才智，从来不仅表
现在他们善于从乡土文化、民间文艺等方面吸取丰富的营养，而是特别
表现在他对文艺与政治的关系这个问题的敏感上，表现在对作家与时代
的关系的认识上。一旦与政治衔接起来，河南作家立即有惊人的领悟力
和表达力，如果从传达政治意图的纯正性和完美性来说，李準、魏巍的
作品甚至超过赵树理的作品。"②

　　李準也意识到，跟现行政策的联系过于紧密，"一百年也出不来好作
品"。1982 年 4 月，他在一次谈话中说："我们要搞大的政治，从总体上
为政治服务，为精神文明服务，使人的灵魂美，也就是使人美。""文艺
不要为政治服务，不要分政治第一艺术第二，不要黑白两色人物。不要
为政治服务，不是要脱离政治，而是要更深地更高地同大的长远的政治

---

①　李準：《李双双小传·后记》，人民文学出版社 1977 年版，第 475 页。

②　梁鸿：《外省笔记——20 世纪河南文学》，社会科学文献出版社 2008 年版，第 55 页。

联系，更有益于美化人的灵魂。"①

文学作品要同"更长远的政治"联系。所谓"大的长远的政治"，就不会是一时一地的政策，因此，作者远不会走到伤痕文学、反思文学的路子上去，他的立意要更高远。"我写这部《黄河东流去》，是借别人的琵琶曲子，运用低调（与从前的流行高调比起来是低调），真挚地唱出了我们民族的信心，送给人们一个信息，告诉人们：我们的民族是伟大的，是最有希望的。"② 他以宏阔的眼光重新圈定了"挖掘民族自信心"这一时代主旨。在他眼中，这个"概念"不可能因为一时的政策而过时，也不可能因为一个运动而消灭，而是一个"长远的政治"，一个"永恒"的存在。

"新时期"的政治指导思想是文艺"为人民服务""为社会主义服务"。"文学要为大的长远的政治"服务，这是李準寻找到的文学政治化主题的新方向，《黄河东流去》的写作就体现了"新时期"的新方向。

"人民"是一个复合概念，这就决定了作者不能再像《大河奔流》那样光写一个英雄。③ 最起码要写一个阶层的群体形象。鲁迅曾说："要论中国人，必须不被涂在表面的自欺欺人的脂粉所诓骗，去看看他的筋骨和脊梁。自信力的有无，状元宰相的文章是不足为据的，要自己去看地底下。"李準最熟悉的中国农民不就是"地底下"的一个庞大的有代表性的群体吗？

承载李準书写"民族魂"任务的是赤杨岗 7 户农民家庭的成员。我们看到，在艰难困苦的日子里，大伙为春义举办"水上婚礼"；陈柱子收留春义和凤英；长松为老清婶家做篱笆门；四圈关键时候出手救小响；海老清对爱爱嘱咐："不是自己用血汗换来的东西，一根断筷子都不能要。你爹姓海，你也姓海，姓海的老坟地里不长弯腰树。人要活得干净，活得清白，活得正直，活得有志气！"④ 杨杏一家来到洛阳后，杨杏教育儿子："咱们是庄稼人，人老几辈都正正经经的人，饿死也不能偷人家东

---

① 孙苏：《百泉三日谈》，《李準新论》，北京十月文艺出版社 1988 年版，第 276—277 页。
② 同上书，第 247 页。
③ 1974 年开始创作的《大河奔流》，李麦的形象非常符合当时的"三突出"观念，即在所有人物中突出正面人物；在正面人物中突出英雄人物；在英雄人物中突出主要英雄人物。
④ 李準：《黄河东流去》，北京出版社、北京十月文艺出版社 1996 年版，第 487 页。

西……"① 通过书写这些"被抛"入底层的群众的求生过程，我们看清了"民族魂"究竟为何物？那是一种在极端困苦下自力更生、坚韧不拔、自强不息的生存能力，是一种在绝望境地中体现出的相濡以沫、相互支持、同甘共苦的互助精神，这种精神"被贫穷、被历史沉积下来的污秽，被日常生活中的琐细的利害观念掩盖着，一旦在民族危亡、大难临头的时刻，便会焕发巨大的力量，放出灿烂的光辉"。② 李準曾充满信心和自豪地说："中华民族是个大仁大义的民族，这样的民族必然有伟大的生命力，必然有伟大的前途……我们平常说的伦理道德究竟是什么？黄泛区的人民在那样艰难困苦、濒临死亡边缘的情况下，人乱伦不乱，这是什么东西？我以为形成一个民族的很重要的东西，是一个民族的伦理。伦理是道德的基础，道德是民族精神的基础，本身也是一种精神。封建时代讲正人伦，牵扯到人与人之间的根本的秩序问题。劳动人民之间的伦理道德和情操是人伦中最有秩序最美的。"③

《黄河东流去》下卷于1984年出版，小说中出现了头脑灵活善于经商的农村小伙子陈柱子和妇女凤英的新形象。这两个人物的成功塑造，是20世纪80年代"商品经济"成为中国的新"政治"以后，李準在创作实践中对时代观照、审视的结果。

党的十一届三中全会后，李準首先看到了追求经济富裕的过程中农村存在的问题，即商品经济的深入和农村中平均主义思想的矛盾。中篇小说《瓜棚风月》就是有关商品经济思想与旧有传统观念冲突的问题。种瓜能手丁云鹤受聘到辛庄承包种西瓜，他勤勤恳恳、不分昼夜地劳作，高超的技术使得西瓜获得了大丰收。但是，等到按合同规定要分给丁云鹤5%的酬金的时候，辛庄人眼红了，拒不执行合同，不按合同付钱。丁云鹤见辛庄人如此不讲信用，愤愤地离开村庄。辛庄人失去了"种瓜能手"的指导，重新回到昔日的贫困状态。当商品经济来临时，自私自利和惰性思想还如此严重地束缚着辛庄人的头脑，"技术"没有使不守信的

---

① 李準：《黄河东流去》，北京出版社、北京十月文艺出版社1996年版，第218页。

② 孙荪：《从〈大河奔流〉到〈黄河东流去〉——论转折时期李準的创作》，《文学评论》1986年第2期。

③ 孙荪、余非：《李準新论》，北京十月文艺出版社1988年版，第247页。

辛庄人获得新天地，狭隘的心胸和短促的目光阻断了他们迈向"市场经济"大潮的行程。

在《黄河东流去》的上卷中，作者还对坚守土地的农民海老清、海长松等人的土地梦做了牧歌式的礼赞，但在下卷，作者对经商农民陈柱子和凤英的赞誉之情远远超过了老农民海老清、海长松。

陈柱子是个非常精明能干的生意人。他白手起家，在咸阳从卖豆芽开始，一步步开了面馆。他深知做生意和种地的不同："种地是脊梁朝天脸朝土，土里求财不用说话；做生意全凭和人打交道，和气生财，没有和颜悦色，人家买主何必把兜里票子掏给你？"[1] 他饭铺里放一把水烟袋，让老婆买新衣服穿，见人一脸笑，出言顺人心，再难侍候的人，他都能打发得人家舒舒服服。他不仅仅有着农民不怕吃苦不怕流汗的精神，更具备了做生意特有的精明头脑。卖水煎包，每卖30锅多浇一斤香油，就凭这一招，在咸阳闯开了门面。卖当地人喜欢吃的牛肉面，除了通常的佐料以外，还要添一把发好的嫩青豆，使牛肉面不到两个月就名声在外。他卖菜，懂得"水里求财"，一桶水浇上，一担菜马上鲜嫩活泼起来，"卖菜不使水，买菜噘着嘴。"

他不爱听戏，不爱听评书，尤其讨厌游手好闲坐在那里穷聊天，他把每一分钟都安排在赚钱上。他认为时间就是金钱。他教训老婆老白说："喝开水，看三国，那都是财主们的事。咱是个开饭铺的，没有这闲工夫。""能叫人等客，不叫客等人。"别人看不到的钱，他能看到，别人抓不到的钱，他能抓到。过年的时候，他也不闲着，他看到卖琥珀糖的生意不错，就批发50斤琥珀糖，挑着担子出城去串乡，目标是小孩子们口袋里的压岁钱。他懂得商业运行规律，懂得合同契约的运用，能将商业运营和农村的"仁义""乡情"等区分开。他请凤英来帮忙，总是"先丑后俊，讲好价钱，省的后来彼此别扭，又说不出口"。"总要说个牙清口白。收留归收留，那是老乡街坊情谊，身价归身价，不能糊涂一盆。情是情，份是份。"在大家都忍饥挨饿的时候，他的饭铺每天都有钞票赚。他没有"为富不仁"、见利忘义，他仍有乡下人的淳朴与厚道。他收留老乡春义和凤英，手把手教春义卖菜；春义、凤英闹矛盾，他前去调

---

[1] 李準：《黄河东流去》，北京出版社、北京十月文艺出版社1996年版，第724页。

解；听说蓝五出事，他连夜赶过去帮忙出钱，料理后事。

除了陈柱子，李凖还充满热情地刻画了一个商业环境下的"新女性"形象：凤英。她勤快、能吃苦、干活麻利，她用自己的聪明和勤奋为她和春义两人的发展搭好了一个舞台。她偷偷学习陈柱子的炒菜技巧，每天留心陈柱子的收入，悄悄为自己将来的生意做准备；她善于和人打交道，靠热情和活泛的语言维持街面上的人，对街上的闲人王蛤蟆和联保处的公务人员秦喜，都能恰到好处地利用；她还能将个人的烦恼置于脑后，全身心地投入到生意中去……这些都是一个生意人具备的潜质。作为"传统"女性，凤英温柔贤惠，有情有义，"水上婚礼"她从没抱怨过苦；西安逃难，她没叫过屈；该"外头人"出面的时候，凤英一定会让春义出面；该疼爱丈夫的时候，凤英又能做到不惜一切。

在表现凤英的人物个性上，李凖又回到了他所熟悉的"二人转"的艺术模式中，继续用"先进与落后""集体与个人"的对立模式刻画人物的性格，只不过《黄河东流去》中代表"先进"观念的是具有生意头脑的凤英，代表"落后"思想的是光知道种地思想保守的春义。作者把赞赏的眼光投向了精明的凤英，对春义的固执、狭隘的小农意识提出了质疑和批判。

当农民离开了土地，离开了原来的左邻右舍，他们的观念、性格、心理都要发生变化，在新的时代背景下，如何获得新的人生？这是作者重新思考的问题。作为农民到商人的成功转型，陈柱子、凤英的形象无疑是作者在市场经济条件下深入思考的结果，他们朴实厚道与精明活泛的性格、踏实经营的处世态度给人留下了深刻的印象，也为当代文学的人物画廊上增添了光彩的一笔。

"'文革'后的中国文学对中国政治合法性的文学论证主要体现在两个方面：其一，是1949年以后对'极左'政治特别是反右运动和'文化大革命'的持续反思和批判，从历史的反面论证了文革后的'政治正确'。其二，便是对文革后的现实政治，甚至是具体政策的文学论证。"①审视《黄河东流去》，我们完全可以说，李凖的眼光远远超越了对"具体政策"论证的"原始阶段"，书中既无伤痕文学的忧郁哭泣，也没有"反

---

① 　朱晓进：《非文学的世纪》，南京师范大学出版社2004年版，第385页。

思文学"的过度忧思，在国内"改革文学"一片峥嵘的时候，他以特有的敏感，以当今社会发展的趋向作为参照，重新审视了中原农民的心理结构，用更深更远的思考重新厘定作品人物关系。他一方面褒扬了传统农民身上的美德，赞扬他们身上固有的忍受力；另一方面，他也批判了农民身上固执陈旧的落后意识。由此，他不仅仅找到了中华民族赖以生存、繁衍的"根"，还以宽阔的眼光看到了中华民族要生存、发展、腾飞，就必须改造民族心理结构的必要性。这既是文化上的反思和总结，也是"政治"上对"人民"的一个新交代。

# 第五章

# 苦难与权力的书写

## ——以《故乡天下黄花》《故乡相处流传》为中心

## 第一节　"童年经验"

对于"故乡"，刘震云有过多次描述："'故乡'对我来讲有两个层面：一个层面是我曾经生活的故乡，这个故乡也许并没给我留下什么好的印象。它很贫穷，小时候吃不饱，衣服很脏，身上长着虱子，集市非常嘈杂，人都没出过远门……要这样的人群建立一个发达的现代世界是不可能的——这是日常意义上的'故乡'，但一个人认识世界的开始、对世界的观念又都是从这里产生的。"① "故乡在我脑子里的整体印象，是黑压压的一片繁重和杂乱。从目前来讲，我对故乡的感情是拒绝多于接受。我不理解那些歌颂故乡或把故乡当作温情和情感发源地的文章或歌曲。因为这种重温旧情的本身就是一种贵族式的回忆当年和居高临下同情感的表露。你把故乡说的那么好，如果现在把你遣送故乡劳动，你肯定一百个不同意。"②

刘震云的童年时期，正是中国"大跃进"和自然灾害造成的中国经济最困难的时期，此时，"饥饿"已不再是个人的记忆，而是河南人民甚至中华民族的集体记忆。"袁永熙主编的《中国人口（总论）》认为，1959 年至

---

① 张洁：《刘震云：手机的"语速"》，《人民论坛》2004 年第 3 期。
② 刘震云：《整体的故乡与故乡的具体》，《文艺争鸣》1992 年第 1 期。

1963 年的困难时期，饥饿曾是影响我国人口死亡的重要因素，三年困难时期死亡人数超过平常二、三倍，其中，相当大的部分是因饮食不足，缺少必要的营养，导致抵抗力差而患病死亡。特别是老年和儿童较为严重。"① "曹树基采用人口学和历史地理学的方法，以县级行政区为基础，以虚拟的'府'级政区为单位，重建 1959 年到 1961 年中国各地非正常死亡人口数。计算结果表明，1959 年到 1961 年中国的非正常死亡人口多达 3250 万"。② 刘震云的故乡是新乡地区延津县。1958 年，在刘震云出生 8 个月时，外祖母把他抱到新乡地区延津县的王楼乡老庄村抚养，一直到他上小学，这期间他和两个弟弟一直生活在姥姥家里，而这时期，河南省新乡的七里营公社，这个曾于 1958 年 8 月 1 日在河南第一个挂出了人民公社牌子的地区，也发生了严重的灾荒。据 1961 年 3 月底新乡地委在给河南省委的报告中说："全地区 2 月份每日平均死亡人数有 420 名，不过比 1 月份每日平均 562 名下降了 25.3%。全地区尚有 9000 万斤的粮食缺口。尤为严重的是全地区 48% 的食堂没有菜吃，31.8% 的食堂只能吃到 3 月底。"③ 在《故乡相处流传》的附录中，刘震云回忆说："有记忆以后就是天天在饿肚子，一天三顿红薯还是吃不饱，我所以能活下来，主要靠的是我姥娘碗底下的豆糁。姥娘采柳叶蒸成团子，在大街上卖……"④ 就是在这样的背景下，刘震云度过了他的童年和少年时代。后来，当兵、担任民办教师，直到 1978 年考入北京大学，刘震云才彻底离开这片贫穷的乡土。

也许是因为上述经历，因此在 20 世纪八九十年代，当众多的"寻根"作家将乡土当作文化之根，营造他们理想中的乌托邦来对抗城市文明时；当他们用"越是地方的，越是世界的"观念在重新挖掘自己故乡的民族文化、热烈地赞美家乡古朴的民风时，刘震云却始终将目光聚集在"故乡"那片贫瘠的土地上，拒绝"重温旧情"。留在他记忆中的故

---

① 罗平汉：《中国 1958：一桌五亿农民的大锅饭——全国大办公共食堂始末》（下），《时代文学》2007 年第 5 期。

② 同上。

③ 同上。

④ 刘震云：《刘震云精品文集》，延边人民出版社 1999 年版，第 560 页。

乡，要么是充满了饥荒遍野的大灾难、大饥荒（《温故一九四二》），要么是为了能吃上烙饼和"夜草"进行的你死我活的争权斗争。（《故乡天下黄花》），要么是民众为了吃饭盲从愚昧跟风媚上（《故乡相处流传》）。故乡这片黄土地，在刘震云的记忆中没有温暖明亮的色彩，从他早期的《塔铺》《新兵连》到20世纪90年代的"故乡"系列，就是一部食不果腹的农民在生存层面上饥号奔走的记录。

　　他的成名作《塔铺》讲述的是一群衣衫褴褛的青年学子为改善自己的命运参加高考补习、发愤图强的故事。"我"和李爱莲相互给予的一点帮助在极端苦难的环境中显得无比可贵："李爱莲给我几个嫩柳叶做的菜团子，我感激地看她一眼，急忙尝了尝，竟觉得山珍海味一般。"① "同学们家庭都不富裕，从家里带些冷窝窝头，在伙上买块咸菜，买一碗糊糊就着吃。舍得花五分钱买一碗白菜汤，算是改善生活。"② "过节了，同学们都买一份萝卜炖肉，五毛钱一份，我将这份菜给了李爱莲，可是，她舍不得吃，拿回家给了病重的父亲。"在长篇小说《故乡天下黄花》中，也有这样的细节：在日本人给许布袋布置下任务之后，许布袋挨家挨户收集粮食，到了村民宋胡闹家，宋胡闹说没粮食，许布袋就将他吊起来打，"打了几鞭，宋胡闹号叫得像杀猪，渐渐就认熊了。说大爷，我交白面，牛圈石槽下面的小瓦罐里还有半瓦罐麦种，我给你去磨磨"。③ 在作者不动声色的叙述中，显现出当时农民极端贫困的生活状况。《温故一九四二》与其说是小说，不如说是一篇关于灾难主题的报告文学。在小说中，"我"跟姥娘有一段对话：

　　　　"姥娘，五十年前，大旱，饿死许多人！"
　　　　姥娘："饿死人的年头多的很，到底指的哪一年？"

　　1942年，河南大旱，自春天就没下雨，后来大旱之后，又起蝗灾。在这种情况下，"政府向这个地区所征收的实物税和军粮任务不变"。作

---

①　刘震云：《塔铺》，《温故一九四二》，人民文学出版社2009年版，第6—7页。
②　同上书，第9页。
③　刘震云：《故乡天下黄花》，中国青年出版社1991年版，第101页。

者不惜引用当年的《大公报》战地记者高峰的《豫灾实录》全文和美国驻华外交官约翰·谢伟思给美国政府的报告以及美国记者白修德的报告，叙述了这场饿死300万中原农民的历史事实。逃荒路上，农民吃树皮、杂草和干柴。饥饿主宰了世界的一切，卖儿鬻女的情况到处都是，人吃人、狗吃人的景象时有发生，一些具体个案的家庭悲剧更是不忍卒读。作者最后写到日本为什么用6万军队就可以一举歼灭30万国民党军队？原因之一就在于他们向中国老百姓发放军粮"依靠了民众"："一九四三年至一九四四年春，我们帮助了日本侵略者。汉奸乎，人民乎？""在生存面前，是饿死变成中国鬼呢，还是不饿死当亡国奴呢？我们选择了后者"。① 因为，"在一个几千年没有摆脱饥饿危机的民族面前，一切的所谓道德、正义是那样的苍白"。②

饥饿、贫困，带来的是人性的扭曲。《故乡相处流传》中民众之所以一会儿跟着袁绍，一会儿跟着曹操，显得"无操守"，就是因为贫穷和饥饿攫住了每个人的灵魂："我们突然感到粮食的短缺，人吃粮食是大事，几个月下来家家户户普遍感到粮食短缺。"③"当我们饿肚子的时候，我们对丞相，刘表，敌人，政治都失去了兴趣，从本质上讲，我们毕竟还是见利忘义的小人啊！"而曹操在给人们粮食的时候，也开始了他的政治欺骗，给民众说正是因为袁绍让民众没饭吃。接着，大家开始大喊口号："打倒袁绍！战胜饥荒！永远跟着曹丞相！"④

"刘震云成功地构筑起一个对笼罩在民间真实生存利益之上的一种权力话语进行解构的完整叙事。"⑤ 他笔下的所谓的乡村权力斗争，其实也无非就是在争夺一口生存的口粮。《故乡天下黄花》中，一旦当上了村长，门口挂了"马村村公所"的牌子，就可以吃原告、被告各出5斤白面烙的热饼；"工作员"老贾到马村去主持土地改革，在众人眼中"当了大官"，他的待遇也无非就是"住在村公所，每天早上一边喝鸡蛋水，一

①　刘震云：《温故一九四二》，人民文学出版社2009年版，第480页。

②　同上书。

③　刘震云：《故乡相处流传》，《刘震云精品文集》，延边人民出版社1999年版，第321页。

④　同上书，第324页。

⑤　姚晓雷：《故乡寓言中的权力质询》，《文学评论》2002年第1期。

边吃油条，然后去串门"；孙殿元被勒死，司法科老马来断案，到了之后，和两个股员"三个人在孙村长家吃过腊八粥，吸了几袋烟"，由孙毛旦领着查看已经入殓的孙村长，然后"便又回到孙村长家吃酒"。走的时候，孙老元"派马车把他们送了回去，又给了他们几个肉夹馍"。在"文化"一章中，赵刺猬的"鄂未残战斗队"、赖和尚的"偏向虎山行战斗队"、李葫芦的"捍卫马列主义，毛泽东思想造反团"三个派别之间由原来的话语之争到最后大规模的械斗，其实质和核心是夺权，而夺权之后，是能"吃夜草"。"一成立战斗队，赖和尚心情也舒畅许多。'鄂未残'的几个头头夜里到吴寡妇家吃'夜草'，'偏向虎山行'到牛寡妇家吃'夜草'；赖和尚，卫东，卫彪和几个小组长也吃'夜草'。你吃油馍，我吃鸡蛋捞面条，你炖小鸡，我炖小鸭；你放辣椒，我放胡椒。想吃什么自己可以做主，赖和尚觉得比过去惬意多了。"① 李葫芦靠背毛主席语录出了名后，向赵刺猬要求的就是副支书的职位和"能一辈子吃夜草"的权利。

"就作家而言，他童年的种种遭遇，他自己无法选择的出生环境，包括他的家庭，他的父母，以及其后他的必然和偶然的不幸、痛苦、幸福、欢乐，他的缺失，他的丰溢，他的创伤，他的幸运，社会的、时代的、民族的、地域的、自然的条件对他的幼小生命的折射，这一切以整合的方式，在作家的心灵里，形成了最初的却又是最深刻的先在意向结构的核心。这个先在结构核心是如此顽强，可能对他的一生都起着这样和那样的引导、制约作用。我们甚至可以这样说，作家后来创作的成败，作品的基调、情趣、风格等，起源于他的先在结构的最初的因子。"② 对于刘震云来说，童年在延津乡村所经历的饥饿、灾荒就是这个"先在意向结构的核心"，因此，他既在《单位》《官场》"官场"小说中写现代生活的卑微无聊，又在《故乡天下黄花》《故乡相处流传》等"新历史小说"中诉说了生活的残酷与无奈，历史和现实构筑了一个无限延伸的空间，这个空间贮满了人类生存层面的苦难。

---

① 刘震云：《故乡天下黄花》，中国青年出版社1991年版，第250页。
② 童庆炳：《作家的童年经验及其对创作的影响》，《文学评论》1993年第4期。

## 第二节　权力的"实质"

"权力是怎么诞生的?"

这是刘震云从 20 世纪 80 年代中后期开始思考的问题,在一系列短篇小说中,他展现的是权力如何进入并支配了普通人的日常生活这个命题,从 90 年代的长篇小说开始,他着手探讨权力的"实质"和"来源"问题。

看权力的源头在何方?"我并没有让你们来做我的官,你们这个官是怎样做上去的呢?"① 在《头人》中,作者对于"权力"的诞生过程有如此生动的描述:"那时候村子已经初具规模,迁来了姓宋的、姓王的、姓金的、姓杜的,有一百口人。县上见盐碱地上平白起了一座村庄,便派人来收田赋……挨门通知吧,八月十五以前,把田赋送到乡公所;不送不强求,把人给他送到县上司法科!"② "《头人》算得上刘震云小说创作中的神来之笔,作者试图通过对这里民间自然状态与外来权力形态利益上的背离,来完成对外来权力形态合理性的质疑。"③ 虽然刘震云的这种想象有点寓言化,但是,作者对基层权力组织形式的揭露是发人深省的。在小说中,我们很明显地看到,"村长"的产生不是村人自我管理自我完善的一种需要,而是外来武力进行"掠夺"的一种衍生物,即权力就是依靠武力对底层百姓进行"合法性"掠夺的一种方式。它来自上层、诉诸武力,对村民利益进行实质性剥夺。"权力之所以诱人,最主要的应当是经济利益,如果握在手上的权力并不能得到利益,或者利益可以不必握有权力也能得到的话,权力引诱也就不会太强烈。"④ 在我们国家长达几千年的历史中,中国农民的生存利益之争是以权力争夺为核心的,要想获取利益的最大化,不是靠个人奋斗发展实业,而是靠拼命争夺权力

① 刘震云:《草木、人及官》,《中篇小说选刊》1989 年第 2 期。
② 刘震云:《头人》,《温故一九四二》,人民文学出版社 2009 年版,第 100 页。
③ 姚晓雷:《故乡寓言中的权力质询》,《文学评论》2002 年第 1 期。
④ 费孝通:《乡村中国　生育制度》,北京大学出版社 1998 年版,第 61 页。

进而获得利益。刘震云以此为切入口，揭开了千百年来覆盖在中国乡村文化表面的那层仁义的面纱。

在长篇小说《故乡天下黄花》第三章中，刘震云对于权力的"诞生"过程，有着非常具体的描绘。作者通过一个细微的场景描写，像慢镜头一样，让人看到权力是如何瞬间在一个人身上"附体"的：老贾是李家的佃户，过去在李家喂马时因为偷李家一件衣服被发现，弄得灰溜溜的不敢见人，后来偶尔的机会，共产党的区政府驻扎在他们庄，他摇身一变，成为土改队的"工作员"了。由过去喂马的老贾，到现在的干部，"权力"的初步实现是怎样一个过程呢？我们来看一下老贾的表现：

> 通知开会了，一开始，大家一看讲话的人，"这不就是过去的老贾吗？"这些人扭头就想走。
>
> "大家不要走！我老贾这次来，不是给财主喂马了，我是遵照我们党的指示，来没收财主的土地和房产，分给大家！"
>
> 说着，敞开自己的棉袄，露出了插在里面的匣子。
>
> 正在这时，远处响起一阵马蹄声。眨眼之间，一个穿着衣服、挎着短枪的小伙子到了跟前。他下马，爬到台子上，向老贾敬了个礼："报告工作员，区长给你的信！"
>
> 老贾还了一个礼，说："把信交给我吧！"
>
> 那个战士便从皮包里掏出一封信，交给了老贾。老贾拆开信。当时就看了起来。这又把大家给震住了。老贾不是以前的老贾了，他做了大官了，有队伍向他敬礼了。他还识字了，拆开区长的信看了起来。连村丁路蚂蚱都对老贾肃然起敬，忙端来一碗水，放到老贾跟前，同时觉得自己不该站到台子上了，便提着锣从台子上下来，站到人堆里，仰脸看着老贾。①

从大家听说是老贾讲话"扭头就想走"，到"路蚂蚱顿时给老贾倒了一碗水，众人都仰着脸看他"，短暂的过程中有几个关键性的动作："老贾露出了匣子"；解放军战士向老贾敬礼；老贾当众看区长的信。"匣子"

---

① 刘震云：《故乡天下黄花》，中国青年出版社1991年版，第170—171页。

有武力的象征意味，老贾有了匣子，就有了凌驾于众人之上的强制力量，这是一切权力取得的源泉，所谓"枪杆子里出政权"；八路军向老贾敬礼，意味着老贾的社会地位的不凡，有人马上就猜测"老贾已经当了大官"；区长来信意味着老贾和权力体制的密切联系：老贾已经不是个人，而是这个权力体制的代表，违抗他，就意味着反抗这个体制，后果是非常严重的。依靠着"匣子""敬礼"和"区长来信"，老贾瞬间完成了从喂马马夫到国家干部的身份转变，短短的几分钟时间，老贾就拥有了"把一个人的意志强加在其他人的行为之上的能力"，① 众人马上臣服。从此以后，老贾就可以发号施令，成为权力主体的执行者了。

## 第三节 政治"祛魅"

"祛魅"（desacralization）一词，源于马克斯·韦伯所说的"世界的祛魅"，又译"世界的解咒"，是指对世界的一体化宗教性统治与解释的解体。"'祛魅'特别指自主、自律的精英文学观念和文学体制的权威性和神圣性的解体。"② 文学的祛魅，即指统治文学活动的那种统一的或高度霸权性质的权威和神圣性的解体。具体来说，本节中所说的"魅"，指的是刘震云一系列小说中的统治者在民众心目中神圣崇高的形象和统治者为达到他们的目的所发动的各种宣传说辞，以及种种光明正大的口号，等等。"祛魅"就是将统治者身上的"神圣"与"崇高"去除，将他们发动的各种宣传的外衣剥去，使之露出人性的"真实"来。

从刘震云出生的 1958 年，到他考上北大 1978 年离开河南延津，正是各种运动频频发生的时期，"近三十年间，共发生大大小小的运动约 68 次。"③ "总路线""大跃进""人民公社"等运动，在 1958 年陆续登上中国历史舞台，"以群众运动为主线、国家权力唱独角戏的整合过程，最终

---

① ［美］约翰·肯尼迪·加尔布雷斯：《权力的分析》，陶远华、苏世军译，河北人民出版社 1988 年版，第 2 页。

② 陶东风：《文学的祛魅》，《文艺争鸣》2006 年第 1 期。

③ 张云：《共和国前 30 年运动的回顾与思考》，《党史研究与教学》2000 年第 4 期。

形成了高度刚性的社会结构。政治社会高度重合，城乡二元体制正式确立。其间，意识形态教条化并成为衡量一切工作的标尺，不但打破了社会政治正常秩序，还通过过度的群众参与促使整个社会泛政治化，大大冲击了社会稳定"①。频繁的政治运动，使那个时代的无数热血青年的政治热情受到了极大伤害，刘震云身在其中未能幸免。因此，后来的刘震云在小说中反思"政治运动"，戏谑调笑官场，嘲弄"政治大人物"："你不信，我不信，大家不信，大家又这样搞，这就是政治。"这是《故乡相处流传》中曹成（前身为曹操）的自白，也是作家的洞见。刘震云的出色成就，正来自于他对专制主义制度下种种政治行为的破译。他像一个喊出皇帝没穿衣服的小孩子一样将权势者一切的拙劣表演揭穿，让人看到他们的可笑与可鄙。他善用戏谑的方式、漫画式的笔墨，将政治家冠冕堂皇的言辞剥去，露出人性赤裸裸的动机。看刘震云的小说，犹如看一场人性表演，小说的主人公在前台，作者却邀我们一起到幕后，指着演员的各种道具行头对我们说，看，这就是他们的全部把戏。

## 一　"政治和游戏，都是相通的"

《故乡相处流传》讲了四件事：曹操、袁绍之间的战争；朱元璋的移民；慈禧下延津和太平天国的失败；1958 年的大炼钢铁和 1960 年的自然灾害。作者用元曲《哨遍·高祖还乡》的讽刺格调，对慈禧、朱元璋、曹操、袁绍等政治人物的心理动机和政治表演进行了无情的揭露，得出了很多惊人的结论，如"历史，就是政治大人物个人或个人与他人之间的一种游戏"，"政治，就是各种瞒和骗的攻心之术""政治和游戏，都是相通的"，等等。

刘震云笔下的曹操是一个脚趾流黄水、喜欢享受、喜欢"玩寡妇"、喜欢让六指儿给他挠痒痒的小丑，据说还"拾过粪"；朱元璋是个爱说谎、爱玩儿政治猫腻儿的大骗子；慈禧太后是一个原来跟六指相好的一个柿饼脸姑娘；陈玉成是个在流民迁徙路途中降生弄不清谁是亲爹的小赖子。这些人拥有的"政治才能"无非就是扔钢镚、翻扑克牌、弹玻璃

---

①　吴晓林：《1958—1978 年间中国政治整合研究背景、过程与教训》，《南京农业大学学报》2010 年第 10 期。

球等。他们冠冕堂皇的政治行为背后，其实是一场场与个人私欲有关的闹剧：曹操、袁绍闹翻，就是为了争夺对沈姓小寡妇的性特权；朱元璋千里移民，从一开始就是一场政治骗局；慈禧太后巡查，说穿了不过是寻找旧情人，重温旧梦。总的看来、历史上一切"政治大人物"所标榜的"崇高"无非就是他们掩盖自己私人化动机的幌子。他们与普通民众的区别是，他们能开动宣传机器，将自己的私人欲望、试验、游戏包装成崇高的国家话语，再用强大的攻心战术对众人"催眠"，用瞒和骗的手段赢得民众的支持。刘震云剥去了众人对政治人物仰视、崇拜的根基，让我们看到了曹操、朱元璋等人粉饰、伪装他们个人动机的整个过程。以曹操征讨刘表为例，曹操的第一招是：宣传。也就是催眠术，让人民明白"谁是我们的敌人？（刘表）；谁是我们的朋友？（袁绍）""刘表赤眉绿眼，烧杀奸淫，罪大恶极，曹丞相是世界上最好的人，是人民的救星"。如此长期的宣传之后，效果是"大家真就觉得刘表是个妖怪，对刘表真的仇恨了起来"。当这种"认识"被"内化"为"意志""品质"，变成"发乎于心"的自觉实践行为时，群众就彻底失去了"个人"的主体性，成为曹操手中的一枚棋子。第二招：残酷镇压异己力量。如果有人此时知道了事实真相，该怎样办呢？会立刻被乱棒打死！小说中有一个人物叫片瓦氏，她娘家是刘表地盘的人，属于"沦陷区"，她探亲回来，说刘表那里的人不是这样，不是红眉绿眼，也不吃小孩，不奸妇女，也训练"新军"。结果大伙一致认为片瓦氏投敌叛国、散布谣言、为敌人摇唇鼓舌、涣散军心，将其乱棒打死。就这样，在谣言和高压的双重威力下，人们的"信仰"坚定起来。

朱元璋将潞、泽两州的几十万人迁徙到延津，更是一个彻头彻尾的骗局。他大肆宣扬迁徙者将要到延津做财主、做老爷。当几十万人跟他从"大槐树下"几千里到了延津的时候，才知道要他们开垦荒地、治风沙、烧碱煮盐做苦工。谁若不服从，立即会被戳死。迁徙者们只好老老实实地变成了"奴才、长工和奴隶"。朱元璋说："这个地方的民风如此淳朴，一个小猫腻，大家全上了钩。"①

谎言、欺骗，再加上武力的威慑、杀戮，是统治者的法宝。

---

① 刘震云：《刘震云精品文集》，延边人民出版社1999年版，第373页。

对于民众来说，与其在乱棒中被打死、被枪戳死，还不如心甘情愿地接受"催眠"。有了这样善于瞒和骗的统治者，就有了无数的顺民，可谓是"民风淳朴"。统治者尽可大玩游戏。曹操要"检阅部队"，这对下面的士兵们来讲是天大的事。部队无休无止地操练，加班加点。检阅当日，他们早早起床，"五更鸡叫，上边是漫天星斗，千军万马，到处是人声，脚步声，着急的喊叫声，下面的人紧张得乱成了一团，世界如同开了锅，又如同到了猪市，猪、人一片乱叫"①。瞎鹿一夜没睡，激动得拉肚子，心、手都打哆嗦，牙齿也发颤。如此庄重的大事，检阅时候曹操却没去，理由是"先天晚上和我们县城东关的一个寡妇在一起，闹得时间长了，起得晚了，起身时已日上中天。所以误了检阅，于是随便找了一个给他捏脚的白石头穿他的衣服走了过场"。② 欺骗、玩弄他人的统治者固然是作者批判的对象，但这里的民众无疑也进入了作者的批判视野，他们好像早习惯了统治者的物质剥夺、精神奴役、权力压迫和上述种种形式的愚弄，这样的民众群体，是政治人物进行政治游戏的最肥厚土壤。

## 二　"杀猪的懂政治，这职业离政治近"

在刘震云笔下，历史被简化为一场人与人之间在物欲和权欲的驱动下互相残杀、互相奴役、互相欺骗的过程。《故乡相处流传》中，曹操说："樊哙也杀猪，杀猪的懂政治，这职业离政治近。杀猪在哪点上和政治近呢？无非一个'杀'字当头的这样一个狠劲儿。"③ 翻开中国历史的王朝更迭，哪一个时期的权力变更时不充满了流血牺牲？《故乡天下黄花》由4章组成，每一章都充满了谁奴役谁、谁杀死谁的紧张感。第一部分，就是一部孙、李两家族的"村长争夺史"。先是孙殿元做村长，开篇被李老喜派的杀手勒死；随后李老喜当上村长，被孙家派出的杀手吓死；之后李文闹当村长，被土匪打死……第二部分，为了粮食，日本人、国民党军、八路军和土匪在马村杀得难解难分。第三部分是翻身农民与落魄地主和土匪之间的争斗与残杀。在范工作员的领导下，先后打死了

---

①　刘震云：《刘震云精品文集》，延边人民出版社1999年版，第317页。

②　同上书，第320页。

③　同上书，第304页。

李文武，打跑了许布袋，吓跑了李冰洋、李清洋，后来所有人在大荒洼被打死。第四部分是"鄂未残"队与"偏向虎山行"队的打斗。"全村五六百口子，除了不会爬的孩子，全村男女老少都参加了，全村重伤八十五人，轻伤三百二十一人，死八人。"

结尾是：

> 一年之后，村里死五人，伤一百零三人，赖和尚下台，卫东、卫彪上台，卫东任支书，卫彪任革委会主任，李葫芦任革委会副主任。
>
> 两年之后，卫东和卫彪闹矛盾。
>
> 一年之后，卫东下台，卫彪上台，任支书兼革委会主任，李葫芦任副主任、主任。
>
> "文化大革命"结束，卫彪、李葫芦下台，被公安局老贾关进监狱，一个叫秦正文的上台。
>
> 五年之后，群众闹事，死二人，伤五十人，秦正文下台，赵互助（赵刺猬的儿子）上台。
>
> ……①

作者揭穿了传统"历史哲学"的虚伪和荒诞，以一种可怕的认知显示了历史的另外一面。历史上，小至一个村支书的上台下台，大到一个王朝的更迭交替，哪一次政治变动能离得开杀人？刘震云对中国历史的认知无疑是非常悲观的，"他通过对物质和权力的否定而否定了社会和历史本身，他的所谓仇物情结和仇权情结，说到底就是对社会和历史的蔑视感和批判冲动"。②

一直以来，"政治"总是带着凌驾于一切之上的威严面孔出现，并通过一种固有的形式让人感到震慑。但刘震云以高超的反讽艺术手法为政治"祛魅"，他嬉笑着剥去了政治人物的表面伪装，深刻地表现了他们政治行为的荒诞不经。因此，他的"官场"小说，不仅绝无一丝一毫的沉

---

① 刘震云：《故乡天下黄花》，中国青年出版社1991年版，第332页。
② 摩罗：《孤独的巴金——如何理解作家》，东方出版社2010年版，第86页。

溺姿态，反倒显示出强烈的批判现实主义色彩。这种写作态度在河南作家中显得非常可贵。

# 第四节　"个人化、碎片化"的历史

在 20 世纪五十六年代出现的反映抗日战争和国共两党斗争的长篇小说（如袁静、孔厥的《新儿女英雄传》、孙犁的《风云初记》、杜鹏程的《保卫延安》等）中，描写战争通常是为了歌颂中国共产党领导下的抗日军民的伟大与神奇，表现历史"必然的""本质"和规律。小说中往往会出现一个又一个的战斗英雄，虽然这些军人是刚穿上军装的农民，但是，一旦加入了"革命战争"，就会不怕流血、不怕牺牲、大公无私、英勇善战。他们的战斗能力神勇无比，他们的战斗动机异常崇高，作战结果也是从一个胜利走向另外一个胜利。这种讲故事的方法在文学史上被称为"宏大叙事"。然而，刘震云的《故乡天下黄花》却给我们展示了另外一种以"个人""人性""欲望"为本位的话语形式。这种小说被称为"新历史小说"，"'新历史小说'之新，恐怕主要不在于题材上的'民国时期'和'非党史'这样的限制，而在于作家在新的哲学观念和历史意识支配下，对历史进行重新叙述和再度编码时，所获得的新的文本特征及相应的历史意识。"① 那么《故乡天下黄花》中，究竟哪些地方是"重新编码"的场景呢？

## 一　抗日故事：私人化的叙述

日本人要马村村长许布袋准备好粮食，这个消息被身为八路军的孙实根知道了。孙实根决定要打一仗。一场"抗日"的战斗要打响，但这抗日的叙述与以往相比，有很大不同，具体表现如下：

1. 战斗动机：为个人名誉

孙实根要伏击日本人的心理动机有三个方面："一来是他刚刚到县大队，想打一个漂亮仗露露脸；二来这个大队没有大队长，只有一个大

---

① 孙先科：《说话人及其话语》，上海文艺出版社 2009 年版，第 134 页。

副，又是病秧子，他想借这一个胜仗，升到大队长；三来这仗是在自己家门口，如果打胜了，自己也在家门口显显威风。"①

在以往革命历史题材的话语中，八路军中"升任大队长，长威风"的个人化追求都会被民族大义等话语所覆盖。其实前者种种行为倒是非常符合当事人个人自我价值实现的心理愿望，是个人心理世界的"真实"反映。

2. 战斗过程：个人小疏忽造成作战大失误

孙实根提前派小冯去执行任务，让小冯争取厨师小得，让他给日本人做饭时下蒙汗药。但是"小冯光顾得玩，把这事忘了"。另外，小冯在侦查的时候无意中还把伏击日本人的机密透露给了中央军（以致造成了后来的中央军坐山观虎斗、渔翁得利的结局）。由于小冯的这一疏忽，"蒙汗药"的作用不充分，打乱了孙实根的作战计划：5 个日军被麻倒 3 个，剩下的两个日军打死四五个八路后，被中央军活捉，中央军与八路军发生战斗，中央军死 3 个，八路军死 5 个，孙实根被俘虏。

在以往"革命历史"中叙述的神圣战斗就这样被刚穿上军装的农民小冯轻易地消解了。对于小冯这样一个生于斯长于斯的农民来说，跟村里原来伙计的玩耍远比执行任务更有吸引力。"任务"被小冯的"自在状态"所消解，这种疏忽和遗忘，倒是非常符合一个刚穿上军装的农民的潜意识行为。

3. 战斗结果：百姓遭屠戮

日军派大队人马来报复，中央军带八路军俘虏撤退，日本人扫荡全村，奸淫掳掠，无恶不作，全村老百姓死了几十口。

在刘震云的叙述中，战斗不但没有"从一个胜利走向另一个胜利"，而是在一个又一个的疏忽、一个又一个的偶然情况下发生，还导致了最坏的结果：最后无辜百姓成为最大的牺牲者。一个为个人命运的升迁而设计的抗日行动，一场因各种意外匆忙打响的战斗，一场无辜百姓承担后果的抗日"伏击战"，颠覆了以往"革命历史"故事的神圣与崇高，呈现出一种任何史学家都总结不出"规律"的民间原生态现实。

---

① 刘震云：《故乡天下黄花》，中国青年出版社 1991 年版，第 103—104 页。

## 二 土改故事：两种不同的地主形象

"土改"，是新中国成立初期中国共产党以没收的方式进行再分配资产的一项土地制度改革。1949 年 10 月，新中国成立，东北、华北解放区已在此前进行完"暴风骤雨"般的"土改"。有关"土改"的经典叙事很多，周立波的《暴风骤雨》就是最富有代表性的一篇。在《暴风骤雨》的故事中，元茂屯农民在党的干部赵玉林、郭全海等人的英明领导下，展开了对恶霸地主韩老六、杜善人的顽强斗争。最后农民分得了土地和财产，恶霸地主被人民政府依法惩办，土改运动顺利推进，人民群众积极生产，踊跃参军……《暴风骤雨》中的地主韩老六欺男霸女、通敌卖国，无恶不作，时时刻刻想着"反攻倒算"。但是，在《故乡天下黄花》中，严肃的政治活动在这里变成了农民日常生活的一部分。《故乡天下黄花》中的地主李文武谨小慎微，费心讨好土政干部老贾。不仅及时地上交地契，还主动拉拢老贾，让老贾心理上有翻身的自我陶醉感。如请老贾吃包子，"老地主李文武陪老贾在桌子上吃，小地主李清洋李冰洋在桌下伺候着……"① "恶霸地主"早已是穷途末路，不是负隅顽抗而是惊弓之鸟，倒是"我们的"土改工作队员赵刺猬等人打着"土改"的幌子抢夺财物、强奸妇女、草菅人命。对比《暴风骤雨》中的"工作员"（赵玉林、郭全海等），赵刺猬、赖和尚等无疑是地痞流氓，同是土改的内容，作者笔下为什么相差如此之大？

这其实是一种"修辞策略"：《暴风骤雨》中的地主和共产党员的形象明显带有人为塑造的"典型性特征"，之所以将所有的优秀品质赋予共产党员身上，将所有罪大恶极的事都安插在韩老六身上，这是对我党土改政策合法性阐释的一种现实需要。而作为"新历史小说"的《故乡天下黄花》，则是在 20 世纪 90 年代新历史语境下，作者以新的历史意识观照历史的结果，脱离了外在的"需要"，从个人认识历史的角度去看，很容易得出不同的结果。

---

① 刘震云：《故乡天下黄花》，中国青年出版社 1991 年版，第 178 页。

### 三　文化大革命争斗：个人的恩怨情仇

赵刺猬的"鄂未残战斗队"、赖和尚的"偏向虎山行战斗队"、李葫芦的"捍卫马列主义，毛泽东思想造反团"三个派别"政治斗争"的背后是私人的情感纠葛和个人的恩怨情仇。

赵刺猬和赖和尚产生矛盾的起因是任命组长和副组长时发生了分歧；卫东、卫彪产生矛盾是因为两个人都喜欢演戏的路小喜；李葫芦成立战斗队是因为卫彪的加盟；导致乡民大规模械斗的导火线是村民张石头、张砖头哥俩的矛盾（哥俩分别归属两个战斗队），具体原因是一只鸡下的蛋归谁的问题。"政治斗争"的背后都是私人之间的琐事、矛盾。此外，小说文本所表达的历史偶然性情节也比比皆是，如李文闹找杀手杀死了孙殿元，讲好的50大洋，但付钱的时候只给了30。这样的情节造成了以下几个后果：第一，这个杀手不满意，遂在镇上喝酒的时候骂骂咧咧，说出马村主家不像话之类的话，没想到被开店铺的孙殿元的岳父郭三听到，郭三告诉了孙家，孙家遂展开了暗杀李老喜的行动；第二，几年后，李文闹因为少给这20元钱被土匪杀死。此情节充分说明了历史发展并无"必然规律"可循的无序化特征。

"《故乡天下黄花》所描写的家族之间的血腥仇杀更像是一场历史的嬉戏而充满了喜剧或闹剧色彩。在这一对历史辩证法进行反讽性模拟的新的文本结构中，历史的严肃性、正义性和进步意义被消解，历史循环的意味和非理性色彩被凸显出来。"[1] 在刘震云笔下，一切政治行为背后，都是一个原始的充满人性欲望的世界。叙事者从头至尾保持着超乎寻常的自然主义式的叙事态度，在这种姿态中，读者品味出了一种来自人性本身的残酷"真实"。

总之，"和'革命历史小说'以重大事件为对象，一切都纳入到阶级斗争的框架中给予解释的'宏大叙事'不同，'新历史小说'转向了'小历史'的呈现，转向了日常生活的历史维度。"[2] 的确，从上述的文本分析当中，我们可以看到，《故乡天下黄花》就是一部人与人之间的斗

---

[1] 孙先科：《说话人及其话语》，上海文艺出版社2009年版，第138页。

[2] 同上书，第160页。

争史，其中既没有两个阶级对立的深仇大恨，也没有表现历史发展的"必然"规律；历史的发展呈现出无序、偶然、琐碎的状态；到处充满着人与人之间关于欲望的斗争，个人的、偶尔的、随意的种种细节决定了和决定着历史的走向。

# 第 六 章

# 《羊的门》:"绵羊地"和他的"主人"

　　李佩甫,1953 年生,河南省许昌人。曾任河南省作家协会主席。李佩甫是迄今为止仍在中原大地上辛勤耕耘的河南作家,也是河南人写河南的"高产"作家。多少年来,他一直追踪记录着中原农村的社会变革,执着于中原人人格精神的探索。他的作品,大都反映了豫中平原的乡村在改革时代中的变迁轨迹。在他笔下,中原的土壤有着甜腻的味道,中原的夜有着特别深的颜色,中原人的衣着有特殊的"政治内涵",连中原人走夜路的习惯,"咳嗽"一声所代表的"意义",都那么鲜明而独特。从 1978 年开始发表作品到 1999 年,李佩甫先后出版了《李氏家族》《金屋》《城市白皮书》《羊的门》等 4 部长篇小说。其代表作《羊的门》是李佩甫小说的代表作,李佩甫在这部小说中试图向读者回答这样的问题:中原的这片土壤究竟有怎样的特色? 这片土壤到底能够长出什么样的"生物"?

## 第一节　无骨的"绵羊地"

　　《羊的门》第一章中以精致而独到的笔墨对中原地区的自然风景进行了详尽的描写,描写中融入了作家对中原人性格的理解。总的来说,李佩甫笔下的中原环境,散发出"一种腻歪歪的偏甜的气息",是一块无骨的"绵羊地"。

　　平原土壤的味道:"偏甜"。

　　泥土有着"干干腥腥的气息",有一股"软软的甜味""甜味里还含着一点涩，一点腻，一点点沙"。

平原土壤的色彩："灰色和褐色"。

褐和灰都是"很温和，很亲切，一点也不刺眼的颜色"，但是"它却又是很染人的"——它会使人不知不觉地陷进去，化入一种灰青色的氛围里，这灰青又是"单调的，渐远渐深，朦朦胧胧的，带有一种迷幻般的气韵"。

平原的地貌特点："平得无趣"。

一个村庄一个村庄地走下去，"土壤都是一样的，先是一种平缓的感觉，甚至是太平了，眼前一马平川，一览无余，没有一点让人感到新奇和突兀的地方，平得很无趣"。

平原的风土："地很平，黄牛在路上走，风也不烈，草长，庄稼也长，一年一年，春种秋收……"①

平原的历史气息："腐烂"雨中的土地，则有一种"陈年老酒"之气，酒里还蕴含一股"腐烂已久的气息"，同时还蕴含一股"滋滋郁郁的腻甜""生的气息和死的气息杂合在一起糅勾成了令人昏昏欲睡的老酒气息"。

平原的夜："虚""密"。

"夜幕降临的时候，那氤氲的黑气就把平原罩了，荡荡的平原，到处都是一团一团的黑气，那黑气是没有魂的，黑气在平原上空无根无基地漂浮着，把夜织得很密，以至于三步以外就什么也瞧不见了。于是，生活在平原上的人就学会了咳嗽，凡是行夜路的，总是一边走一边咳嗽。那咳嗽声就是平原人在夜里问路的'竹竿'，那是用声音打一个'问讯'。夜黑，让人总觉得鬼影绰绰，每当走夜路的人心惊肉跳时，倏尔，就有了狗叫，那狗叫声就是夜的通天一柱！它一下子就把夜撑起来了。"②

平原的草："小""哀哀顺顺"。

狗狗秧："花形小，小的让人可怜"；甜甜牙："开小喇叭花，花形也很小"；乞乞牙："孤孤的，散散的，叶边有一些小刺"；格巴皮："主干很细很细，曲曲硬硬，竟爬出一片一片的小叶儿"；败节草："带点小黑

---

① 李佩甫：《羊的门》，华夏出版社 1999 年版，第 179 页。

② 同上书，第 145—146 页。

点的草,瘦瘦弱弱也浑然一体,用手一抓,就自动解体";野蒺藜:"花也尽量往小处去,一星星,一点点,看上去哀哀顺顺……"①

总的说来,这里的"风景":味道不浓烈,不呛人,多温柔敦厚之姿,有低徊哀怜之态;色彩不浓厚风格不酣畅,再加上因循守旧,"天不变,道亦不变"的腐朽气息,所以古人总结其文化特点是"平原故址,其地无高山危峦,其野少荆棘丛杂,马颊高律,径流直下,无危蛇旁分之势,故其人情亦平坦质实,机智不生。北近燕而不善悲歌;南近齐而不善诳诈,民醇俗茂,悃愊无华"。② 这里已将地域风情与人文性情相联系,初步指出了中原人的性格特征为缺乏血性、野性和灵性,"平坦质实,机智不生"。

平原土壤上的草有一个非常明显的特点:"小"——"从来没有高贵过,甚至没有稍稍鲜亮一点的称谓,他的卑下和低劣,他的渺小和贫贱,都是看得见摸得着的",这些草的生存方略是"败中求生,在小处存活"。③ 这里暗含了中原人的一种文化性格。自古以来,"草"就与"民"联系在一起,称之为"草民"。几千年的历史告诉我们,无数"草民"聚合的社会,是历朝历代集权主义的温床,也是这个古老的东方国家专制集权的政治基础。

# 第二节　"绵羊地"上的"绵羊"

在《羊的门》的第一章第二节中,作者为我们介绍了中原地区从先秦到今天所经历的数不尽的战乱、天灾之后,有如下总结与感叹:"三千年过去了,在广袤的豫中平原上,仍然是一处一处的村舍,一处一处的炊烟……人活着,树也活着。漫长的三千年也仅仅传下来这么一句话,说这是一块'绵羊地'。"④ "绵羊地",既从行政区域图上说了这块中原

---

① 李佩甫:《羊的门》,华夏出版社1999年版,第4页。

② 刘增杰、王文金:《精神中原——20世纪河南文学》,河南大学出版社2002年版,第366页。

③ 李佩甫:《羊的门》,华夏出版社1999年版,第7页。

④ 同上书,第4页。

地带的"形",更说出了中原人群体性格的"神"。在《羊的门》第四章,有一段关于中原群众集体面孔的描绘:

　　在晚霞的映照下,那些土黄色的人脸源源不断的、一层一层的堆竖在他的眼前,那些黑黑白白的眼仁全都对着他。在西天那一片桔红色的霞光里,在红色落日那巨大背景下,那些灰黄色的人脸被映出了一种深远的明亮,一种朦朦胧胧的坚硬;那坚硬,绷出了一种鲜艳而又冷然的生动,那生动里似乎聚集着一股巨大的力量,仿佛顷刻间就会扑上来!那时他毕竟年轻,他的脑海里出现了片刻的慌乱,他甚至想跑,他心里说:跑吧?他觉得那么多的人如果一齐涌上来的话,会把他撕成碎片,会把他踩成一摊烂泥!民兵在慌乱中叫道:"呼支书……"

　　可是,十秒钟过去了,并没有人发作,身后一点动静也没有。片刻,呼天成转过身来,他深深地吸了口气,抬起头来,他的脸上多了一层凛然。他不再看那些人脸了,他谁也不看,他炸声喊出了一个字:"贼……"一个"贼"字,在村口的脸墙上炸出了一片愕然。就是这么一个简简单单的"贼"字,一下子就镇住了几百口人!这样的结果连呼天成都感到吃惊……那一层一层、看上去很坚硬的人脸在一刹那间碎了,碎成了一种很散很无力的东西,那些脸就像是掉在地上的豆腐,一个个软塌塌灰蒙蒙的,灰出了一片迷茫和簌然。这就是书上所说的"人民"么?①

　　这是刚上任的"官"(呼天成刚当上支书)与"民"接触的第一个回合,是"官"与"民"斗智斗勇的一个关键时刻。虽然最后是呼天成获胜,但我们看到,"官"的心理其实无比慌乱:"他甚至想跑",因为"那么多的人如果一齐涌上来的话,会把他撕成碎片,会把他踩成一摊烂泥!"但是,他没想到的是,他一个"贼"字的呼喊,"那些脸就像是掉在地上的豆腐,一个个软塌塌灰蒙蒙的,灰出了一片迷茫和簌然"。是什么让那"坚硬、生动的脸"顿时"碎成了一种很散很无力的东西"?是众

────────────────

① 李佩甫:《羊的门》,华夏出版社 1999 年版,第 77—79 页。

人那绵羊般温顺的性格。关于"绵羊"的性情,《辞海》的解释是"怯懦,温顺,少自卫能力,易受兽害"。这是一群"怯懦""温顺"的国民,是一群唯命是从的"顺民",是旧中国"沉默的大多数"。他们的特征就是"乡丁来了等着挨鞭子,县令来了等着挨板子,司令来了等着挨刀子"。[①] 这样的民众,给呼天成"施政"营造了极大的空间。

中原,为什么会"长"出这样的"民"?其原因大概有二:一是中原恶劣的生态环境及生存至上的文化环境;二是封建统治者长期的"教化"。

在第一章第二节中,作者给我们展示了有史记载以来的中原地带所遭受的种种灾难:

> 据史载:许人立国不久,即惨遭战乱。先有郑人伐许,宋人伐许,晋人伐许,卫人伐许……许人颠沛流离二百余载!
>
> 战国初,许地再次被瓜分,隶属韩魏。秦二世三年,先有沛公南攻许地,屠之;献帝三年,又有李觉、张济掠许地,所过杀无遗!
>
> 西晋迄南北朝时期,事变剧烈,尤过前代。永兴二年,刘乔攻许;永嘉二年,王弥陷许;十二月,太傅越师甲兵四万战许;太清二年,大都督刘丰生将步骑十万屯许……前后兵甲锯民长达一百八十余载!
>
> 隋唐之际,贞观四年秋,许地大水。嗣圣七年,许地大雹。继又有安史之乱,安禄山遣兵克许,遍地烽烟,民惨遭巨祸。永贞二年,许地大旱;十二年,许地大雨,民溺死者不计其数;元和九年九月,吴元济掠许,许人恐。窜伏于荆棘间,为其杀伤驱剽者不计其数;可谓蹄蹄见血!
>
> 五代、北宋间,淳化元年六月,许地大风雹。坏民舍一千五百区!至道二年许地蝗食苗;宝元五年,许地地震;庆历七年,又震;至元四年,霪雨害稼,麦禾不登;十九年,蝗食害稼,草木皆尽,大饥。
>
> 明弘治六年六月,大旱;秋八月,大水;冬,大雪,平地三四

---

① 摩罗:《孤独的巴金——如何理解作家》,东方出版社 2010 年版,第 91 页。

尺。民多冻死！正德十四年，地震，房屋摇动，民大恐！万历十六年，大疫，死亡枕藉！二十一年，大水，禾稼尽，人相食！十四年二月，李自成破许地，所到之处，老稚无存，房屋尽毁，许地洗劫，尤以此次备极惨痛！

清康熙十年，大雨；十五年，地震；十六年雨雹；夏，大疫；秋，大蝗；是岁大饥，人相食！

咸同之际，太平天国起于前，裕匪、皖匪乱于后。往来驰骋，窜扰许地屡屡。计十五年，民苦不堪言！

宣统三年，辛亥，武昌革命军起，许地西、南土匪蠢动；冬十月，盗匪蜂起，乡民大扰……①

从上述作者引述的历史典籍里我们看到，数不尽的水旱灾害、战乱，给民众带来了巨大的灾难。"许国"民众居无定所，颠沛流离，陷入极端贫穷的境地，心理上也惶恐终日，没有丝毫安全感可言。这一切都对中原人人格的形成有着很大的影响。1936年，鲁迅分析中国与日本国民性之间的差距时说："日本国民性，的确很好，但最大的天惠，是未受蒙古之侵入；我们生于大陆，早营农业，遂历受游牧民族之害，历史上满是血痕，却竟支撑以至今日，其实是伟大的。"② 中原地区，虽然没有"游牧民族"之侵害，可上述连绵不断的天灾人祸、兵戈纷争、同室操戈、祸起萧墙等灾难，比鲁迅先生所言之外族入侵有过之而无不及。数不尽的"民大饥""大疫""杀无遗""民巨祸""人相食"，这种情况下，能苟且偷生延续至今，已算幸运，何谈人格、精神、骨气及其他？在"平原三部曲"第二部《城的灯》第八章第一节中，女主人公刘汉香有这样的认识："过去有一句老话叫：穷要穷得有骨气。现在想来，这句话是很麻醉人的。穷，还怎么能有骨气？'骨'要是断了，'气'还在么？要是你一直穷下去，都穷到骨头缝里了，那'骨气'又从何而来？"③ 由此看

---

① 李佩甫：《羊的门》，华夏出版社1999年版，第3页。
② 鲁迅：《鲁迅全集》第13卷，人民文学出版社1981年版，第682—683页。
③ 李佩甫：《城的灯》，长江文艺出版社2003年版，第218页。

来,"中原人的骨头是软的……"① 《羊的门》中,外乡女子秀丫饿昏在呼家堡村头,被呼天成用6碗小米饭救活,第一句话就是"给我找个吃饭的地方吧",于是,为了"一个吃饭的地方",她嫁给了孙布袋。在众人惶惶然匍匐于大地之上极其艰难地生存时,他们的腰自然是弯的。

根据马斯洛的需求层次理论,生理和安全是人最基本的需求,对于苦难深重的中原人来说,他们在心理上最渴望得到庇护。这一点,从他们建"屋"的热情上就可以看出来。在平原,人毕生的精力都放在了"屋"的建造上:"在平原,天是很大的,很大很大的,云又是很重的,重得随时都会塌下来。那云,看着是白的,可倏尔就会黑下来,黑成鏊子底,那黑气能贴着人头飞……人靠什么藏身呢?天就压在头上,一个细细的小脖颈是写在脖子上的,人首先要给自己找到一个避难之所,一个可以藏身的地方……"② "屋"成了对天的抗拒仪式,成了人们享受庇护的一种象征。从外在的形式上来看,给身体"安全感"的固然是容纳身体的"屋",但能庇护他们那颗恐惧的心的又是什么呢?他们把目光投向了社会,寻求一种真正使他们在心理上摆脱恐惧感的依托。"他们迫切要一个统一的,强大的国家政治统治机构来保护自己,也愿意以自己的努力支撑起一个统一的,强大的国家政权,树立起一个至高无上的国家权威,就像殷商时代的民众同自己的国家,同自己的领袖构成一个统一的整体一样。"③ 吊诡的是,民众所期盼的"权利整体",在建立强大的统一体的国家政权之时,"民众就不能不忍受来自于它的残暴"。因为,"在统治者和被统治者之间,是没有什么道理可讲的。只要他有权,就必须服从,说什么都没用。获得权力,就获得了一切,失去了权力,就失去了一切"。④ 越是处在社会底层,越需要国家权力的保护,但越需要国家权力的保护,越是更严重地落入这个文化共同体内部的权力关系中。所以,《羊的门》主人公呼国庆说:"渴望权力是一种反奴役状态。"⑤ 这就是中原民众所陷入的一种权力文化怪圈。

---

① 李佩甫:《羊的门》,华夏出版社1999年版,第9页。

② 同上书,第8页。

③ 王富仁:《河南文化与河南文学》,《渤海大学学报》2008年第5期。

④ 梁鸿:《外省笔记——20世纪河南文学》,社会科学文献出版社2008年版,第42页。

⑤ 李佩甫:《羊的门》,华夏出版社1999年版,第207页。

　　中原人的"顺民"性格除了与中原恶劣的生态环境及生存至上的文化环境有关外，还与封建统治者长期的"教化"有关。中原地区长期处于封建社会的统治中心位置，如洛阳、开封、南阳、郑州等城市是封建王朝的都城，历代王朝都曾把中原文化作为正统文化，采用行政手段向人民推广尊卑有别、贵贱分明的社会等级观念与制度。这种行为一方面制造出了强大的"官本位"思想文化观念，另一方面，这种带有高压和强迫性质的方式造就了一群缺乏个性、被动服从、唯唯诺诺的畸形的人格群体。这种以儒家为正统的文化体系已经给中国人心理上造成了一种"创伤"。正如鲁迅所说："我们的圣贤，早已教人'非礼勿视'的了；而这'礼'又非常之严，不但'正视'，连'平视''斜视'也不许。现在青年的精神未可知，在体质，却大半还是弯腰曲背，低眉顺眼，表示着老牌的老成的子弟，驯良的百姓。"① 正是在这肥沃的土壤中，呼天成这一类的乡村强者才一步步走向"神坛"，成长为政治能量极大的东方教父式的"乡村土皇帝"。接下来，我们将分析在这片平原的土壤上，一个农民怎样用40年的工夫将自己锻造成了一个主宰众生的"领头羊"。

## 第三节　"绵羊地"上的"主人"

　　"绵羊地"上有"绵羊"，自然也就会有"领头羊"或者"牧羊人"。在《羊的门》第十章中，孙布袋对呼天成说："我放了三十年的羊，你放了三十年的我，人也是畜生。"②

　　呼天成是中原一个村庄——"呼家堡"的村支书，是一个被刘思谦称之为"卡里斯马型"的人物："呼天成处于绝对的不可动摇的中心地位，以呼天成为中心，构成一种辐射型的多重人物关系网，每一组人物都围绕着呼天成而存在，成为一种典型的'葵花朵朵向太阳'式的人物

---

① 鲁迅：《论睁了眼看》，《鲁迅全集》第 1 卷，人民文学出版社 1981 年版，第 237 页。
② 李佩甫：《羊的门》，华夏出版社 1999 年版，第 311 页。

结构。"① 在呼家堡,只有他是一个真正的"人",只有他具有独立的意志和自由。他不喜欢狗叫,全村的狗立刻被以各种理由宰杀;他想借孙布袋的脸来用,孙布袋就得老老实实地借给他;他让村里美丽的女子秀丫"脱",秀丫就乖顺服从;"这里的一草一木都是在他的主持下'生长'的,这里的一砖一瓦都是在他的旨意下兴建的,连那些埋在地下的死人也是他给他们安置的。他说,要上晨操,人们就去上晨操,他说,要种带色的棉花。人们就去种带色的棉花。在会议上,他说,举手吧,人们就举起森林般的手。"② "在平原,他的承诺就是最好的信用凭证。在国内,他一句话就可以调动亿元资金。他可以走遍全国而不带一分钱。这在当今中国,只怕独有他一人了。"③ 在他过 60 岁生日的时候,省、地、县的行政官员、"很有影响的文化人"、银行行长、大公司的经理、几十辆小车在村外排成了长队,而他躲在自己的小屋内,连见都不见;在呼家堡,他只要咳嗽一声,来访者就可以受到上等的款待;他的车跟别人的车碰撞,秘书打了个电话,便惊动了三个县的交警,七八辆轿车急匆匆赶来慰问呼伯怎样了?整个国道全被封锁了;省委组织部干部处处长邱建伟说:"在呼伯面前,咱们都是晚辈,无论哪个方面,咱们谁也抵不上呼伯的一个小指头。"④ 原来的省委副书记老秋成了京城元老后,说:"这辈子最服气一个人,就是人家老呼,他说他比我强,是四十年不倒啊。"⑤

最能充分体现呼天成政治能力的是县委班子改选事件。从呼家堡走出去的县长呼国庆在与县委书记王华欣的斗争中失败,市委已经做好决定将他调出,市委组织部正在打印任命文件。此时,呼天成接到了呼国庆的求助,他一个电话打到北京,最后的结果变成县委书记王华欣被调走,呼天成被任命为新的县委书记。

在小说的首页,有《圣经·新约·约翰福音 10》的一段话:"耶稣

---

① 刘思谦:《卡里斯马型人物与女性——〈羊的门〉及其他》,《当代作家评论》2000 年第 3 期。

② 李佩甫:《羊的门》,华夏出版社 1999 年版,第 349 页。

③ 同上书,第 351 页。

④ 同上书,第 416 页。

⑤ 同上书,第 360 页。

对他们说，我实实在在地告诉你们，我就是羊的门……凡从我进来的，必然得救，并且出入得草吃……我来了，是要叫羊得生命，并且得的更丰盛。""从我进来"，一个"从"字，暗示了是一种至高无上的权威，一种莫与抗衡的高度，一种居高临下的强权话语姿态。毫无疑问，在呼家堡这个小村庄里，呼天成就是"掌管生死之门"的"人主"，"从"了他"进来"，人们可以住着整齐划一的两层的楼房，家里有沙发、挂钟、彩电、空调，"从了他"，许布袋有了媳妇，本来已经出局的呼国庆成了县委书记……

通过小说我们看到，呼天成这个"牧羊人"，在彻头彻尾地统治着中原民众们的生活。权力，是呼天成人生追逐的全部意义，因为"在这里，生命辐射力的大小是靠权务来界定的，权力是成功的体现"。[①]《羊的门》残酷地揭示了这个在中原大地上运行了千年的规则，呼天成就是把这个规则运用到出神入化境地的一个人。他无疑是这块"绵羊地"上的成功者，整部小说中，"他是最大的赢家，一辈子没倒过"。

那么，我们不禁要问，这一块"绵羊地"的土壤里，到底凝聚了什么样的精气神，产生了呼天成这样的人物呢？呼天成身上到底有什么独特的"魅力"使得他如此深谙官场文化的精髓，在中原大地上取得了"成功"？

## 第四节　中原地域文化与"政治神话"的打造

呼天成的"成功"，很大程度上是因为他谙熟了中原地域独有的传统文化和"官场"文化。他身上既有中原乡土民众杰出的生活智慧，又有中国官场哲学的精髓，他知道怎样在百姓面前树立自己的权威，知道怎样利用机会投资人情。在《羊的门》之前，很少有人正面解析这套现实法则。

---

① 李佩甫：《羊的门》，华夏出版社1999年版，第207页。

### 一　宗族自治与中原人的"面子"

在中原的乡村,要想成为"头人",并非那么简单,因为在村人眼中,"村支书"还不是真正的"政府",并不具备权力的基本形态,所以,要在乡村行使行政权力,必须要"以血缘亲情为纽带,将公序良俗作为最基本的生活秩序标准"①。同时,乡村权力的有效实施者往往还要在道德上成为"精英人物",这样才能使众人服膺。我们知道,在《白鹿原》中,白嘉轩是在占据了整个乡村道德的制高点之后,才践行了族长的职务。《羊的门》的时代,虽然是新中国,但农村的宗法伦理文化并没有消亡,传统的宗法伦理观念还深入村民的骨髓,乡村中"道德化的精英人物"仍是人们膜拜服从的对象。为了成为这片土地上的"主人",呼天成一方面打造自己"圣人"的形象,另一方面,充分利用村民"要面子"的文化心理,打压一部分人,"抬举"一部分人,逐渐树立起了自己的权威。

为了打造自己"道德化精英人物"的崇高形象,呼天成努力克制自己的情欲,面对秀丫这个美丽的外乡女人的胴体,他苦练"易筋经",让自己成为无欲的"神",他的目标是做一个"内圣外王"、以德服众的"主人"。他善于将政治话语与宗族伦理话语对接,在虚饰的语言掩盖下,逐步实现他"服众"的政治目的。如他多次在全村大会上讲:"集体是一种信仰,是一种觉悟,要活在一块儿活,死在一块儿死;集体就是一驾马车,你往东,我往西,驴拽狗不走,行吗?"②

林语堂先生曾说:"面子、命运和恩惠是统治着中国的三位女神。"③但是中国人对"面子"追求的心理又是盲目从众的,他们追求的动力不是来自个体人格修养的需要,而是为了获得群体中其他成员的认同。"在乡村里,脸面是活人的招牌,乡人是最看重脸面的。"④ "在平原,'抬举'这个词是人们口头上经常使用的,乡人们最看重的就是是否受到了

---

① 洪治纲:《"人场"背后的叩问与思考——论李佩甫的〈羊的门〉》,《名作欣赏》2010年第 27 期。

② 李佩甫:《羊的门》,华夏出版社 1999 年版,第 67 页。

③ 林语堂:《中国人》,郝志东、沈益洪译,学林出版社 1994 年版,第 199 页。

④ 李佩甫:《羊的门》,华夏出版社 1999 年版,第 85 页。

'抬举'。"① 呼天成巧妙地利用了中原人"要面子"的心理，用"下饵"的方法，首先借用了孙布袋的"脸"，给他贴上了"贼"字的标签，把他批得人见人弃，有效地整治了大家偷盗集体庄稼的行为。其次，他充分地利用了"会议"，批判一些人，让一些人丢脸，又表扬一些人，给一些人"面子"，使他们之间有一种比较。这样，"会议像是一根绳子，捆住了呼家堡的人心……在会议上，呼天成成了真正的主宰，成了一呼百应的核心。'开模范会'的时候，提到名字的脸，会容光焕发。在骨干会上，一被点到名字的妇女，就几乎热泪盈眶。"② 就是这些简单的形式，使人心有了震撼和等级感。效果是："那些可怜的村人，为了能被点到名字，常常鸡不叫就起来下地了。"呼天成牢牢地把握着全村人的话语权，他的话成为人们做事的准则和行为的规范。村民王麦升在劳动中手指不小心被弄断了之后，呼天成让人把断指供上了展览台，每天到上工的时候，呼天成把全村人带到展览台的前面，对着断指三鞠躬，给人们说上面挂的是"光荣"：这显然是一种"抬举"！他的话大大激励了想"被抬举"的民众，以致随后徐三妮断了指头，王马虎的也断了（断的时候，他还笑），刘长友的也断了，王国胜的也断了，断指的人越来越多，最后，呼天成也不得不重新解释，还是要注意安全。

## 二　政治权谋与"人情"

呼天成虽然是一介农民，但在他的背后，从北京到省里再到他所在的县城，存在一个庞大的官僚关系网络。他之所以具有"通天"的能力，与他对这个"网络"的经营是分不开的。呼天成何以能经营成如此庞大的网络，他是靠什么去"经营"的呢？

在中国，"亲密社群的团结性就倚赖于各分子间都相互地拖欠着未了的人情。在我们社会里看得最清楚，朋友之间抢着付账，意思是要对方欠自己一笔人情，像是一笔投资。欠了别人的人情就得找一个机会加重一些去回个礼，加重一些就在使对方反欠了自己一笔人情。来来往往，维持着人和人之间的互助合作。亲密社群中既无法不互欠人情，也最怕

---

① 李佩甫：《羊的门》，华夏出版社1999年版，第232页。
② 同上书，第88页。

'算账'。'算账''清算'等于绝交之谓，因为如果相互不欠人情，也就无需往来了。"① 在《羊的门》中，呼天成正是以感情投资的方式经营"人场"，从而赢得了"官场"。从"文化大革命"时救助省副书记老秋开始，几十年的"播种"、"经营"，使得他上至中央，下到地方，形成了"一个巨大的有放射力的磁场"②。这不得不说是中原地域文化与政治文化交融的一个明显特征。

小说中，呼天成经营"人场"的方式大致有三种。其一，"救人于危难"。"文化大革命"中，他冒着很大的风险把被打折了腰的省委副书记老秋藏在家中一年零六个月，使老秋躲过了劫难。后来"老秋"下乡蹲点呼家堡，临离开时，呼天成跑遍全村，借了5个鸡蛋，追了6里路送给他，这对于半身浮肿的"老秋"不亚于是半条命……后来老秋成了省里的主要领导，对呼天成的要求自然有求必应。其二，从不间断的"慰问"与"关怀"。对于呼天成结交的一大批老干部，虽然这些人都退居二线了，但他对人的礼数还是一样的。每年，他会让人送去"几穗刚下来的青玉米，几块岗上的红薯，或是两斤小磨香油"，面粉厂第一年盈利，他让人赶制了一万袋精粉，派出了7个小组，从县城到市里，从省城到北京，进行了"千里送鹅毛"的"慰问"。他送去的，往往是一份回忆、一份念想、一份叫人忘不掉的情分，在呼天成的字典里，装满了"慰问""探望""支援""赞助""奖励"，他把给予变成了"关怀"，把乞求者变成了施予者，将私人化的情感变成了组织上的正常行为。呼天成与老秋及老干部们之间的感情，正是在这种寻常的人情来往之中越来越深厚。其三，"投资"人情。与寻常人比，呼天成似乎有着一副洞察人未来前程的好眼光，他看准的人，会不惜一切代价大力地"投资"。当年邱建伟摔残了生产队的一头牛，呼天成不但没有惩罚他，反而让他当了生产队的副队长，还推荐他上大学；范炳臣入伍前跟人打架，他从公安局里把他解救出来，转业的时候，是呼天成往省里跑了三趟，让他留在了省城最难进的部门；省城报社的副主编冯云山，是呼天成推荐他上了大学，评职称的时候，他缺"软件"，呼天成第二天就派人把钱给出版社送去了……

---

① 费孝通：《乡土中国》，生活·读书·新知三联书店1985年版，第75页。
② 李佩甫：《羊的门》，华夏出版社1999年版，第356页。

这些人后来果然"功成名就"：邱建伟是省委组织部干部调配处的处长，冯云山成了省报副主编，范炳臣是省银行行长，呼国庆成了县长，对他自然是感恩不尽，投桃报李，但凡呼天成用得着他们的时候，他们不惜一切代价，涌泉相报。还是在计划经济时代，老秋"大笔一挥，给了他们一套价值百万的磨面设备"，后来更新进口设备时，别人光是批文，就要整年住在北京，一两年也不一定能办下来，但是呼家堡进这套面粉设备，全部跑下来，仅仅用了21天；1981年"呼家面"要进入省城的时候，呼天成给省委组织部干部处处长邱建伟打了一个电话，呼家面就长驱直入，优先进入省城市场；省报副主编冯云山，免费给呼家堡做活广告……这里面用的都是人情，"人情是什么，是存款，你得不断地把钱存进去，到了万一需要的时候，才可以取"。[1]

权谋中有仁义，仁义中有权谋，互相渗透，这是中国传统儒家文化和中原地域文化的一种互融和渗透。呼天成这个"玩泥蛋"的民间智者，在他40年的摸索实践中，已悟道成精了。"他将中国传统文化的三个主脉——儒、道、法暗暗打通，以道家的阴柔行儒家的仁义成法家的权谋，如此的'中国特色'使这个'东方教父'无与伦比。"[2]

### 三　"在中原，人是活小的"

虽然呼天成在呼家堡"君临天下"，但他始终保持一个低调的姿态，时时把"败处求生，小处存活""在小处做人"等信条挂在嘴上。作为一个拥有亿万资产的"主人"，呼天成的个人生活方式极为简单。我们看他的住处："那院门很旧了，是那种老式的双扇门，门板上黑乌乌的，带着雨水留下的陈年污迹，看上去，显然是从旧房上拆下来的，院墙有一人多高，就砖砌的。院子里斜着一架葡萄，那葡萄也很有些年数了，一身铁黑色……葡萄架下有一石桌，石桌是旧碾盘改的，还有两只旧日的小石磙，权且做了石凳。葡萄架的后边有三间茅屋，是麦草苫的。门都是单扇，窗户也仍是很旧式的格子小扇，很有些寒碜的样子。"[3]

①　李佩甫：《羊的门》，华夏出版社1999年版，第256页。

②　邵燕君：《画出中原强者的灵魂》，《新世纪文学脉象》，安徽教育出版社2011年版，第297页。

③　李佩甫：《羊的门》，华夏出版社1999年版，第53页。

他的饮食:"他最爱吃的,只是一种手工的擀面。这种面是在案板上擀出来的,面要和得硬一点,如果水开后,再加一些霜打的红薯叶,他会吃上两碗。这种饭,他几乎每天都会吃上一顿。"[1]

他的穿戴:"极不讲究"。"脚下是圆口布鞋,身上是农民服装;在家里,他更喜欢随意地披着一件什么,在平原的乡村,披着衣服就像是披着威望一样,那种潇洒是平原上独有的。"[2]

他与人相处的方式:始终自称"一介草民"。他的车与别人的车相撞后,秘书调动了6个县级干部的专车,动用了3个县的交警,他把秘书狠狠地教训了一顿,最后他自己给人出钱修车,还辞去了肇事司机;他时刻提醒自己是玩泥巴的,住在果园中的小泥屋,多少高官前来他不接见;县委书记王华欣来访,对之一再称自己"一介草民如何如何……"

这种"败处求生,小处存活"的生存姿态与其说是呼天成的心理认同,倒不如说是他从这块土地上获得的一种生存智慧。小说中另一个主人公呼国庆的处世风格似乎从反面印证着呼天成的这种箴言。呼国庆是一个"小处精明,大处愚钝"[3]的人,他经常耍小聪明,做事不低调,耍花招跟妻子离婚,喜欢被人称为"呼青天"等,最后遭到了政治对手王华欣的两次反击,几乎落马,最后是靠呼天成营救才得以"洞明世事"。在呼天成的教导下,他终于放弃谢丽娟,回归到呼天成所指引的道路上来。他的失败,正印证了呼天成的"小处做人"的法则:"在平原上,你知道人是活什么的?人是活小的,你越小,就越容易,你要是硬撑一个大的架势,风就招来了。"[4]

总之,呼天成在长期的中原乡村工作实践中,一方面刻意修炼提升自己的人格,另一方面又熟稔地将中国统治术与中原乡土的人情伦理相结合,几十年的经营,在他的周围,形成了一个带有较强地域性的政治文化场域,他深入其中、出乎其外,韬光养晦,暗藏玄机,终成为这块"绵羊地"上最大的获胜者。

---

[1] 李佩甫:《羊的门》,华夏出版社 1999 年版,第 350 页。

[2] 同上书。

[3] 同上书,第 382 页。

[4] 同上书,第 353 页。

# 第 七 章

# 政治书写与乡土叙事:河南长篇小说
# 创作的两大叙事主题

纵览 20 世纪 50 年代到 90 年代的河南长篇小说,从创作内容和叙事主题上明显地呈现出两大脉络:第一是对"政治"(时代政策、政治斗争、官场权力等)的时代书写;第二是对中原农村、农民形象的深入刻画。

河南长篇小说中的"政治书写"可以分为三个时段,每个时段所体现的意义各有不同:50 年代至 70 年代的河南长篇小说是对国家政治政策进行文学阐释的阶段。这一时期的书写最为"功利"与急切,政治的主题往往就是小说的主题;80 年代河南长篇历史小说大量的出现,可以看作是河南作家政治意识的一种艺术表达,他们将浓厚的权力情结转移到了对一代代帝王将相、明君贤臣的艺术形象塑造中;90 年代的"政治"书写表现在对政治权力的反思层面,体现了新一代河南作家较为清醒的批判意识。

与之前的"乡土小说"相比,河南作家在表现"乡土"时出现了新质素。不仅出现了能代表中原农村老一代农民形象的"老庄稼筋",还出现了一系列具有中原农民特点的新式"乡村能人"。这些人身上的"韧性"品质是河南农民性格的重要组成部分。

# 第一节　河南长篇小说中的政治书写

**一　"与时代共鸣"：20 世纪 50—70 年代河南长篇小说中的"政策"书写**

从作家的出身来看，这一时期的河南作家大部分都出生在 20 世纪二三十年代的河南农村，文化程度不高，大部分是在革命实践的磨炼中成长为作家的。像贾子云，本身就是在伪军司令部做地下工作的军人；韶华只读过 4 年半的书，从小参加八路军，在部队一直做随军记者；魏巍在抗日战争爆发后加入八路军，1950 年随军去朝鲜；黄日强在 1949 年后在中原军区司令部工作；有的本身就是农民、工人，像冯金堂、刘知侠，之前所受的教育非常有限；刘知侠 11 岁才开始上半工半读的学校。从上述河南作家的成长背景来看，他们和上一代知识分子（徐玉诺、于赓虞等）接受的思想文化资源已经完全不同了。他们小时候受民间故事的熏陶，长大后深受 40 年代延安文艺思想的影响。他们会用民间故事的模式，书写对新中国的热爱和赞美，用一种高扬的乐观主义态度歌颂党的革命过程，他们会响应合作化、"大跃进"、大炼钢铁等运动，在文学作品中表达着他们对党的一片忠心。

几乎刚刚发生的群众运动在河南长篇小说中就有迅速的反映。1956 年出版的《燃烧的土地》写的是抗美援朝的故事；1957 年出版的《贾鲁河边》写的是第一个"五年计划"时期，苏联专家忘我的工作态度和人民群众的建设热情；1959 年出版的《炼》是全国第一部写大炼钢铁运动的长篇；1967 年出版的《闪光的年华》写的是地主阶级对集体成果的伺机破坏和人民群众在复员军人的领导下与之进行斗争的故事。其中的故事设计如地主用老鼠尾巴粘上胶泥蛋儿搞破坏的方法颇为造作，但是作者的叙述态度十分真诚。此时期的河南作家李準、刘知侠、魏巍等人也都从时代出发，不遗余力地歌颂党的政策和主流话语下的时代精神。魏巍的《东方》不但写出了朝鲜战争的正义性，还在几条战线上"作战"。不仅对国内"土改"后新的贫富分化问题做了深入的现象分析，还为农村走合作化道路做了形象的历史论证。农民作家冯金堂的《黄水传》，充满了苦难与死亡，一直到第 22 回新四军出现，书中所有人物才逐渐结束了受苦受难的命运。漫长的苦难叙事，充分书写"遗民泪尽胡尘里"的受压迫过程，正是为了展现"王师"到来的必要性、"革命"及"土改"的历史合法性。20 世纪 70 年代末 80 年代初期，河南作家李凖的《黄河东流去》、姚雪垠的《李自成》、巍巍的《东方》等均获得了作为中国长篇小说的最高奖——"茅盾文学奖"，这与他们真诚地书写党的政策和时代精神是分不开的。

河南作家绝不仅仅是一味儿跟在政策后面做时事的解说员，关键是他们还能从眼前的形势出发准确地判断写什么。从姚雪垠对历史小说《李自成》的题材选择来看，无一不受到当时中共领导人毛泽东的影响。当别人质疑他的"上书"（给毛泽东寄书）是多余之举，觉得伟大领袖不会看他的书时，姚雪垠很有把握地说"毛主席一定会看"。这种判断源于他对毛泽东历史兴趣的充分了解。书中歌颂了农民起义军领袖李自成，充分论证了"农民起义是历史发展的动力"这一毛泽东思想论断，作者不惜用"现代观念"对李自成的形象进行全方位的重塑和美化，如他领导的民主作风，部队的严明纪律，与当地百姓的鱼水之情，等等，这在很大程度上获得了毛泽东本人的认同。因此，姚雪垠从一开始写作到最后发表，两次获得了来自最高领导人的保护。这种因为文学创作而获得声誉从而能与党和国家的最高领导人直接"对话"的事在另一位河南作家李凖的身上也发生过。李凖的小说在 20 世纪 50 年代之所以获得很大名声，无疑跟他长期对农业合作化、"人民公社化"等问题的关注有关，这使得他比其他作者们多了份自信。在"文化大革命"中，李凖遭到迫害和打击，被诬陷为文艺黑线人物，被红卫兵揪了出来，抄家游斗，又被放逐到西华县，剥夺了写作权利，他想到了给周恩来总理写信。他相信周总理知道他，相信周总理一定会救他，于是让儿子将信送到新华门，让站岗的解放军转到了周总理手中。后来，在周总理的过问下，李凖获得了自由，并且被北影厂厂长汪洋请到北京，有了重新写作的权利。[①] 这件事之后不久，李凖开始了剧本《大河奔流》的写作。

与同一个时期其他省份作家的长篇小说相比，此时期河南作家的长

---

① 侯钰鑫：《大师的背影》，河南文艺出版社 2013 年版，第 336 页。

篇小说对于政治政策的书写格外"深切"。一个很突出的表现就是，在湖南作家周立波的《山乡巨变》、陕西作家柳青的《创业史》、山西作家赵树理的《锻炼锻炼》等作品中，都会有一两个"不合时宜"的人，如《山乡巨变》中的"小脚女人"李月辉、党内走"资本主义"道路的郭振山、不想参加集体劳动的"小腿疼"、"中间人物"梁三老汉等。这些人物是叙事者和读者共同批判的对象，有这样或那样的"小人物"的缺点或不足，不是那么"高大全"，可恰恰因此获得了更加"真实"的面目。时过境迁，当那个时代的政治话语落幕后，这样的人物越来越成为这一部分作品存在价值的有效支撑力量。然而相比之下，河南长篇小说中，几乎没有此类人物，作家们笔下的人物往往按照政治形势的要求走得更快、更极端。从解放军战士到家庭妇女，从工地厂房的领导到车间的普通工人，从外国专家到一般的农民，几乎每一部作品中都充斥着一个时代的英雄形象。《闪光的年华》中的车向前，《燃烧的土地》中的张贵，《碧绿的湖泊》中的老技师张岩，等等。每个"英雄"都有一番豪言壮语。《海河春浓》有这样的细节，有一个人去书店买书，有这样的对话场景："你要学什么？""我要学马列主义！""学哪一本马列主义？""学毛主席的马列主义！"　"那叫《毛泽东选集》，买书就买《毛泽东选集》。"① 如此宣传口号式的语言进入了文学作品，削弱了文学本身的魅力。作家们自觉服膺于那个时代而充满激情，时代的文艺政策和作家创作之间取得如此高度的契合，是河南作家的一个共性追求。

　　刘增杰在《风雨五十年——20世纪上半叶的河南文学》中说："作家创作，大多俯首听命，严格服从舆论一律。个别勇敢者在艺术上独辟蹊径，往往预后不佳，轻则受斥，重则受到殃及生计的严厉惩戒。终至创作灵气飞逝，心态上的得过且过制造出的是大量缺乏棱角的平庸之作。"② 师陀写于20世纪40年代末、出版于50年代初的《历史无情》，虽然努力向"主流话语"靠拢，但因为作者原有的写作习惯，小说中充满了对农民生活原生态的描写，也许是这种描写与当时主流意识形态的

---

　　① 王昌定：《海河春浓》，上海文化出版社1983年版，第238页。

　　② 刘增杰：《风雨五十年——20世纪上半叶的河南文学》，《精神中原——20世纪河南文学》，河南大学出版社2002年版，第35页。

要求相去甚远，所以这部小说发表以后在当时并未引人注意。

这种依靠自身经验和图解政策的写作方式注定行而不远，很多河南作家因此没有后来的持续创作。"这些作者虽有创作敏感，但缺乏思想深度，主体意识不强，甚至把紧跟形势视为自己的使命，因而一些作品可能会带来及时配合任务的轰动。但随之而来的，则是作品艺术生命过于短暂的尴尬。"① 并且，随着各项政治运动的解体，当初大受欢迎的这些作品也都面临着重新阐释的尴尬。《李自成》一直到90年代才出版第5卷，极为勉强地为这一部宏大的"史诗"画上了一个句号。第4卷的写作至今仍是个谜，原因在于姚雪垠始终找不到和自己前面创作思路延续的空间，用他自己的话说就是"脑子里空的很，怎么写"!② 李準的文学剧本《大河奔流》的失败，显示的也是极"左"思潮对文学创作的损害，以致"人没死，作品已经死了，或者上半年写的，下半年就死了"。后来李準写了《芒果》《王结实》对"政治文学"反省的作品，以及反映民族生命力的长篇《黄河东流去》，似乎要彻底"清算"极"左"思潮的流毒，可是，这些创作在无形中又暗合了新时期的政治话语，将之看作李準对新时代政策的又一次"迎合"也未为不可。

## 二　二月河的历史小说：权力幻想与权谋文化

几千年来，中国是一个高度集权的国家，中国百姓心中绵延着一种强烈的圣贤崇拜情结，渴望清君、贤臣已经成为中国百姓的集体无意识，这一点从电视、电影中火爆的古装剧就可以窥见一斑。"在某种意义上可以说，中国政治是一种圣贤政治。无论在理想的政治模式中，还是在现实的政治宣传中，都闪烁着圣贤的光辉。圣贤，经过历代政治者的刻意刻画，成为理想政治的神话的人格化形象，同时又成为政治伦理的典范。"③ 官场、皇室，又始终吸引着公众窥视的目光，这种现象直接影响着作家的审美选择，强化了作家们对于权力叙述的关注。于是，在河南

---

① 刘增杰：《风雨五十年——20世纪上半叶的河南文学》，《精神中原——20世纪河南文学》，河南大学出版社2002年版，第12页。

② 许建辉：《〈李自成〉的遗憾》，《新文学史料》2010年第2期。

③ 王子今：《权力的黑光——中国封建政治迷信批判》，中共中央党校出版社1994年版，第81页。

的历史小说中，写帝王将相、明君贤臣的篇章占据了很大的比重。最有名的当属二月河的"帝王"系列：《康熙大帝》《雍正皇帝》《乾隆皇帝》。尽管二月河一再申明，他的追求"是以传统的章回体例、现实主义手法写一部中国封建社会百科全书式的小说"，但是，"百科全书"对于清代的文字狱这场杀害人数之多、影响时间之长的大劫难只字不提，却对三位皇帝勤政爱民、礼贤下士的举动，对皇室内部的倾轧与钩心斗角给予了最充分的想象与描绘，这是为何？

对于创作主体来说，单就创作中权力被反复摹写本身，也似乎能说明创作主体与权力之间存在着某种难以割舍的"情缘"。可以说，权力"书写"是文人们与"权力"结缘的一种"白日梦"。在二月河的"帝王系列"中，有一个重复很多次的情节：凡写到文人有不凡的谈吐、宏妙的见解之时，必然会被皇帝听见，皇帝因此会大加提拔重用。高士奇、明珠、邬思道、伍次友等人都是如此，"明珠一天之内连升七级"。小说中几乎所有飞黄腾达的文人雅士，都是通过自己一番"隆中对"式的谈吐获得了皇帝的赏识，从而"一人得道，鸡犬升天"。这种文人走上权力顶峰的方式，以及他们的理想抱负，实在是"致君尧舜上，再使风俗淳"的文人梦的传统延续。这种权力梦，不仅仅体现为仕途上的升迁渴求，还体现为一种文人式"平天下"的愿望。小说中，有康熙多次微服私访的场面，康熙所到之处，见了穷苦的人大把地赏银子，见了贪官最后一定会亮出身份，然后在自我满足中静看他人诚惶诚恐的样子，这种做法充分体现了一个文人"平天下"的白日梦。作为权力幻想的另一种表现是作者对权力操作的快感往往做极为细致的描写。书中很多地方有大臣对皇帝表忠心的场面，如刘墉对皇帝表扬自己一番后的表现是"只觉得胸中气血涌动，五内俱沸"。说道："臣何敢当圣主如此眷爱，惟惟……有粉骨糜身，忠勤报主，继……继之以死而已，臣谢……谢恩。"[1] 对绝对君权的敬畏是中国专制政治长期延续的重要社会心理基础，作家津津乐道于此类描写，让人身临其境地感受行使绝对权力操纵他人命运的淋漓快感。因此，纵然二月河不满人们称他的作品为"帝王系列"，特命名为"落霞系列"，但是我们读来却丝毫没有感到落霞的苍凉残照，倒是感

---

① 二月河：《乾隆皇帝》第 4 卷，河南文艺出版社 2000 年版，第 152 页。

到了皇权的威严、皇恩的浩荡无边。

小说中除了文人权力幻想的"白日梦"之外，"帝王系列"还为我们展现了博大精深的权谋文化。以《雍正皇帝》为例，细读文本，我们可以发现，几乎每一页都充满了计谋和权诈、猜测和疑惑。《九王夺嫡》中，自康熙外巡，都统凌普携太子关防调兵手谕率两千兵士进驻康熙行宫，康熙惊觉出逃，怒废太子胤礽开始，这场争夺王储的好戏正式上场，主要有四方力量进行角逐。大阿哥胤禔、四子胤禛、太子胤礽、八爷胤禩。其中八爷胤禩威望极高，在都统凌普带兵事件后，大阿哥以"清君侧"之名义，要杀胤礽（实际在为自己扫清道路），结果被康熙以"不忠君，不爱父，不谙君臣大义，不顾手足之情，刁狠阴毒之性"和太子胤礽一起关入大牢。剩下三方力量在这场初步的较量中，谁揣摩透康熙的意思，谁就占上风。康熙下令让众人选举太子，朝野轰动，八阿哥高调要选举太子，老四胤禛的谋士邬思道却揣摩透了康熙的心思，力主胤禛保太子胤礽。果然，第31回，太子胤礽复宫，康熙锁拿结党的八阿哥九阿哥十阿哥……第一个高潮，以胤禛和太子获胜，八阿哥与大阿哥均失利。没过多久，复位的胤礽就开始了疯狂的报复，将之前没有支持他复位的大臣逐一打击。

胤礽废黜与复位的故事刚刚结束，第32回又开始了胤禛和八阿哥胤禩的斗争。胤禛对八阿哥的打击是从外围开始的，从八阿哥手下的任伯安着手。从第35回开始，胤禛派遣年羹尧前去安徽杀任伯安，又用计血洗八阿哥的钱庄，将八阿哥掌握的百官徇私舞弊档案搜出，又当众销毁，让八阿哥一下子失去了斗志，又赢得了人心，他们的斗争明朗化……

处处是权谋，时时是心机，每句话背后都是陷阱，每个笑脸背后都是欺诈，即使是一个小的插曲，里面也曲折回肠，充满了权谋和狡诈。《九王夺嫡》中，八阿哥和四阿哥争斗，八阿哥的人来向胤禩要档案，被胤祥用计迷惑，与胤禩表面上称兄道弟亲热异常，摆酒设宴，大谈诗歌小曲，使得胤禩无法开口，待到开口之时，胤祥已经大醉。胤禛为了将来与胤礽斗争，需要掌握太子胤礽与康熙妃子郑春华通奸的证据，把它保存下来，于是，让胤祥去将郑春华接出来，胤祥买通浣衣局看守，让之诈病，上报郑春华身亡，后又将之偷偷接出来，作为今后打倒胤礽的一个重要武器……

权力角逐的确是很吸引人的叙事资源,然而,我们知道,权力争斗没有带来社会的进步和经济的发展,相反,它起到的是恶化社会环境、阻碍人类进步的作用。对此,我们必须反思批判、引以为戒。但是,在很多历史小说家的笔下,我们看到的是作者沉溺其中、乐此不疲的演绎。翻开世界历史年表,我们可以清楚地看到,就在我们的电视剧播放"我真的还想再活五百年"的康乾盛世,英、法等欧洲国家正在进行着推翻封建主义、发展资本主义的革命运动,而当时的我们,一方面闭关锁国,做着天朝王国的梦,一方面正在拼命禁锢"思想",大兴"文字狱",迫害知识分子,使中国封建主义的独裁与专制达到了登峰造极的地步,而这些内容在二月河的小说中,却没有得到相应的描写,这一点,非常值得人们反思。

### 三　20 世纪 90 年代长篇小说中的"权力文化"反思

权力书写可以说是中国文学的一大主题,在中原地区,作家与读者对此尤其热衷。正如鲁枢元所分析的那样:"中原在历史上是东南西北征战劫掠的对象,所谓兵家必争之地。中原大地又多半无险可守,交战双方你进我退,你来我往,犬牙交错,拉锯不已。中原百姓不得不在夹缝中求生存,日积月累便形成一种基于自我防卫的文化心态:内心封闭,消极竞争,随风摇摆,违心应变。但这种瞬息万变、反复无常的严酷斗争环境又锤炼出一批批机权多变、折冲樽俎、运筹帷幄、纵横捭阖的政治精英,并形成极为兴盛的'权力文化'。"① 在河南作家的创作中,权力文化的传承和河南人的个性特点清晰可见,一个电工,只要有权,也会充分利用。在李佩甫的《李氏家族》中,"从村里接上了电之后,五斗就成了管电的五爷。特别是责任制之后,浇地、打场、磨面、吃水,全得看五斗的脸色。五斗说能浇就能浇,五斗说拉闸就拉闸。所以,全村人用五斗的机会最多,五斗要说点什么大伙还是听的"②。

进入 20 世纪 90 年代后,刘震云、张宇、阎连科、田中禾、郑彦英、周大新、侯钰鑫、李佩甫等人都发表了他们的长篇小说。这一批作家有

---

① 鲁枢元:《生态文艺学》,陕西人民教育出版社 2000 年版,第 329—330 页。
② 李佩甫:《李氏家族第十七代玄孙》,百花文艺出版社 1987 年版,第 123 页。

一个共同特点，即都是从乡村走出来的，都有过一段或长或短的乡村生活经历。有的即使非乡土出身，但由于上山下乡等原因，也有着长时间的乡村经历。对他们来说，农村、农民无疑是他们最熟知的领域和对象。面对"乡土"这样一个屡见不鲜的选材范围，什么才是他们描述河南乡村的最佳视域点呢？或者说，什么才能让他们感到有言说的冲动和激情呢？作家们不约而同地选择了"乡土权力"。

对从小生活在河南农村的作家们来说，一方面，贫穷的乡村、苦难的生活给他们的身体留下了伤痛的记忆，另一方面，乡村社会中的"权力运作"对他们的精神成长产生了重要的影响，所以才让他们成年之后念念不忘，并在创作中不断地表现权力这个主题。阎连科说："因为我自己从小生活在乡村的最底层，对村干部有一种敬畏感，这可能使我对乡村的政治结构有一定了解而形成一种崇拜心理，它可能会成为我作品的'村落文化'非常大的一部分……有人类以来，与之相伴的就是权力的存在，这是文学一个永恒的话题，你从小对权力有一种崇拜，你就不可能不表现这一主题。"①刘震云之所以对"权力"如此情有独钟，也与他在成长的过程中的亲身感受有关。他曾揶揄地说："我的故乡很看不起我。他们以为我出门忙活多年，该混个脸面回去。谁知混了半天，只混了个'青年作家'。而我们这个国度混得好与不好，是和地位连在一起的。地位是一种身份。个人价值与身份，少有联系，而地位的高低，是和做没做'官'，这个'官'做到多大连在一起的。大家除了怕'官'其他什么都不怕。"②

河南作家充分调动了他们的乡村经验，融入了自己的深沉思索，写出了他们所认知的中原乡土社会的样子。

### （一）"败处求生，小处求活"的政治智慧

与陈忠实《白鹿原》中的白嘉轩、贾平凹《秦腔》中的夏天义等"村官"相比，李佩甫笔下的呼天成显得圆滑、世故、狡黠。白嘉轩讲仁义、重人伦、尊礼法、身体力行、以身作则，用自己的实际行动自觉维护着以"仁义"为核心的儒家传统文化。而"作为中原地域的根性果实"

①　阎连科、梁鸿：《在阴影下行走——阎连科、梁鸿对话录》，《广州文艺》2002年第9期。
②　刘震云：《草木、人及官》，《中篇小说选刊》1989年第2期。

的呼天成，则重权术、擅权谋，他所做的一切，无非是使个人权力得以膨胀。"败处求生，小处求活"，是呼天成根据中原地域的特性而总结出的一种为人为官姿态，是在外在的环境压力下的一种"适应"与反击，是由中原人独特的生活环境决定的一种为人处世的态度。它不是真正地让人"小"，而是一种生活策略或者说是生活谋略，特点就是用不务虚名的表面上的谦卑来从容应对各方面的冲击，把那些可能对自己权力与地位形成威胁的东西不动声色地消解掉。

　　"败处求生，小处求活"的政治智慧，是对中原根性文化的发掘，反映了中原地域"成功人士"独特的为人姿态。《金屋》中的杨书印就是这样的人，他本来是可以当支书的，他不当，但是 38 年来，他牢牢地掌握着扁担杨村的权力。他从来没有站在最高处，也从来没有在最低处站过，杨书印的赢人之处在于智慧，"权力是可以更替的，智慧却是一个人独有的"①。几乎每一任支书都是杨书印推上去的，杨书印又亲眼看着他们垮台。《小小吉兆村》的支书吉昌林也是这样，上边的政策要求干部年轻化后，他自觉地退到副支书位置上，新任支书吉学文是他选上来的，吉学文又完全听命于他，这样，他不但是没有名分的真正的支书，掌握着村里的大权，还使得自己巧妙地隐蔽在了风口浪尖之下。有什么问题，群众对准的是吉学文，而不是他这个副支书。《羊的门》中的呼天成，本领已经大到了通天，能凭自己一个人的力量推翻市委的任命，可是，他始终以"玩泥蛋儿"自居，反对任何形式的张扬。他从不到人前去出风头，所有的政治活动都在背后"运作"。他之所以这样做，是因为"在平原上，越'小'，就越容易存活"，他自己身体力行，而且还谆谆教导呼国庆。这个道理，让他在 40 年的政治生涯中立于不败之地。

　　典型人物都不能脱离典型的生活环境，中原人之所以要"小处存活"，是因为越小越能趋利避害，容易保全自己，这与中原地带独特的生存环境密切相关。在《羊的门》的开篇第一章，我们看到千百年来中原地带所遭受的数不尽的自然灾害、兵乱，中原地带又地势平坦、无险可守，一旦遭受灾难，只能蜷缩身体以躲避灾害。因此，要想在这里繁衍生息，人必须时时刻刻谨慎小心，"往小处去"，为人如此，为官更要

---

① 李佩甫：《金屋》，长江文艺出版社 2000 年版，第 47 页。

如此。

### (二)"裙带"权力与中原乡村伦理

伦理,是处理人伦关系的规则,从广义上来说,也包括处理人与自然、人与社会、人与国家、人与民族之间的关系。伦理在现实生活中具化为生活中的道德标准,以让整个社会有序运行。如孔子的"以德报德,以直报怨""老吾老以及人之老,幼吾幼以及人之幼""君君臣臣,父父子子",等等。中原地区长期处于儒家正统文化的教化之下,形成了非常稳固的自足性文化,"孔子创儒学于鲁,游说于郑,中州是孔子游说的主要场所"①。自西汉武帝"罢黜百家,独尊儒术"以来,儒学成为唯一的显学。由于政治中心一直在中原地区,所以,儒学独尊的客观结果实际上把儒学纳入了中原文化的系统,并成为中原文化的主体构成。"宗法制度在儒家文化的长期浸润下,一直是皇权统治最倚重的基层社会制度。它以血缘亲情为纽带,将公序良俗作为最基本的生活秩序标准,形成了自身完备的社会管理体系。"② 这种稳固的文化带来了一个非常明显的结果,即在中原的乡村,形成了以宗法伦理制度为乡村文化体系的核心的权力结构,"它包含了族群上的血缘关系,又展示了道德化的社会标准"③。因此它在权力运作过程中具有奇特的效果。《羊的门》中,人们习惯称呼天成这个支书为"呼伯",就是将血缘的关系应用到权力体制中的一个标志。由于儒家文化充分地倚重族群上的血缘关系,所以,久而久之在中原的乡村,这个权力世界逐渐衍生为血亲关系。我们来看阎连科笔下的乡村政权构成:"支书家大姑女是村长的大儿媳,支书家的二姑女是副支书家大儿媳,支书家大孩娃又娶了经联主任的大妹子。接续起来……红红绿绿,上上下下,扎扎实实都是亲戚。"④ 整个乡村的政权机制就像一个靠血亲、姻亲关系连接起来的一个"部落",这种依靠血缘及其裙带关系就能够获得的乡村权力的方式,谈不上什么"合法性",只会让政权与族权更紧密地联合起来。《日光流年》中,司马蓝能当上村长,

---

① 张志孚、何平立:《中州文化》,辽宁教育出版社1995年版,第79页。

② 洪治纲:《"人场"背后的叩问与思考——论李佩甫的〈羊的门〉》,《名作欣赏》2010年第27期。

③ 同上。

④ 阎连科:《乡间故事》,《中篇小说选刊》1991年第6期。

除了个人拥有强硬手腕因素之外，司马家族的势力是他获得乡村政治权力的最大依靠。可见，如何拥有中原乡村的权力，并不是个人的事情，而是一个家族群体力量的显现。

儒家的基本政治理论是"以德化人"，这是一种"由己及人"的政治模式。中原乡村伦理"人治"方式之所以能够顺利实现，主要是以德服人、以礼服人，而不是依靠简单的强权压制。这种政治模式要求统治者必须具备异乎寻常的道德影响力，所谓"内圣外王"，就是指个人修养与政治主张的完美结合。《羊的门》中，呼天成就政权与族权的结合形式运用到了极致。虽然很多地方他不完全像《白鹿原》里的白嘉轩和朱先生那样，对儒家文化所崇尚的道德律令有着清晰的认识，但他对道德在乡村社会中的引领作用有着非常自觉的认同。具体可体现在以下三个方面：首先是他的生活方式。他住的是旧草屋，吃的是手工擀面，披的是老式的中山装，从来不追求奢华与出众，努力打造"慎独"的"超人"形象。其次，在他与女性秀丫的关系上，努力"克己"。"你要想成为这片土地的主宰，你就必须是一个神。神是不能被捉住的。哪怕被他们捉住一次，你就不再是神了。"[1] 所以，他面对秀丫的胴体，一次次地练"忍"功，他明白，"人活着，处处都有隐患，连自身也是一个隐患"[2]，只有克服这些隐患（欲望），人才能现"内圣"。最后，在他经营人场的方式上，用的也是儒家文化中的"仁"和"礼"的表现形式。他给人送去的礼品，往往带着很强烈的感情成分，送去的是"一份回忆，一份念想，一种叫人忘不掉的情分"。"情分"是呼天成经营"人场"的砝码，也是他屡获道德制高点的利器。就这样，这种立足于中国传统伦理中的礼教形式被呼天成巧妙地转化成了异常高效的权力资本，服务于呼家堡王国的发展和个人权力欲望的建构之中。

**（三）权力批判**

"最后 20 年中原地区创作大有起色，但底气似仍不足。在自我反思气息十分缺乏的氛围里，报刊上接连袭来的赞扬声，有可能被误会创作

---

① 李佩甫：《羊的门》，华夏出版社 1999 年版，第 155 页。

② 同上书，第 157 页。

已达理想之地。中原文学要进步，当务之急是真枪实刀地戳戳自己的痛处。"① 在笔者看来，《羊的门》的创作本可以看作是作者有意地"戳自己的痛处"的作品，但是由于作者过于夸张的某些细节使得作品有些失真，尤其是对"权力运作"的描绘，很多地方由于作者过分地投入，某种程度上削弱了作品的批判力量，从而影响了作品的思想深度和文学价值。阎连科的苦难叙述也由于过多地陷入了人与自然抗衡的寓言中而显得过于自恋、偏激，甚至带有表演色彩。在笔者看来，"真刀实枪"，以高超的艺术手法"戳自己痛处"的作家是刘震云。

　　首先，刘震云对权力的"本质"有着十分独到的认识。霍布斯认为"权力是获得未来任何明显利益的当前手段"②，马克斯·韦伯认为"权力是把一个人的意志强加在其他人的行为之上的能力"③。在刘震云看来，"权力"就是统治者对民众利益进行合法性掠夺的一种方式。"在河南，稍有才能与志向者都往官场挤，即使头破血流，犹乐此不疲。官阶与职权既是社会身份与地位的象征，又是财富与享受分配的标准。一个八品芝麻官的乡镇党委书记，就拥有乘专车、出入宾馆酒楼的种种特权。至于凭职权而编织起来的私人关系网络，一方面惠及亲友，另一方面也给自己和家人的生活带来无限的方便。"④《故乡天下黄花》中，马村孙家和李家为争村长前前后后斗争了几十年，死了那么多人，其根源就在于做村长带来的吃烙饼、吃"夜草"的实惠和精神上的优越感。《新兵连》中，人人拼命巴结上司，就是为了入党、提干，为了分个好兵种，为了留在城市，将来把农村的老婆孩子弄个"农转非"……"官"与"利"始终密切相关。只有首先将"权力"这个神秘黑箱的能量来源彻底暴露在阳光下，彻底认清它之后，才有可能引起人们的警觉。

　　其次，刘震云的"故乡"系列对于"历史化"和"政治化"的拒绝是彻底的，不仅拒绝了"内容"，也拒绝了它那虚伪的形式。在小说《故

① 刘增杰、王文金：《精神中原——20世纪河南文学》，河南大学出版社 2002 年版，第 35 页。

② ［美］丹尼斯·朗著：《权力论》，陆震给、郑明哲译，中国社会科学出版社 2001 年版，第 2 页。

③ 同上书，第 6 页。

④ 曹锦清：《黄河边的中国——一个学者对乡村社会的观察与思考》，上海文艺出版社 2000 年版，第 471 页。

乡相处流传》中，我们看到了统治者那华丽外表掩饰下的私人化的龌龊动机。曹操、袁绍的征伐决战，仅仅是为了争夺对沈姓小寡妇的性特权，朱元璋的千里移民，从一开始就是一场政治骗局。刘震云对权力运作者的伎俩看得太透，讽刺起来入骨三分。一切虚伪的掩盖和华丽的演说在刘震云这里都失去了屏障，权力所引发的不公、对人性的压抑等现象在他的小说中得到了彻底的展示。

最后，刘震云的"权力批判"方式是非常独特的。和一些沉溺于权力"白日梦"的幻想者不同，作为创作主体的刘震云在叙事时往往完全退出文本，任小说以"生活流"的结构方式自动呈现。这种"新写实"式的描绘手法，冷静、客观，每一句都扎在了中原文化历史的深处，时而让人哭笑不得，时而让人掩卷深思。单单从刘震云极其戏谑化的语言风格上，我们也能体会到他对于权力以及其"体制"的完全拒绝与尖锐批判。

对于上述河南作家种种的"政治书写"习惯，绝不能完全归咎于作家个人的生平喜好和审美情趣问题。因为"这种作品不是作家自己的创作，而是对现成的和熟悉的素材的再创造……就素材早已具备这点而言，它是从人民大众的神话、传说和民间故事宝库中取来的。很可能是所有民族寄托愿望的幻想和人类年轻时代的长期梦想被歪曲之后所遗留的迹象"。[①]归根结底，这种政治文化的书写传统，是由"现成的熟悉的素材"而定的，这素材可能就是多少年以来中原地域广大人民的集体记忆，这其中，已不单纯是对政治文化的深层揭露与批判问题，可能有时还寄寓着河南人那份回归昔日政治中心的灿烂梦想。

# 第二节　中原人格精神图像

## ——河南乡土叙事中的人物形象与精神品格

河南地处中原地带，这里气候温和，雨量适中，土地肥沃，自然环

---

① 弗洛伊德：《创作家与白日梦》，林骧华译，伍蠡甫主编：《现代西方文论选》，上海译文出版社1983年版，第9页。

境优越，适宜农业生产发展。因此，"河南是华夏民族开发最早的地区之一，是我国古代农业的主要发源地"①。据资料记载，郑州新郑的裴李岗文化遗址证实，在七八千年前河南就已经出现了原始农业。"在距今3000—4000年前的夏、商、周时期，河南农业已发展到相当高的水平和规模。"② 长期农业发展的积淀，不仅繁荣了河南的农业文化，而且也繁荣了"乡土文学"，生活与耕作的土地不仅给农民们以果腹的粮食，更给他们以情感的回报。自古以来，文学中不乏表现中原土地与农民的优秀篇章。

"乡土叙事"是能够贯穿所有河南作家的一条精神之链。当代的河南作家几乎全部出身于农村，乡土、田野在他们的世界观与情感判断中打下了深刻的"烙印"。他们大多数是在读书或参军后才定居城市，于是执笔写作时，往往屡屡回望故土，一再强调自己精神血缘上和故土的联系。周大新在军营时，曾以军事题材为创作对象，但当他返乡探亲时，突然有了感悟："就在这一刻，我猛然意识到，我最熟悉的其实还是脚下的土地和林中的农人，我最应该写的还是这块故土。"③ 刘庆邦说："那块平原用粮食用水，也用野草、树皮和杂草养我到十九岁，那里的父老乡亲、河流、田陌，秋天飘飞的芦花和冬季压倒一切的大雪，都像血液一样在我的记忆的血管流淌，只要感到血液的搏动，就记起了那块生我养我的土地。"④ 李佩甫始终关注着中原人在时代大潮中的心理嬗变，着力寻找人物与历史、与时代的联系；李準太了解中原农民以及他们对于土地的感情了，中国农民的精神、心理、品质，经过他的书写已经有了雕像般的记忆功能；刘庆邦笔下豫东地区荡漾着无限的诗意，如当地晒红薯片的风俗、爷爷听评书的入迷状态、奶奶重男轻女的思想，在他笔下都飘荡着世外桃源般的诗意与乐趣。

## 一　扎根中原大地的农民形象塑造

中国地域辽阔，北国、南国和中原地区，由于自然环境、经济条件

---

① 胡廷积：《河南农业发展史》，中国农业出版社 2005 年版，第 2 页。
② 同上。
③ 周大新：《创造属于自己的文学世界》，《昆仑》1988 年第 5 期。
④ 刘庆邦：《走窑汉》，文化艺术出版社 1991 年版，第 4 页。

的不同，形成了各个地区独有的某些特点。清代黄宗羲有《马雪航诗序》云："吴、楚色泽，中原风骨，燕赵之悲歌慷慨。"就诗歌的风格大略概括出了南北地域的不同。中原农民，不同于生活在山清水秀环境中的南国农民，也不同于"多慷慨悲歌之士"的燕赵农民。他们对土地的那种深厚感情和在土地上长期磨炼而成的"坚韧"品格，实在是其他地域农民少有的特点。

前文说过，河南作家们大部分是从黄土地上走出来的知识分子，多年来和农民们保持着密切的联系，因此，在本书论及的 139 部长篇小说中，绝大多数作品的叙事涉及农村、农民。20 世纪 50 年代至 70 年代的长篇小说虽然写的是中原乡土上的故事，但是作家所要表现的重心是国家意识形态、"重大主题"以及特定年代特定时期火热的"战斗生活"，作家们笔下要么是农村中的阶级斗争、抗美援朝行动，要么是土改中农民的"积极性"，作为"本色"的农民生活和农民形象，则很少出现。下面我们以韶华的《燃烧的土地》为例，可以清晰地看到，主人公张贵的思想、行为已经与传统的"农民"有着很大的差别了。

主人公张贵当年结婚 3 天就当兵走了，11 年未回家。现在革命胜利了，他请了 10 天假回到河南老家，"少小离家老大回"，此时小说中出现了很富有诗意的描写："他走过东北的冰天雪地，走过广西的崇山峻岭，那里也有这样的天空，那里也有这样的庄稼，但现在他觉得还是自己河南的家乡更美丽，哪里也比不了，连这里的空气都分外润人肺腑……"[①]如此清新语调的描述，真切地表现出了一个游子的真挚情感。到了家中，有很温馨的两幕特别值得一提，一是妻子做饭，让他烧火，两个人互讲自己的见闻和笑话的场景。炊烟袅袅，火光映红着两个久别重逢的人的脸，话语在炊烟中升腾，浓浓的亲情四处飘散，好一幅和谐平静的乡间安居图景。二是他想去挑水，妻子不让，说是一只水桶找不到了，其实那只水桶她知道放牛屋了，她只想让他一起抬水，在众人面前"晒晒"自己的幸福。小说如果按此基调写下去，写一个农民离家 11 年后与家乡的重逢故事，除了表现乱世重逢的喜悦之外，还能再现"世乱遭飘荡，生还偶然遂"式的厚重与沉痛，但文本中这样的生活场景太少，从后文

---

① 韶华：《燃烧的土地》，中国青年出版社 1956 年版，第 5 页。

来看，连此景也是为了衬托主人公后文中为了"革命"义无反顾抛家别舍的高尚情怀而"特设"的。就在回家的第二天，当张贵从报纸上知道了朝鲜被美国轰炸的消息的时候，他"脸上的笑容没有了，脸阴沉得像外面的天气"，他对妻子说："朝鲜离我们虽然远，但早先日本鬼子也是由朝鲜、东北那些地方，到咱们中国内地来的。"这样，一个普通农民的形象开始消失，一个"英雄"出现了。第二天，张贵就走向了朝鲜战场。后来的故事讲述都跟"农民"无关了。

真正全面展现中原农民魂的优秀作品是新时期李準的《黄河东流去》。

李準从小在中原农村长大，之后又四次下乡居住①，对农民生活非常熟悉。他自己一再说"长期以来，我是写中国农民问题小说的"，"我心里装着几千个农民"。在所有写农民的作家中，李準所刻画的中原农民形象非常成功，其原因在于作者"既写出了丰富性、复杂性的生活所造就的人物的独特个性，又写出了在共同的地域环境、生活条件和精神气候下形成的群体性格"②。

在《黄河东流去》中，李準用个性化的语言为我们勾勒出了一系列极具中原特色的农民形象，如能干、固执、狭隘的"老庄稼筋"海老清、海长松、海春义，狡黠、机灵、贪财的乡间"能人"王跑，重情重义命运多舛的乡间艺人蓝五，机智、胆小、爱吃嘴的乡间知识分子徐秋斋等等，这些人物个个面目清晰，栩栩如生。在李準塑造的系列农民形象中，最具有中原地域文化特征的是"老庄稼筋"式农民。

"老庄稼筋"是小说《黄河东流去》中李準对老农民海老清、海长松等人的一个定义，有下列内涵和特点：第一，他们长期从事农业劳作，对农作物的种植有自己独到的经验与领悟，是农民中的行家里手。他们在土地上获得了自信，获得了价值感和归属感，对土地有着浓厚的感情。

---

① 从1954年到1957年，李準到荥阳县司马村，在一个农业合作社当了三年的副社长，经历了农业合作化运动的高潮；1958年初到1959年，李準带领全家到登封县马寺庄落户；1960年至1961年，李準带领全家到郑州郊区蔡城公社落户；1969年至1973年，李準带领全家到西华县西夏公社屈庄生产队"劳动改造"。

② 孙苏：《大悲歌中的民族灵魂—读〈黄河东流去〉》，《茅盾文学奖获奖作品丛书·黄河东流去》，百花洲文艺出版社1999年版，第794页。

第二,他们对于乡村之外的价值观念、生活方式很难接受。从某种意义上来说,也是思想固执观念保守的代名词。第三,基于以上的归纳,"老庄稼筋"的突出特点是"勤奋实干,保守务实"。《黄河东流去》中,能被称为"老庄稼筋"的农民有海老清、海长松,还有年纪轻轻的海春义等人。同样是表达农民与土地的关系,在这三个人身上,李凖选取了不同的角度:对老农海老清,重点写他和土地、耕牛的情感联系,对海长松,表现的是他的劳作精神,对春义,突出的是他固执保守的性格。

1. "种庄稼有秘方"的海老清

海老清是经验丰富的老农形象,小说一开始是这样介绍海老清的:"海老清五十多岁了,是赤杨岗有名的老庄稼筋。""村里耩麦种谷,开犁动锄,全都看他。""他看墒情最准,只要跟着他下种,保险全苗。他不但扬场放碌,摇耧间苗是能手,还能给牲口看个病。""他结的套绳四楞四正,又结实。"他种地,在赤杨岗是头一份,后来,逃荒到了闻鹤村还是头一份。他眼光独到,一场蝗灾过后,瞅准时机马上种了一季荞麦捞回一千一百多斤,引得当地人好不羡慕。他种南瓜、种西瓜,都有"绝活":"南瓜苗放出四个大叶子,该爬秧子的时候,把它连根带母挖出来,找些破布棉套包住根,再挖个大窝把它放进去……"一个农民只有经过长期的观察和反复的实践才能得到如此"秘方",毫无疑问,在这片土地上,海老清付出了大量的劳动和心血,才得到了如此丰富独到的经验。

由于生产力低下,农民们对牛、马等畜力的依赖性很强,在李凖的好多作品中,都写了那个时代农民们牛马成群的梦想。如果说在《龙马精神》里,韩芒种喂马的精细独到仅仅是体现了主人公的集体主义精神的话,那么,在《黄河东流去》中,海老清对牛的那份感情确实是一个乡下老农的"本色"表现,他是把牛当成自家一口人去对待的。让我们看他喂牛的精心之举:"春风第一次吹醒了嫩草芽,老清每天给它割新鲜青草吃。每天干活再累,总要给他捎来一筐。热天怕牛上火,自己吃饭做菜都舍不得放盐,却总要给牛洒上一把。每年种半亩黑豆,家里连一次豆芽都不叫吃,牛却每天少不了两大碗豆料。"[①] 他喂牛时的精神和心

①  李凖:《黄河东流去》,北京出版社、北京十月文艺出版社1996年版,第57页。

理状态也让人感慨："每天夜里牛吃罢草，倒着沫，牛铃铛均匀地响着。在老清听来，这就是最好的音乐。"① 瘦弱的牲口，在他的精心喂养下变得肥壮起来。拉车时，他宁愿走着，也不坐重载车。夜里牛不倒沫，他睡不着觉。天冷时他把自己的棉袄搭在牛的身上。天热时把草帽让牛顶着，把手巾解下来包住牛梭头，上坡时他帮助牛拉辕。当海骡子又派海老清出差，想着自己的牛刚出过差还没歇过来，此时，"海老清闷闷看看自己的牛，牛不懂事地看看他。就在这个时候，老清端起自己的一碗绿豆面条，哗地一下倒进牛槽里"② 只有真正的庄稼人对牛才有如此深厚的感情，海老清是黄河流域水土中一棵不弯腰的老树，是旧时代中国农民的典型。

　　海老清很难接受除了种地之外的任何生存之道和价值观念。当海老清听说女儿爱爱学说书，"他一巴掌打在老伴脸上，把老婆打坐在地上，嘴也打流血了"。他流着泪对长松说："我死后再也不能进咱姓海的祖坟了，我没有办亏心事，怎么老天爷对我这么狠呢！"在他的观念中，"'生意钱，一阵烟，种地钱，万万年'，干什么都不如种地！""我是个庄稼人，这种日子我过不了。"正是这种狭隘的观念，使他执意离开妻子女儿，自己去种地，最后客死他乡。海老清无论如何也不明白为什么在城里席棚下蹲了一夜人家跟他要两毛钱，他只知道"在农村遇见过路投宿的，总要给人家领到个草屋住"；他几经辗转，终于在城里和亲人们团聚，但是，他听不懂老伴说的什么"大书""小书""段子""折子"，他只知道"枣发芽，种棉花""立秋十八天，寸草结籽"，他看不惯自己老伴整天跟孩子们算账，说钱，"因为在农村，用鸡蛋换盐，用芝麻换油，用麻绳头和头发换钢针，钱对他们来说几乎是陌生的"。③ 李準并没有将人物形象简单化，除了勤奋实干、务实保守的突出特点，逆来顺受的性格在海老清身上也非常明显。明明是自己出苦差刚回来不到 5 天，保长又派自己的差，他嘟囔了几句就认了；崔副官鞭打小牛，他无语，一直到小牛累死的时候才发了几句牢骚；周青臣拉走自己的救命粮食，他打

---

① 李準：《黄河东流去》，北京出版社、北京十月文艺出版社 1996 年版，第 57 页。
② 同上书，第 58 页。
③ 同上书，第 484 页。

掉牙往肚子里咽，始终不说一句狠话……

2. "有力气，不怕吃苦"的海长松

海长松给人印象最深的是他那"有力气，不怕吃苦"的劳作精神。他有把子好力气，"在赤杨岗他是个最能干活的汉子，身长五尺多高，宽肩膀，长胳膊，高鼻梁，大嘴巴，平常人家吃饭端的是碗，他端的是盆。他有一身好力气，平时去连云港推盐，一辆车子能推八百斤，比得上一辆牛车"。[①] 由于家中人口多、不够吃，他把去连云港推盐的钱攒下来，又变卖了家中所有值钱的物件，买了地主七亩砂礓地（以致买过地之后家里米面精光揭不开锅），令人难忘的是他刚拿到地契时的表现："他半夜里一个人跑到那块砂礓地头，对着满天星星，想笑又想哭。他蹲在地上，抓了一把土放在鼻子前闻了闻，土地边好像有一股鲜甜的香味，这是他小时候最爱闻的味道。最后他索性躺在地上，让身体紧贴着湿润的泥土，他觉得舒服极了。"[②] 如此近乎疯狂的举止深深地体现了中国老一代农民对土地无比浓厚的依恋之情。海长松深信"地没坏地，戏没坏戏，地在人种，戏在人唱"，因此，在他身上，我们看到了一个农民基于求生本能之上的对土地的那份全力付出："他拼命干起来了，夜里推粪，白天翻地，他好像要把这浑身的汗水，浇灌在这块瘠薄的土地上"。[③] "咱有力气，不怕吃苦"，从这最简单的话语中我们感受到了老一代农民那份朴实坚韧的生命力，感受到了他们对土地寄予的希望和对自己"力气"的自信。

对于城市，海长松头一个印象是：一个"光怪陆离的世界"，第二个印象是："这地方，人是更不值钱了！"

3. "千行百行，种庄稼是正行"的春义

在赤杨岗，春义是出了名的心灵手巧。虽然只读过 4 年小学，他却写得一手好字，只学了一个月算盘，就能把加减乘除拨得精熟。他能仿照一座关帝庙的样式，用高粱秆扎蝈蝈笼，不但有三间正殿，还有廊房山门。他能在一个金瓜上刻画出八仙过海，能把一捆麦秆编成五棚楼的

---

① 李準：《黄河东流去》，北京出版社、北京十月文艺出版社 1996 年版，第 68 页。

② 同上书，第 70 页。

③ 同上书，第 70 页。

天坛型草帽。

可是，春义这些惊人的聪明，到了城市一点用处也没有。他的嘴像个没锯开的葫芦，一句话也倒不出来。他年纪轻轻的却固守着一套已有的价值观念，深藏着一套农民的传统意识："千行百行，种庄稼是正行！"在城市卖菜时偶见城郊外的土地，感觉就非常亲切："郊外的豇豆花、油菜花一片姹紫金黄，麦田里送来阵阵麦香，多少天他胸中的痛苦和闷气就消融在这宁静的大自然中，他熟悉这种气味，他热爱这种气味，尽管这土地不是他自己的。"① 他压根儿拒绝去适应城市，他喜欢同土地、庄稼和牛打交道，他们都是不说话的东西，可是他理解他们，他自己知道要适应城市环境，等于要让他脱胎换骨，他坚决不改变自己，支撑他心理的是农民式的"清高"和"斯文"："宁可黑脸求土，不可笑脸求人""月亮光再亮，晒不干谷子，外乡再好，也比不上咱家乡，千行百行，种庄稼才是正行"。

第一次卖菜，他自己蹲得远远的，无论如何也学不会吆喝，认为吆喝是"丢人败俗"，认为凤英自立门户开饭铺"太不仁义""对不起人"，是侍候人，是卖笑，是下贱。与其说这是一种硬气，不如说是一种愚蠢、一种傻气。春义还有大男子主义思想，他痛恨凤英在店铺里那银铃似的笑声，更痛恨有些顾客带着贪婪的眼神。"他觉得这些东西都属于他一个人的，他是丈夫，凤英是妻子，凤英的一切属于她的。他真想用一块纱蒙在凤英脸上。"强烈的嫉妒心使他失去理智，以致发展到最后，他跟前来吃饭的顾客大打出手，掂起擀面杖菜刀把顾客吓跑了。

海长松、海老清、春义等农民的"勤奋实干，固执保守"的性格特点和中原地区从事农耕的生产方式密切相关。"一般来讲，平原地区的农业文化与稳定的农耕生活密切相关；草原游牧文化粗犷剽悍的品格，是草原恶劣的气候条件和游牧生活方式造成的；而海洋商业文明的外向开拓精神，则与大海为海洋民族提供的生产生活条件相关。"② 由于中原地区的"现代化"进程极为缓慢，中原地区长期又以农业生产为主，所以原始的农业生产非常艰辛，春耕、夏耘、秋获、冬藏，一切的劳作都必

---

① 李準：《黄河东流去》，北京出版社、北京十月文艺出版社 1996 年版，第 435 页。

② 王保国：《地理环境、农耕文明与中原文化的基本趋向》，《殷都学刊》2006 年第 1 期。

须付出极为辛苦的体力劳动，需要坚韧不拔的毅力和勤奋实干下手精神。小说中的海长松"咱有力气，不怕吃苦"的自信，那"夜里推粪，白天翻地，要把这浑身的汗水，浇灌在这块瘠薄的土地上"① 的作为，正是这种勤奋实干精神的体现。也正是由于生产力的低下，造成了中原地区人们对畜力的极度依赖，才有了农民对耕牛的深厚感情，有了海老清疼爱黄牛的故事。马克思说："物质生活的生产方式制约着整个社会生活、政治生活和精神生活的过程。"② 长久的农耕劳作方式对中原文化心理的形成有很大影响。农耕文明简单而又重复、稳固而又闲适的生活方式很容易让人产生恒久不变的保守意识和执着的本位文化意识。长期固守农村，封闭的生活环境，简单的人际关系，"面朝黄土背朝天，一把锄头一把镰"的生活，造就了老一代农民固执保守的文化心理。"以犁耕文化为物质基础，带有小农经济特征的中原文化心理结构，具有超稳定性的文化心理倾向，在心态上的突出表现是知足常乐的内向性，有着一种割舍不断的恋乡、恋土情结。他们把一家人日出而作、日入而息在自己土地上的劳作、生活清苦却能够四世同堂，乃至五世同堂，视为人生的最高理想。他们缺乏改变这种世代承袭生活方式的自觉性，他们不愿意闯荡世界，对外部世界下意识地产生着一种厌恶感、恐惧感。面对都市文化、商品经济，他们心情焦躁，手足不安。他们看不惯城市中人与人之间的交流方式和手段。"③ 在海老清、海春义等中原农民心中，种地才是最稳定的生存依靠。社会的动荡，统治阶级不厌其烦的教化，又使农民的这种认识不断深化、固化，并最终走向僵化。海老清和海春义正是被这种观念束住了脚，被历史尘封在古老的乡村想象之中。

## 二　精明的"乡村能人"

河南作家笔下，中原乡村中有三种类型的"能人"。

---

① 李準：《黄河东流去》，北京出版社、北京十月文艺出版社1996年版，第70页。

② 马克思：《政治经济学批判序言》，《马克思恩格斯选集》（第2卷），人民出版社1995年版，第32页。

③ 刘增杰、王文金：《精神中原——20世纪河南文学》，河南大学出版社2002年版，第6页。

1. 乡村中的基层干部

他们的突出特点是"关系众多,神通广大"。在中原地区的乡村,每个村几乎都有"能人",这些"能人"与普通人的最大区别是他们的"关系"广、路子宽,与市场或政府的人有多种多样的联系。他们是乡村政权中的头面人物,同时也是村民中的一员,这种特殊的角色使得他们行使"权力"的时候要靠智慧和关系,而不能简单粗暴地进行。《羊的门》中的呼天成就是这样的人物。呼天成知道:"在平原的乡野,在这样一个村落里,真正的统治并不是靠权力来维持的,而是靠智慧……"同时,呼天成这类人也明白由人际关系大网构成的中国社会独有的文化和特有的国情:"在这片国土上,任何人要想活得好一些就得靠关系,关系是靠交换得来的。但这并不是一种物资交换,而更多的是人情的交换,智慧的征服。"① 所以,他一方面不惜老本联络老干部,另一方面也留心培养身边的人才,使他们步步高升。最后,上至北京,下至县城,都有一批跟他关系密切的人,欠着他的人情。

《金屋》中扁担杨村村长杨书印虽然没有呼天成的"气派"大,但是,他的家里也经常是"高朋满座",他能前院招待抓赌的、后院安置赌博的。到他家赌博的也"都是本乡有头有脸的人物,是多少人想请也请不到的"。这些人,他们来到杨书印家就像到了自己家一样,高声吆喝着要酒喝,而杨书印在对这群人的迎来送往高谈阔论中,与他们增进了"关系",无形中自己也就拥有了众多人脉资源。

2. 走入仕途的"乡下人"

他们的突出特点是"精明而诚恳",善于在"党性原则与个人利益之间走钢丝""凭处世一点点取得领导信任和重用"②。在河南作家笔下,一批靠自身能力逐渐走上仕途的"乡下人"都有着上述特殊的能力和原则。"脸上空空的,胸中包罗万象""知道什么是该说的,什么是不该说的,知道哪些地方是能去的,哪些地方是不能去的"。③ 张宇的《晒太

---

① 李佩甫:《金屋》,长江文艺出版社 2000 年版,第 12 页。

② 张宇:《晒太阳》,上海文艺出版社 1991 年版,第 90 页。

③ 李佩甫:《无边无际的早晨》,《中国当代作家选集丛书·李佩甫》,人民文学出版社 1996 年版,第 177 页。

阳》充分展现了农民出身的县长杨润生的为官经历。小说对农村人跳出农门当城里人的愿望描写得非常细腻。除了展示官场之中人与人之间的斗争之外，小说还充分地描写了这些"农民的儿子"走入仕途到了城市后与乡村族人们之间的情感联系。在李佩甫的小说《无边无际的早晨》中，主人公国的升迁是建立在牺牲自己与家乡情感的基础上，《晒太阳》则非常细腻地展现了杨润生"私人化"的亲情和乡情："可不能总为了我一个人的前程，老让我们家的亲人去悲壮地牺牲啊，今天牺牲一个，明天牺牲一个，都这么一个个牺牲下去，我干着还有什么意思？我还要这个前程有什么用？纵然我的官再大，连他妈的家都看不好，也太无能，也太不孝顺了。说到天边，还得看住家门……""我想干好工作，想为人民办些好事，但我更看重自己的前程，为了发展和开拓自己的前程，我要不择手段，调动我自己的全部勇气和智慧。不过，在我的职权范围之内，只要不伤害我，我要拼命为党的事业工作。"① 小说对杨润生的私人心理做了非常细致的刻画，一方面写他富于斗争手腕，另一方面真实地写出了他与乡村大地之间的关联。他处理父亲参与的赌博事件，宽容了抓赌的乡长，并写成简报，巧妙地化成了自己的政治投资；他做人精明，做事老练，在上级领导和下属之间恰到好处地说话办事。

侯钰鑫的小说《好风好雨》中，塑造了一个"新"的人民公仆乡党委书记孙浩的形象。这个人物形象之所以是"新"的，是因为他在对付来自于上级的"不正之风"时会采取随机应变的对策。他的方法是不合作，也不盲目反抗，而是采取独特的策略与之周旋。他处世的原则是"嘻嘻哈哈说话，认认真真做事"。他在自己所管辖的小天地内做到廉洁奉公，一心为民，对于上级所存在的问题，他特别讲究迂回的策略，这样既维护了上级的面子，又能把自己的事办好。当他的工作中出现"瓶颈"时，他能靠私人关系去处理，靠自己的"关系"为民谋福利（如贷款靠的就是他的老同学韩永的关系）。这种"策略"和"方法"既是作者政治温情的一种投射，也是中原人"狡黠"的处事方式在政治生活中的灵活运用。

---

① 张宇：《晒太阳》，上海文艺出版社1991年版，第92页。

### 3. 普通村民中的佼佼者

在河南的乡村，每个村庄都有这样一些人，他们受教育程度不高，但是走南闯北，见多识广，能说会道，在生活技巧和人生经验方面又往往高众人一筹。他们的性格中不乏自私自利的一面，但突出的特点是机智、狡黠、精明，善于算计，遇事随机应变。这种人在灾难生活中往往会成为谋生能力较强的人，在社会的转型期，往往成为"最先富起来的人"。《黄河东流去》中的王跑和《石瀑布》中的林连长就是这普通村民中的佼佼者。李準曾说："一般人管河南农民叫'侉子'，'侉'是什么东西？我理解是既浑厚善良，又机智狡黠，看上去外表笨拙，内里却精明幽默，小事吝啬，大事却非常豪爽。我想这大约是黄河给予他们的性格。"[1] 李準这些话用来指王跑和林连长，最合适不过了。

《黄河东流去》中的王跑能说会道、头脑灵活，在赤杨岗农民逃荒饿肚子的时候，他已经用毛驴挣够了吃油条烧饼的钱。他比一般人爱动脑筋，"老驴老马歇十六"，他考虑到十六这天人都歇着，他不歇，就可以遇见好生意。做生意的时候，他见机行事，见一个驮着棉纱的自行车爆胎了，他趁机加了一半价钱。为了使雇主心理平衡，他又跟人吹嘘说自己会少林拳，如果路上有土匪挡道，雇主遇见自己算是非常好的运气了。落难洛阳白马寺，为了能留在那里有个落脚的地方，他吹嘘说自己会种菜，"在家种的红萝卜，棒槌一样，一个二三斤"，于是老和尚让他留了下来，一家人有了个落脚的地方。

老舍说："穷人的狡猾也是正义。"[2] 王跑为了生存而表现出来的计谋与狡黠，是一种生存的适应性和生命力顽强的表现。他一套套的幽默俏皮的语言显示着他的精明劲儿。有的时候，这"聪明"也会过了头反而弄巧成拙，留下笑柄。他挖了个石头，别人一说是个宝贝，他马上做起了发财梦，他胡诌说这石头是"金銮殿的一根半截柱子，是自家祖传的宝贝"，别人出了很高的价钱，他觉得还不够，还想趁机再捞一把，以至于最后身陷囹圄，发财的梦也竹篮打水一场空。走投无路的时候，他靠

---

① 李準：《黄河东流去》，北京出版社、北京十月文艺出版社1996年版，第775页。

② 老舍：《我怎样写〈老张的哲学〉》，《老舍文集》第15卷，人民文学出版社1982年版，第68页。

捕鱼摸虾为生，时间不长，他就能总结出一套非常巧妙的捕鱼经验："这水草叶子上有团洞，这是黄鳝咬的，水草下边就有黄鳝。""这是一片沫子，可是这沫子中间有个小孔，露着清凌凌的水，下边也有黄鳝……孔夫子会作书，未必会抓黄鳝。这个算稀奇，冬天还能在泥里抓黄鳝，叫你看，是一摊泥，叫我看，我就看见黄鳝，在那里藏着，手只要往泥里一伸就抓出来了。原来他是根据黄鳝屎判断黄鳝位置的。"①

　　如果说王跑是靠着自己的头脑、见识和能说会道的嘴巴在灾难生活中谋得了自己的基本生存的话，那么另一个赤贫起家的农民林连长就是一个胆大心细、颇有心机和谋略的投机家。《石瀑布》中，这位由赤贫起家的个体金矿主，他是苦难和贫瘠的中原土地上的一棵仙人掌。小时候穷困至极，吃百家饭穿百家衣长大，常常是满面污垢，受尽村人的嘲弄，可是他身上灵巧的聪明劲儿和泼皮式的流氓气使他在动乱中"脱颖而出"。他在"文化大革命"中用自己"牧猪倌"的身份老老实实让各家各户交上一元钱，又用无赖手段骗奸并占有了村支书的女儿。他的诸多怪招数，普通的村民常常难以想象得到，他身上的诡诈与忠厚、聚敛与隐瞒结合得天衣无缝。他抢在村人前面最先发了财，可大家又觉得他在吃大亏，在他神不知鬼不晓地藏匿了上亿元钱的时候，村民们却还在为他的亏本担忧，这种精明与算计可谓高明至极。

### 三　"韧性"——中原人的一种精神品格

　　由于地域、历史、政治的原因，自古以来，中原地区就灾难重重。除了有水、旱、蝗等自然灾害外，还有连绵不断的同室操戈、逐鹿决战等人为祸乱，其凄惨景象正如李佩甫的《羊的门》第一章中所描述的那样。长期以来，苦难深重的中原人靠的是一种什么力量生生不息地繁衍至今呢？在河南作家的一系列长篇小说中，我们找到了答案。在《黄河东流去》中的李麦，《匪首》中的"母亲"，《走出盆地》中的邹小艾等人那"九死犹未悔"的坚韧不拔的求生历程中，在《羊的门》《城的灯》的主人公中为了实现人生理想忍耐"饿其体肤，劳其筋骨"的煎熬过程中，我们提炼出了一个能概括他们精神品格的词：韧性。

---

①　李準：《黄河东流去》，北京出版社、北京十月文艺出版社1996年版，第620页。

韧性（resilience）是"指个体应对压力、挫折或创伤等消极生活事件的能力"。① 对于中原人民来说，他们身上的"韧"性是在生存环境的"刺激"下生发出来的一种"反应"，它来源于中原人对生存的不懈奋斗和对人生目标、事业理想的执着追求。

### （一）对自然苦难的顽强抗争

《匪首》中的"母亲"是非常典型的中原农民形象，她勤劳善良、坚韧耐劳、宽厚仁慈、从容镇定，在灾难面前从来没有被打垮过。一场洪灾过后，她吃麸皮，住破庙，带领儿女在一片废墟上建房造屋，她带着荞麦和申幸存于洪荒之后的破庙中，是那么的平和与安静，没有任何恐惧和痛苦。在自己的生活都很艰难的情况下，她收留了3个孩子：杨兼之、杨季之和申。她支持杨兼之经商打拼，在他失败的时候，一次次给他鼓励；在申外出当土匪的时候，她尊重他的选择，小心翼翼地维护他的自尊。她在任何打击和灾难面前，都能从容镇定地迎接命运的挑战，想尽办法克服困难。

《黄河东流去》中的李麦说："什么饿没挨过，什么罪没受过，什么难没做过，什么气没忍过，是一个在苦水里泡大的，经过九蒸九晒，死几死，活几活的人。"她的一些话，堪称是中原百姓自强不息的哲理名言："关天关地一个人来在世上，就得刚强地活下去！""日子，就是一根带刺的树枝也要把他拿在手里捋到头。""人，七次跌倒，八次爬起来。""天不转地转，山不转路转，三十年河东，三十年河西"。苦水磨炼了她吃苦耐劳的品质和坚韧的性格，她用自己的顽强意志和实干精神战胜了苦难，成为赤杨岗人的主心骨。另一个人物陈柱子，逃荒在外，13岁那年到开封第一楼饭庄当学徒，"一天和三百斤面、挑四十担水，还要连夜洗碗刷碟子。冬天刷碗水冷，手背上裂的冻疮口子，像蛤蟆嘴那么大……"别人吃不了的苦他吃，别人不想干的脏活重活他干。几年后，他终于成功地开了一家自己的面馆，有了自己的小天地。他的生存哲学是："一勤天下无难事。"② 李準说："多少年来，我在生活中发掘着一种

---

① ［美］加里·德斯勒：《人力资源管理》，刘昕译，中国人民大学出版社1999年版，第25页。

② 李準：《黄河东流去》，北京出版社、北京十月文艺出版社1996年版，第775页。

东西,那就是:是什么精神支持着我们这个伟大民族的延续和发展?"①在李麦和陈柱子等人身上,我们看到了答案。正是这些默默无闻的坚韧的底层劳动人民,在一场场的劫难中,以坚韧的品质和顽强的毅力,把一代代儿女养大,把荒芜的土地开垦,我们的民族才得以生生不息地繁衍、发展、壮大。

**(二) 对人生理想的执着追求**

周大新最善于表现南阳人这种"韧"性的品质和精神,在他的小说《汉家女》《走出盆地》中都有初步体现,到了《第二十幕》,作者用史诗一样的气魄,最大限度地给我们呈现了一个家族在"理想"实现的途径中"九死犹未悔"的韧性精神。

《走出盆地》的主人公邹小艾生长在一个普通而又畸形的农民家庭里。刚刚初恋的时候,她就被革委会主任强奸。苦难的童年、不幸的经历没有使她消沉,反而激发她一定"走出盆地"的信念。她参了军,成了部队医院的卫生员。靠着奋斗进取,她经历了从卫生员、护士到医生的职务上的升迁,后来成为巩副司令员的儿媳妇,登上了人生道路的顶峰,但很快公公的死亡、丈夫的自杀,又一次使她跌入命运的深渊。她没有向命运低头,靠自身的努力,办起了"康宁医院"。但一次假药事件,又使医院破了产,她也险些进监狱……在经历了命运的几次大起大落后,别人劝她认命,她断然答道:"人的命要真是一本书,我那本书哪一页上写啥就得由我自己动笔,谁替我写我都要改!"不认命、不低头,这就是邹小艾最基本的性格。

在表现一个家族对事业理想的追逐中,这种"韧性"的品格显得更为突出。周大新近百万字的长篇小说《第二十幕》,展现的是尚氏家族近百年的奋斗史,可以说是一卷可歌可泣的史诗。尚氏家族为织出畅销世界的"霸王绸",前前后后多少代人坚持不懈、锲而不舍,他们弃绝世俗的爱情、亲情,付出了巨大的牺牲和全部的努力!几乎所有女眷都为"霸王绸"献出了宝贵的生命:尚达志的妻子顺儿、女儿凌凌、儿媳容容……从清末开始到20世纪的八九十年代,尚吉利织丝厂共经历了大小8次劫难:因交辛丑赔款,尚家被挤压得家破人亡;刚刚恢复,又遭地方

---

① 李準:《黄河东流去》,北京出版社、北京十月文艺出版社1996年版,第1页。

军阀捣毁机房；抗日战争爆发，又毁于日寇的战火中；新中国成立后，经历了公私合营、大跃进并彻底焚毁于"文化大革命"的武斗中……然而无论在多么艰苦的条件下，尚家打造"霸王绸"的梦想从未间断，梦想在"尚氏家训"中一代代传承："列祖列宗在上，达志生为男儿，有生之年，发誓不忘数代先人重振祖业之篇，力争使尚家丝绸重新称霸于中外丝绸织造界，再获'霸王'美誉！"为了"霸王绸"这个家族理想，尚家人可谓是前赴后继、百折不挠，彰显了中原人追求理想的过程中那坚韧不拔的精神品格。

### （三）"功名"之路上的忍耐

李佩甫的小说大都包含一个大致相同的情节模式：一个在乡村苦难中成长的小男孩，早早地领悟了人要"败中求生，小处求活"的"生命哲学"，在成长过程中压抑着来自生命本能的冲动，忍耐着来自外界的重重压力，运用自己的聪明才智、勤奋努力，一步步攫取了权力，登上高位，获得了人生的成功。这个"他"有不同的名字：李治国、李金魁、冯家昌，但他们其实是一个人。在李佩甫的小说中，"忍"往往是一个人能否"成事"的关键。先是卑微的生存压力下的"忍"，之后是发展路途上的默默忍耐，在忍耐中存储能量，最后是能量爆发。这种"忍耐——聚集——爆发"的过程，便是"韧性"力量的"做功"过程。通常的情况是先前的压力越重，忍耐时所积聚的能量就越足，最后的"成就"也就会越大。不忍者往往成不了大事，忍者，终成气候。《羊的门》中的呼天成之所以成为众人心中的"神"，是因为他面对自己喜欢的女子秀丫，即使被"炸成一片疯狂的火海"，但还是"停止了行动"，最后他成为这片土地上"最大的赢家"；《李氏家族》中的李金魁，上中学的时候穷得连鞋都穿不起，遇到校长女儿的热烈追求后，毫不犹豫地拒绝了她，同时，又放弃了做市长秘书的机会，一心去读大学。后来，在单位继续忍受给人倒夜壶的"胯下之辱"，才一步步高升，由乡长、县长到市长达到了人生"成功"的顶峰；《金屋》中的杨书印也是为了不误事，坚决地戒了酒。李佩甫相信，生活在这个"有气无骨"的平原，要靠"恨"去争"气"，靠"气"聚集力量，再经历"天降大任于斯人，必劳其筋骨，饿其体肤"的长期忍耐与奋力拼搏，人生才能成功。

在其他省份的小说中，也可能出现具有"韧性"品质的人物，但由于中原地域特定艰苦的生存环境（自然的苦难和政治的压迫），中原人几乎与生俱来地带有一种韧性的拼搏精神，这成为他们成就事业、完善自我最突出的精神品质。

# 第 八 章

# "能人与权力"的失真叙述

## ——河南作家创作的一种局限

刘增杰先生在《中原文化圈与20世纪河南文学》一书中，将"对苦难的抗争与对中原文化的反思"总结为河南文学的两大创作母体，确实颇有见地。受制于中原传统农业文明的侵染，中原作家的创作往往充溢着"乡土""苦难"等关键词。"固有的中原文明，是烂熟了的中国农业社会后期的惯性运行。"① "苦难观念的形成，既是经验世界给定的压抑性体认的结果，亦与个体所处的固有的文化意义结构密切相关。就'文学豫军'而言，苦难代表着中原文化给予他们含混而深刻的记忆，是一种具有'遗传性'的共通精神标志。"② "浓郁强烈的乡土意识和乡土形态是当代河南文学最为显现的外在形态特征。"③ 但与此同时，对河南作家创作中这种"苦难意识""乡土情结"的批判声几乎没间断过。批评家雷达说："乡土情结既是优势，又可能成为负担，在有些作家的作品里，乡土定位已遮蔽了创作视野，面对城市化的冲击，他们表现情不自禁的反感、退避、偏见情绪，一个作家可以终生描写农村，但在今天他若不能了解城市化带来的全民族生活的变化，就会固步自封。"④ 李丹梦在《乡土理念的嬗变与持守：话语·价值·权力》一文中，论述了河南作家对

---

① 刘增杰、王文金：《精神中原——20世纪河南文学》，河南大学出版社2002年版，第5页。
② 李丹梦：《文学"乡土"的苦难话语与地方意志》，《学习与探索》2013年第11期。
③ 张鸿声：《河南当代文学史·当代卷》，郑州大学出版社2011年版，第14页。
④ 张义远：《河南新时期小说创作研讨会纪要》，《莽原》1996年第2期。

"苦难"描写的热衷及这种描写带来的弊端:"生活本来的丰富与立体被人为地遮蔽了,苦难之乡的子民拥有了同一副面孔……导致了苦难的'虚化'与'不实'""仿佛是一个彼岸的凄楚神话,一个遥远的悲惨世界,苦难很难切实地走进当代人的生活与心灵,产生预期的碰撞和共鸣。"① 刘保亮在《土地文化的桎梏——当代河南文学的文化批判》一文中认为,当代河南文学中的城市形象多是被作者"妖魔化"了的形象,是充满偏见的、被诋毁的形象:"当代河南作家让'乡土'支配了人生,他们总是透过千百年凝定的乡土老画框来打量信息时代的城市,这样做的结果导致作家无法深入到城市的腹地聆听城市的心脏跳动,无法真实地描摹现代化进程中变化的乡土乡村……"② 值得注意的是,在所有"农裔作家"如贾平凹、路遥等作家的笔下,都存在上述现象,只不过在河南作家笔下,这种"特色"更加"鲜明"突出。另外,针对河南作家作品中过分地描写中原乡村的"权力""关系"等现象,也有人给予了批评:梁鸿认为,"当代河南作家有一个普遍的倾向:过分沉浸在'关系'的叙述中。权力关系、人际关系、婚姻关系、血缘关系、宗族关系,一切都以'关系'为起点,并且最终回到'关系'的网络世界中,这使得作品充满了利益的纠缠,作品停留在对中国生活的生存层面的描述,无法进入到更为广阔的思维空间。"③ 据此,有评论家还上升为哲学命题上的批判,吴圣刚在《论当代河南作家的历史质感》一文中认为,河南作家的精神生长点是在"此岸","现实主义"是他们的基本准则,"忠于现实"有可能阻碍了作家通向"彼岸"世界。"即使是通向'彼岸'的路途是畅通的,他们也未必能够完全把握住'彼岸世界'。"④

　　上述"批评"大都集中在"河南文学"所属的社会学、哲学命题范畴,本书则将目光聚焦于河南小说叙事艺术中的一个具体的小问题——"真实性"上。细读当代河南作家的作品,我们发现,河南作家在涉及"能人"与"权力"的叙述时,往往会"情不自已"地将主人公简单化、

---

① 李丹梦:《乡土理念的嬗变与持守:话语·价值·权力》,《上海文学》2005年第2期。

② 刘宝亮:《土地文化的桎梏——当代河南文学的文化批判》,《学术论坛》2011年第10期。

③ 梁鸿:《所谓"中原突破"——当代河南作家批判分析》,《文艺争鸣》2004年第2期。

④ 吴圣刚:《论当代河南作家的历史质感》,《信阳师范学院学报》(哲学社会科学版)2013年第3期。

神化、按"既定的目的"图解化，经过这系列的变形、夸张的表达，"失真"的现象甚为突出。之所以出现这种现象，一方面与河南作家对笔下人物主观情感上的认同程度密切相关；另一方面，也是当代河南作家现实的生存状况和新中国成立以来理念化写作的"当代传统"等多种因素所致。

## 一　关于"能人"与权力的叙述

前文论述过，在河南作家笔下，活跃在中原乡村的有三种类型的"能人"：一是乡村中的基层干部；二是走入仕途的"乡下人"；三是普通村民中的佼佼者。李佩甫、二月河、张宇等河南作家对于上述中原的"能人"好像情有独钟，对这些"强者"充满了一种自我认同，特别喜欢刻画他们头脑的"鬼精鬼精"，喜欢讲述人物在艰难困苦的环境中饮辱带恨、发愤图强最终成为"草精"的故事。他们写出了"能人"们对权力的谋划，展现了"神权"打造的全过程，揭示了"人治"的复杂与吊诡，这对促进我们反思现代文明的历史进程有着非常重要的意义。但是，也许是由于作者对这片土地过分了解，写作时过度投入的原因，在对"能人"形象的塑造和对权谋文化的描述时，不禁有些沉迷其中、不可自拔，这大大减弱了作品批判的锋芒，影响了作品的内涵与深度。一个明显的现象是，作者往往会将各种权力争斗的运作过程揭示得淋漓尽致、触目惊心，将特权者的气势描写得从容潇洒、举止不凡，以致读者很难从中体会权谋文化的落后腐朽与庸俗猥琐，感受不到那种应有的超越其上的批判姿态。这种现象的大量存在，既是二月河、张宇、李佩甫、李準等河南作家的"本色"流露，又是河南作家创作的一种潜在障碍，亦是构成河南作家创作个性中颇具特色的部分。

《羊的门》中的呼天成是中原地区的"草精"，呼国庆是个"鬼精鬼精"的人。作者很认真地描摹他们身上的无限"法力"，写权力所行之处"所向披靡"的快感：他（呼天成）居住的小茅屋内的红色电话"可以随时拨通中国乃至世界的任何一个地方""如果他要说什么话，几秒钟他的声音传遍呼家堡的任何一个地方""手里的钥匙是奔驰500，价值一百二十多万呢！"他在马路上发生了一点小小的交通事故，"霎时惊动了三省的交警和十几位处级干部，七八辆轿车急匆匆赶来慰问呼伯怎样了？

整个 300 国道全被封锁了";省委组织部干部处处长邱建伟说:"在呼伯面前,咱们都是晚辈,无论哪个方面,咱们谁也抵不上呼伯的一个小指头,老呼只要写个字,那就是手谕啊。"[1] 原来的省委副书记老秋成了京城元老后,说:"这辈子最服气一个人,就是人家老呼,他比我强,是四十年不倒啊。"[2] 呼天成几次宣布不过生日,省里市里依然来了很多"请都请不到的客人"。可他却躲在茅草屋内,"任何人一概不见"。作者详细描述了客人们在主角缺席的生日宴会上轮番发表各种演说般的言辞,表达着对呼天成的感恩与感激,言辞热烈,极为煽情,一位银行行长说:"老头(指呼天成)怎么不上我们那儿贷款去,多少人找我,认识不认识的,都去找我,我都给他们批了。大笔一挥,批了!就老头不找我,老头是看不起他这个侄子呀!呼家堡这么多企业,难道说不要钱?可老头就不找我,只要老头言语一声,让人拿二指宽的条子,我都认,可老头就不找我,我生老头的气……给老头捎句话吧,给老头说,我范炳臣对他有意见!"一边的市工商局的副局长,马上举起手来,"老范,你说啥?你生谁的气?你还敢生老头的气?你再说一遍,我就敢扇你!"老范马上仰起脸,说:"老刘,你扇,你替老头扇我,我不还手。"[3]

我们很明显地看到,"权力"在这里已经不是一种外在势力,而是作为一种思想行为的"风范"渗入剧中所有人的精神建构中,"二指宽的条子,我都认""你替老头扇我,我不还手"等众人的醉言醉语让读者对这位"呼伯"刮目相看,但此类叙述文字却显得过于夸张煽情,叙述者也似乎沉浸其中,隐隐流露出一种艳羡和欣赏的姿态。这种风格贯穿了李佩甫的整个创作,成为其作品风格与主体意识的一种标记。这种感觉如血液一般也凝固在其他河南作家的身上,从而使得作品缺乏应有的批判精神和独立的价值立场,没有达到从"此岸"到"彼岸"的升华。"河南作家过多地关注人在历史中的表演,过多地纠缠于'关系'之中,作品中充满太多的心计、手段、圈套和阴谋,并且写得非常精彩,非常投入,这一方面反映了中原文化的某些特征,揭示了中国文化最本质的东

---

① 李佩甫:《羊的门》,华夏出版社 1999 年版,第 416 页。
② 同上书,第 361 页。
③ 同上书,第 52 页。

西；另一方面，也反映出作者囿于自己的经验，囿于人物性格内部的东西，囿于中国文化内部的东西，而没能有所超越，这才是造成作家作品缺乏现代性的主要原因，也是作品缺乏巨大的精神力量的原因之一。"①与刘震云《故乡相处流传》中对权势者嬉笑怒骂的谐虐面孔相比，李佩甫的叙述态度显得格外庄重严肃。所以，即使小说的"显文本"中，《羊的门》的"初衷"是想表现权力对于人性的异化从而表达作者的批判意识，但在对呼天成人格塑造及其权力运作的具体叙述中，却闪现着创作主体那种带有一丝欣赏和玩味的姿态。

和陈平原在《千古文人侠客梦》中所说的"'侠客'形象是用来满足作家，读者潜在的'英雄梦'"②一样，我们亦可将诸多"权力书写"看作是千古文人对权力追寻的一种"白日梦"。在二月河的"帝王系列"中，有一个重复很多次的情节：凡写到文人有不凡的谈吐、宏妙的见解之时，必然会被皇帝听见，皇帝因此会对其大加提拔重用。高士奇、明珠、邬思道、伍次友等人都是这样通过一番"隆中对"式的谈吐获得了皇帝的赏识，从而"一人得道，鸡犬升天"，"明珠一天之内连升七级"。这种文人走上权力顶峰的捷径方式，以及他们的理想抱负，实在是"致君尧舜上，再使风俗淳"的传统文人"权力梦"的延续。这种"权力梦"，不仅仅体现为文人仕途上的升迁渴求，还体现为一种"平天下"的愿望。在二月河的小说中，有康熙、乾隆多次微服私访的场面。很多情节相似和雷同，无非是皇帝所到之处，见了穷苦的人赏银子，见了贪官亮出身份，最后贪官污吏束手就擒，穷人不平之事顺利解决。在封建专制体制下，这种"微服私访"能解决多少问题，我们暂不去问，值得注意的是，作者这种"文本性态度"，让我们感受到了皇帝私访的巨大魅力和那种依靠个人特权一举扫平天下事的快意情怀。所以，纵使二月河不满人们称他的作品为"帝王系列"，特将《康熙大帝》《雍正皇帝》《乾隆皇帝》命名为"落霞系列"。然而我们在阅读时，还是没感到"落霞"的苍凉残照，倒是感到了皇权的威严无比、皇恩的浩荡无边。

---

① 梁鸿：《所谓"中原突破"——当代河南作家批判分析》，《文艺争鸣》2004 年第 2 期。
② 陈平原：《千古文人侠客梦》，新世界出版社 2002 年版，第 12 页。

### 二　失真的人物与缺失的细节

"文学是人学"，文学作品的整体意象真实与否，与小说人物塑造得是否"真实"密切相关。从文艺理论上来说，要塑造真实的人物形象，最好是要刻画出"圆形人物"而不是"扁平人物"。但部分河南作家在上述"能人"的塑造中，往往会把小说人物的性格简单化、"神化"与图解化，使之在不同程度上成为"扁平人物"，从而失去真实性。

#### （一）人物的简单化、"神化"与图解化

所谓简单化，就是把复杂的人物性格中的一两个方面突出出来，把性格的多方面、多层次的丰富内容去除掉，就好像一个人生来全部的目的、思想、行动只有这一个方面。所谓"神化"，就是把人写得出神入化、先知先觉、无所不能，丧失了现实感和可信性。"他们最单纯的形式，就是按照一个简单的意念或特性而被创造出来。"① 在李佩甫的小说中，小说人物的性格很多时候就会被"简化"、"神化"。他小说中的人物命运似乎也被压缩到了一种固有的模式中：身为中原人的主人公是一株草，靠着"气"的积累，年少吃苦忍耐，年长后信念执着，经历了胯下之辱式的修炼，抵挡了各种情色的诱惑，后来终于修成正果（得到官职或官职提升）。《李氏家族》中的李金魁、《无边无际的早晨》中的国、《城的灯》中的冯家昌，莫不如此。小说故事好像是"吃得苦中苦，方为人上人"的生动阐释。在这种"成功学"的思想指导下，作者特别擅长渲染主人公"超人"的意志和奋斗精神，很多时候往往不顾现实情形，迫不及待地让他们摆脱困境，走向成功。《李氏家族》中的李金魁，一个收破烂的穷小子，似乎全部的使命就是为了把自己这棵"草"练成"草精"。在奋斗的路上，他不仅一次次地拒绝了市长女儿随时可献身的爱，还放弃了做市长秘书的诱人职位，最终上了大学，实现了"理想"……这种理想的人物设计与小说人物的实际状况相去甚远，让人不得不怀疑其"真实性"。

《羊的门》中呼天成的"通天本领"具有"神化"的色彩：县委书记的改选，市委组织部的任命文件都已在打印了，却因他一个打到北京

---

① ［英］E. M. 福斯特：《小说面面观》，冯涛译，人民文学出版社 2009 年版，第 59 页。

的电话，结果全部改变。他为了练就"神"性，一次次在月光下对着美丽非凡的女子秀丫的胴体练"忍"功。这对于20世纪50年代一个封闭落后的中原乡村支书来说，实在是不可思议的。在这些人物的行为中，他们生来的全部目的、思想、行动只有"这一面"。人物只有寓意性、象征性，自身缺乏内在的生气与活力。

图解化是指按照作家的某种主观意念来塑造形象、设计情节和人物，人物本身失去了内在的活力，一举一动完全靠"作者"的意念在推动。郑彦英的小说《石瀑布》为了向"大团圆"的结局靠近，小说主人公林连长一改之前一直"潜伏"着装穷的低调形象，一夜之间就不怕露富了，不再藏着掖着了，很快就懂得了按股份制运作，马上当上了政协委员，豪气十足地宣称要"得诺什么奖"（诺贝尔奖）……在作家笔下，"文明"似乎可以在一个晚上完成，奋斗中的主人公几乎能用"意志"战胜一切！我们看不到人物在转变时的痛苦、迂回、徘徊过程，这种缺乏生活逻辑的情节设置，使主人公成了作者急于表达某种理念的符号。这一点，在很多河南作家笔下的女性描写上体现最为明显。《羊的门》中的谢丽娟、小雪及其母亲，《李氏家族的第十七代玄孙》中的李红叶、幺婶，《城的灯》中的刘汉香，周大新的《第二十幕》中的云纬、顺儿、宁贞，还有张宇和二月河笔下的众多女子们，她们往往没有个性形象，没有"女性"特征，仅有的特点是将真挚的感情倾注于一个男人（而这个男人有着伟大的抱负——在官场上一步步攀升）身上，随时以"献身"的举动来表达对男主人公的仰慕与崇拜，她们成为衬托男性主人公"成功形象"的一个符号。即使遭到男性主人公的抛弃时，这些女性不但没有怨言，还痴心依旧，一往情深，如《羊的门》中秀丫对呼天成、谢丽娟对呼国庆，《李氏家族的第十七代玄孙》中李红叶对李金魁等。《羊的门》中，小雪的母亲竟让女儿在呼天成60岁生日的那天献身，以回报呼天成35年前的救助之恩；省委副书记老秋在乡下工作的时候，帮助村中女性"纸糊桥"说了几句公道话，"纸糊桥"的回报就是让他在自己肚脐眼上吃芝麻；谢丽娟身为市委宣传部干事，为了莫名其妙的"爱"，不明就里地辞去了市委宣传部干部的职务，在呼国庆面前尽显媚人之态：亲自用"葱白的手指"为他换上拖鞋，在他面前模特般走秀，一遍遍展现自己的美丽。从一个市委宣传部的干部，到一个只是充满情欲的女子，谢丽娟的变化显得莫名其妙……这些内容在张宇的《疼痛与抚摸》、周大新的《第二十幕》中也很多。总的来说，这些女性，没有面孔，没有性格，成为体现"成功"男性魅力的标志性符号。

（二）细节的缺失

"人是社会关系的总和"。很大程度上，文学的"真实"必须纳入日常生活的范畴。然而，人们所面对的日常生活，绝不像历史、哲学教科书分析的那样有清澈的"发展"过程，而是由"分散的意向，纷杂而且数量众多的例行事务，琐碎的欲望和物质生活景象，种种家长里短，接二连三的偶然事件"① 组成的，鱼龙混杂，泥沙俱下。无数细节组成的日常生活正是一个坚实而独立的存在。一部小说如果要"真实"地反映生活，除了要深刻地挖掘小说人物复杂的灵魂所在，还需要大量烦琐的细节铺陈"堆积"在人物周围。这些细节，是生活的泥流，是作品的血肉，只有让这些细节生动起来，小说人物才能显示出真切的生命力。"细节正是现实主义文学的基本单位，也是日常生活的基本单位……许多作家意识到细节是现实主义文学与日常生活的深刻呼应。精彩的细节被作家称之为'上帝赐予的细节'。"② 贾平凹曾在《古炉》的后记中说："写实并不是就事说事，为写实而写实，那是一摊泥塌在地上，是鸡仅仅能飞到院墙。在《秦腔》那本书里，我主张过以实写虚，以最真实朴素的句子去建造作品浑然多义而完整的意境，如建造房子一样，坚实的基，牢固的柱子和墙，而房子里全部是空虚，让阳光照得进，空气流通。"③ 但是，在河南作家对"能人"与"权力"的叙述中，作者恰恰省略了这些"牢固的柱子和墙"。作品中的人物，从一个面孔到另一个面孔，很多时候没有心理上往返的纠结；事件的发展，从一个转折到另一个转折，似乎缺乏必要的过渡。周大新的《第二十幕》中，主人公对各种矛盾的处理极其简单，种种作为体现不出作者所给予的"高大"内涵。缺乏了矛盾冲突中真实的细节，小说只剩下了作者给主人公贴的"标签"。如尚昌盛作为尚达志的接班人，在管理上没见他有什么过人的作为，仅仅是用了宁

---

① 南帆：《文学性、文化先锋与日常生活》，《当代作家评论》2010 年第 2 期。
② 南帆：《压抑和解放：日常生活的细节和符号》，《渤海大学学报》2009 年第 6 期。
③ 贾平凹：《〈古炉〉后记》，《东吴学术》2010 年第 1 期。

贞，就把丝织厂搞好了；用了宁安，把蚕基地搞好了；请了一桌饭，让宁贞陪了酒，把工商、公安、环保等部门搞定了；去韩国打市场，异国他乡，应该困难重重，但又正巧遇到熟人栗振中，展销会马上出现了"国人争相购买，盛况空前"的状况……尚昌盛志得意满，开始大手大脚花钱，爷爷尚达志知道后，让他早上读了几段家训，于是他马上幡然悔悟，痛改"前非"……在这样的故事中，最能表现主人公心灵历程事件的细节都被省略了，最能体现主人公"雄才大略"、表现他们作为"这一个"的独特事件都被一带而过了。这对于表现人物本身以及小说所要表达的"历史内涵"，都是非常大的缺失。作者所省去的，恰恰是最应该加强以表现人性和历史深度的地方。相似的例子还有《羊的门》中呼天成和呼国庆的表现。"呼家面"到了北京，受到北京一个经理的阻挠，呼家堡的销售经理怎么都没办法。呼天成亲自出马，随即送了那位经理一辆桑塔纳轿车，对方立刻放手。这么一个"重要事件"，呼天成的人格"魅力"仅是"舍得出手"而已，看不出他有怎样深邃的人格内涵和更高明的"手腕儿"。呼国庆仅仅是讲了自己带领派出所民警治理"二不豆子"的一个简单故事，市委宣传部干事谢丽娟就深深地爱上了他。所有呼国庆的故事读下来，怎么也感觉不到那"鬼精鬼精"的特点。我们知道，长篇小说中的人物，只有在复杂的社会关系中展现他们同时代的多侧面联系，展示他们在时代运动中的发展变化，才有可能具有深刻的时代意义。但是在上述作家的创作中，由于缺乏生动有力的细节，我们看不到主人公性格发展的深刻内涵。由于缺乏了众多细节的支撑，才造成了故事发展的"内动力"不足，让读者充分地感受到了一个虚假的空间、一个借助外力推进的文本。

### 三 "固执"的创作理念与"狭窄"的艺术思维

河南作家们笔下这种热衷"乡村能人"与权力的书写方式，首先是中原人在近代乡土中国特定的群体生态中形成和累积起来的处世经验的反映。究其原因，"能人"们的出现是和中原穷困的乡土背景分不开的。正如李凖描述河南民众"侉子性"时所说的是黄河给予他们的性格一样，笔者认为这也是中原这个苦难的环境赋予这片土地的一个"特色"。自近代以来，在整个国家"现代化"的进程中，中原大地"后发"的经济地位给予作家们的是由贫困、饥饿、压抑、愤懑等感觉交织成的卑微困境。他们"成长"与奋斗的全部目标，就是要"走出盆地"。中原民众要付出超常的智慧和努力，才能摆脱困境，摆脱精神上的压抑。各种各样的"能人"就在这样的环境下成长起来了。这是一种被环境扭曲了的人生智慧，从本质上说，是一种自私、短视的世俗智慧。如果从世俗人生的生存层面上看，或许有一定的合理性存在，但是，这些"能人"善于审时度势，"迂回前进"的背后，最终引起了人格的扭曲和心灵的畸变。《羊的门》中的呼天成，为了成"神"，长期练习"忍功"，最后已没有了"七情六欲"。面对钟情于自己的秀丫，他看到的只是一具需要战胜欲望的肉体，哪能再体会到"爱"？谢丽娟最初奋不顾身爱上呼国庆，最后义无反顾地离开，她明白了："在这块土地上，到处都生长着这样的男人。为了权力什么都可以牺牲。"① 《晒太阳》中，杨润生能把官场上的一套把戏玩的精熟，让周围人心悦诚服，但他的心灵在这种种关系的"平衡"中消耗，灵魂充满了焦灼……

其次，河南作家这种按"既定的目的"去叙述故事的方式，是河南作家头脑中"理念"存在物的充分表现。从 20 世纪 50 年代配合政治政策宣传，到八九十年代"反映时代"的写作方式，河南作家们"概念化写作"的思维模式还没有得到完全的改变。"现代文明所启迪的这种理性自觉并不为田中禾所独有，它是河南作家近年创作所贯穿的一条精神线索。"② 这种"理性的自觉"使得河南作家在书写乡村大地、城乡冲突等内容时显得过于投入，一旦一个"理念"树立，那么接下来，作家们要做的就是不惜一切代价地去"实现"。"'文学豫军'的作品给人的总体感受与倾向是：写得酣畅淋漓，为了深刻可以不遗余力，甚至无暇顾及是否直露与偏执，这种逮住不放、一触即发的抒写与创伤后的强迫反应相当类似。"③ 然而，在一个改革的大时代里，人物的生存、发展境遇中有多少偶然因素在发生，又有多少人性变化的契机在降临？可这种种反

---

① 李佩甫：《羊的门》，华夏出版社 1999 年版，第 206 页。

② 孙先科：《理性精神与"乡村情感"——河南近期小说创作透视》，《当代作家评论》1992 年第 3 期。

③ 李丹梦：《文学"乡土"的地方精神——以"中原突破"为例》，《当代文坛》2013 年第 5 期。

映社会丰富性和人性复杂性的场景在河南作家的创作中均未得到充分的展现。一个单纯的叙事主题之下，生活被简化，细节被忽略，情感被稀释，人性被单一化，所有的道德逻辑、文化逻辑都被整合进了权力逻辑，人们只剩下了生存、强者和弱者。小说结尾时，那些"吃了苦中苦，成了人上人"的强者都能得到快意人生的结果，但那些不成功的小人物的灰色人生呢？那些经历了"苦中苦"仍未成为"人上人"的人呢？河南作家们是不是过于注重"人生飞扬的一面"，而忽视了太多"人生安稳的一面"呢？

最后，是河南作家的艺术视野和"惯性"的文化思维问题。河南作家总是把目光牢牢地锁定在乡村、权力、"能人"的叙述上面，这种现象和河南作家们个人的艺术修养有很大关系："河南作家一般学历不高、知识结构相对贫乏、艺术准备不足……这些作者的生活经验主要集中在农村，艺术视野不够开阔，写作资源不能多方获取，当有限的生活素材和情感体验消耗之后，创作就失去了底气，后劲不足，难以创作出底蕴丰厚的作品。"[1] 这种艺术视野排除了与更广阔的社会环境的联系，也排除了同更高层的人类精神文化的联系，使得作品难以有更丰富的发展。这一点，在河南作家当代以来的"传统"中一直存在，至今尚未得到有效改善，在五六十年代的河南长篇小说中表现最为明显，"事件"湮没了"人物"的情况相当普遍。有一些长篇小说，长篇累牍地描写政治运动、生产劳动和技术改革，人物只是作为"理念"的"附属品"出现。人物的思想品质不是通过复杂的社会关系显示出来的，而是靠人物对一些重大事件发表议论显示出来的。也有一些作品，孤立地静止地刻画人物的内心活动，脱离了时代去开掘人心灵深处非自觉非理性的潜在角落，从这样的人物身上，很难看到人物性格在时代前进中的发展。这种现象，在20世纪80年代以后的河南小说中已得到明显的改善。但是作为一种"当代传统"，如上所述，河南作家们身上多少还存在着。与这种惯性的文化思维真正地决裂，在创作理念和艺术实践上做涅槃式的努力，也许是河南作家们实现长篇小说"中原突破"的一个突破口。

作为文学创作中的一种艺术性缺失，人物的"失真"问题也许在很

---

[1]　刘增杰、王文金：《精神中原——20世纪河南文学》，河南大学出版社2002年版，第12页。

多地域作家的身上都多少存在着。但是，像河南作家这样，如此集中地体现在"能人"与权力（还有女性形象）的相关叙述中，却值得注意。在这背后，除了创作主体情感上的一种"倾向性"外，当代以来处于"后发区域"的河南作家在中国"现代化"的进程中，心理上那种急于摆脱困境的"现代性"焦虑，正是造成小说叙事功利化的动因之一。在当下中国的发展进程中，"乡土中国"正渐行渐远，并且日益成为中国"现代化"发展的一种阻力。但是，越是社会层面上远离的东西，越是需要我们的文学去关注。河南作家要走向未来，还是要立足"乡土"的。河南作家应该是最有条件展示这"乡土"与"现代"博弈过程的群体，但需要我们摆脱"现代"的诱惑，真正地将情感植于中原大地深处，以诚挚真实的心去确认具有中原地域特色的自我，然后才能用"真实的"艺术形象为人们留下"真实的"乡土声音、乡土情感和乡土生活方式。

# 结　语

　　总体来看，1949—1999 年的河南长篇小说中，既有在全国获奖，引起很大轰动的作品，也有众多昙花一现式的作品，就其在中国文坛的影响而言，作家的勤奋程度和作品的高产数量这两点似乎更引人注目。贫瘠的中原大地似乎并没有为众多河南作家提供成长和发展的优厚条件，很多作者是在走出本土之后才做出了文学实绩，所以，在河南作家反映中原风土和人情的长篇小说中，时常流露出对苦难的回忆和抗争苦难的焦虑。

　　长期以来，由于受政治文化的影响，河南作家对政策时事和政治内容贴得过紧，造成了作品中"概念"过多的弊端，作品也显得僵硬和虚假。在艺术形式上，很多作家都有着一种"土气"的味道，这一方面固然是指作家笔下浓重的乡土风味和选材于农村的创作兴趣，但更是指作品的艺术内涵、艺术技巧、艺术形式显得肤浅和单一。作品既缺乏"反映"社会现实的广阔艺术视野，也缺乏抵达历史和人性深度的力量。有限的几个作家的艺术创新尝试，也流露出为创新而创新的斧凿痕迹。虽然有人总结"文学豫军"的基本特征是"深厚的现实主义传统，日渐宏大的文学气度，自觉的选择意识，以及追求艺术独创性的探索精神"。①但是"河南文学"距离"形成自己的套路，形成自己的风格，成为文坛别具特色的、不可替代的'这一个'"②，还有很远一段距离。

　　也许是众多河南作家已经反省到自身存在的问题，进入 21 世纪以

---

① 孙苏：《文学豫军论》，《河南大学学报》2002 年第 4 期。

② 于友先：《河南新文学大系·史料卷》，河南大学出版社 1996 年版，第 9 页。

来，"中原突破"的呼声越来越响亮。1999年后的河南作家长篇小说的创作，已经在三个层面有所突破。一是作家的"政治情结"逐渐淡化，"人文关怀"的意识逐渐增强。这种转变不仅扩大了作品的表现视野，也大大提升了作品的艺术品格。如田中禾的《父亲和他们》、刘震云的《一句顶一万句》等，在文学中心人物的精神和内心表现上，作品都有着极丰富的拓展。二是作品的现实主义精神得到了深化。李佩甫的《生命册》、周大新的《21大厦》等"涉足"城市生活的作品，作者不再单纯地以乡土为支点去"衡量"城市，而是以乡村和城市共同为参照系，将各个层次的人在时代巨变之时的灵肉挣扎纳入作者人文主义的观照视野。"现实主义"不再是浮在表象之上的社会摹写，而是进入时代和人心的深层扫描。三是在结构和叙事方式上，"以行为逻辑与心理逻辑的交错所带来的现代特征得到了加强。"① 李洱的《花腔》、墨白的"先锋"小说系列，在小说的结构和人物潜意识的表达上，可以说创造了20世纪中原文学艺术形式的又一个高峰……河南作家上述种种的努力，虽然还没有完全抹去人们印象中"河南文学"为"理念写作"的痕迹，但作家们切实的努力，的确给河南长篇小说实质的"中原突破"带来了新的希望。相信不久的将来，河南文学一定会有更优秀的长篇新作和更生动活泼的文学创作局面出现。

---

① 于友先：《〈河南新文学大系〉总序》，李允豹主编：《河南新文学大系·史料卷》，河南大学出版社1996年版，第10页。

# 附　　录

## 一　河南长篇小说总篇目（1949—1999）

| 序号 | 出版年份 | 作品名称 | 作者 | 出版社 |
|---|---|---|---|---|
| 1 | 1951 | 《历史无情》 | 师陀 | 上海杂志公司 |
| 2 | 1956 | 《燃烧的土地》 | 韶华 | 中国青年出版社 |
| 3 | 1954 | 《铁道游击队》 | 刘知侠 | 上海文艺出版社 |
| 4 | 1957 | 《海河春浓》 | 王昌定 | 上海文艺出版社 |
| 5 | 1957 | 《贾鲁河边》 | 苏鹰 | 长江文艺出版社 |
| 6 | 1959 | 《炼》 | 苏鹰 | 上海文艺出版社 |
| 7 | 1959 | 《碧绿的湖泊》 | 倪尼 | 北京出版社 |
| 8 | 1960 | 《黄水传》 | 冯金堂 | 河南人民出版社 |
| 9 | 1963 | 《李自成》第1卷 | 姚雪垠 | 中国青年出版社 |
| 10 | 1963 | 《垦荒曲》 | 白危 | 作家出版社 |
| 11 | 1964 | 《隐蔽的战斗》 | 苏鹰 | 河南人民出版社 |
| 12 | 1965 | 《山村新人》 | 胡天亮、胡天培 | 作家出版社 |
| 13 | 1967 | 《闪光的年华》 | 倪尼 | 河南人民出版社 |
| 14 | 1975 | 《洪流滚滚》 | 李明性 | 河南人民出版社 |
| 15 | 1976 | 《李自成》第2卷 | 姚雪垠 | 中国青年出版社 |
| 16 | 1977 | 《伊水弯弯》 | 伊河 | 中国工人出版社 |
| 17 | 1977 | 《太行志》 | 崔复生 | 河南人民出版社 |
| 18 | 1977 | 《风扫残云》 | 丁令武 | 河南人民出版社 |
| 19 | 1978 | 《南疆擒谍》 | 王岭群 | 河南人民出版社 |
| 20 | 1978 | 《龙山惊雷》 | 时宇枢、冯维纲 | 河南人民出版社 |
| 21 | 1978 | 《东方》 | 魏巍 | 人民文学出版社 |

| 序号 | 出版年份 | 作品名称 | 作者 | 出版社 |
|---|---|---|---|---|
| 22 | 1979，1981 | 《刘志丹》（上、下） | 李建彤 | 中国工人出版社 |
| 23 | 1979 | 《攻克汴京》 | 魏世详、亢君 | 河南人民出版社 |
| 24 | 1979 | 《夺粮记》 | 黄日强 | 内蒙古人民出版社 |
| 25 | 1979—1985 | 《黄河东流去》 | 李準 | 北京出版社 |
| 26 | 1979 | 《沧海横流》 | 韶华 | 中国青年出版社 |
| 27 | 1980 | 《大别山人》 | 苏群 | 长江文艺出版社 |
| 28 | 1981 | 《歼魔历险记》 | 张惠芳 | 河南少年儿童出版社 |
| 29 | 1981 | 《她的代号白牡丹》 | 肖云星 | 河南人民出版社 |
| 30 | 1981 | 《李自成》第3卷 | 姚雪垠 | 中国青年出版社 |
| 31 | 1981 | 《吉鸿昌》 | 周骥良 | 河南人民出版社 |
| 32 | 1982 | 《大石马的秘密》 | 崔为工 | 福建人民出版社 |
| 33 | 1982 | 《风雨编辑窗》 | 苏群 | 上海文艺出版社 |
| 34 | 1983 | 《蔚蓝色的脚印》 | 权延赤 | 河南人民出版社 |
| 35 | 1983 | 《金牛奇传》 | 许俊逸 | 河南人民出版社 |
| 36 | 1983 | 《海灯法师》 | 刘孟洪 | 中州书画社 |
| 37 | 1983 | 《鸦片战争演义》 | 辛大明 | 河南人民出版社 |
| 38 | 1983 | 《黑网下的星光》 | 王岭群 | 黄河文艺出版社 |
| 39 | 1983 | 《神州擂》 | 残墨 | 河南人民出版社 |
| 40 | 1984 | 《龙城飞将》 | 王楠 | 河南人民出版社 |
| 41 | 1984 | 《红楼梦新补》 | 张之 | 山西人民出版社 |
| 42 | 1985 | 《楼兰古国》 | 侯钰鑫 | 中国工人出版社 |
| 43 | 1985 | 《康熙大帝·夺宫》 | 二月河 | 黄河文艺出版社 |
| 44 | 1986 | 《狐踪狼迹》 | 张华荣 | 北岳文艺出版社 |
| 45 | 1986 | 《中原大地》 | 周原 | 北京十月文艺出版社 |
| 46 | 1986 | 《李香君外传》 | 刘秀森 | 妇女儿童出版社 |
| 47 | 1986 | 《少女》 | 郑彦英 | 中国文联出版公司 |
| 48 | 1986 | 《红月亮》 | 赵玄 | 作家出版社 |
| 49 | 1986 | 《少林寺内传》 | 甄秉浩 | 河南人民出版社 |
| 50 | 1987 | 《百万富翁》 | 于中华 | 华夏出版社 |
| 51 | 1987 | 《三个姑娘与战争》 | 王岭群 | 海燕出版社 |
| 52 | 1987 | 《少妇》 | 郑彦英 | 中国文联出版公司 |

续表

| 序号 | 出版年份 | 作品名称 | 作者 | 出版社 |
|---|---|---|---|---|
| 53 | 1987 | 《李氏家族第十七代玄孙》 | 李佩甫 | 百花文艺出版社 |
| 54 | 1987 | 《造山时代》 | 杨东明 | 百花文艺出版社 |
| 55 | 1987 | 《都市里的情人们》 | 杨东明 | 百花文艺出版社 |
| 56 | 1987 | 《白朗起义》 | 杨贵才、周熙 | 黄河文艺出版社 |
| 57 | 1987 | 《许世友习武少林寺》 | 姚蓝 | 中国少年儿童出版社 |
| 58 | 1987 | 《白莲遗恨》 | 侯钰鑫 | 文化艺术出版社 |
| 59 | 1987 | 《包公正传》 | 屈春山、李良学 | 中州古籍出版社 |
| 60 | 1987 | 《康熙大帝·惊风密语》 | 二月河 | 黄河文艺出版社 |
| 61 | 1987 | 《小包公》 | 杨复俊 | 海燕出版社 |
| 62 | 1988 | 《康熙大帝·玉宇呈祥》 | 二月河 | 黄河文艺出版社 |
| 63 | 1988 | 《白奴梦》 | 王化幼 | 海燕出版社 |
| 64 | 1988 | 《地球的红飘带》 | 魏巍 | 人民文学出版社 |
| 65 | 1988 | 《迷彩的诱惑》 | 杨东明 | 北京十月文艺出版社 |
| 66 | 1988 | 《乱世枭雄：别廷芳演义》 | 秦俊、行者 | 黄河文艺出版社 |
| 67 | 1988 | 《汉家女》 | 周大新 | 长江文艺出版社 |
| 68 | 1988 | 《中华第一大帝》 | 蔡柏顺 | 华夏出版社 |
| 69 | 1989 | 《水上吉普赛》 | 魏世详 | 中国青年出版社 |
| 70 | 1989 | 《康熙大帝·乱起萧蔷》 | 二月河 | 黄河文艺出版社 |
| 71 | 1989 | 《雾锁漳河》 | 王景山 | 中国曲艺出版社 |
| 72 | 1989 | 《武则天登封传》 | 甄秉浩 | 河南人民出版社 |
| 73 | 1990 | 《冒险家和他的情人》 | 侯钰鑫 | 上海文艺出版社 |
| 74 | 1990 | 《华佗和师妹》 | 刘秀森 | 中国广播电视出版社 |
| 75 | 1990 | 《花木兰全传》 | 刘秀森 | 北方妇女儿童出版社 |
| 76 | 1990 | 《七色情》 | 王岭群 | 黄河文艺出版社 |
| 77 | 1990 | 《金屋》 | 李佩甫 | 长江文艺出版社 |
| 78 | 1990 | 《晒太阳》 | 张宇 | 上海文艺出版社 |
| 79 | 1990 | 《游戏》 | 成一 | 作家出版社 |
| 80 | 1990 | 《少林寺演义》 | 李亚东 | 中原农民出版社 |
| 81 | 1990 | 《走出盆地》 | 周大新 | 百花文艺出版社 |
| 82 | 1991 | 《故乡天下黄花》 | 刘震云 | 中国青年出版社 |
| 83 | 1991 | 《血洒东京》 | 屈春山、张欣山 | 河南人民出版社 |

续表

| 序号 | 出版年份 | 作品名称 | 作者 | 出版社 |
|---|---|---|---|---|
| 84 | 1991 | 《乱世丹心谱》 | 刘秀森 | 河南人民出版社 |
| 85 | 1991 | 《神剑魔女》 | 刘西安 | 中原农民出版社 |
| 86 | 1991 | 《李逵前传》 | 刘明远 | 华夏出版社 |
| 87 | 1991 | 《她们十八岁》 | 刘锡安 | 海燕出版社 |
| 88 | 1991 | 《布衣王爷》 | 严双军 | 百花文艺出版社 |
| 89 | 1992 | 《遥远的仇恨》 | 刘学林 | 明天出版社 |
| 90 | 1992 | 《血洒昆仑》 | 李焕振、谢流波 | 海燕出版社 |
| 91 | 1992 | 《欲情世界》 | 杨东明 | 四川文艺出版社 |
| 92 | 1992 | 《天幕下的恋情》 | 肖云星 | 文化艺术出版社 |
| 93 | 1992 | 《回龙腾蛟》 | 周学忠 | 中原农民出版社 |
| 94 | 1992 | 《女性的流浪》 | 陈韧 | 中原农民出版社 |
| 95 | 1993 | 《故乡相处流传》 | 刘震云 | 华艺出版社 |
| 96 | 1993 | 《风云际会》 | 周学忠 | 中原农民出版社 |
| 97 | 1993 | 《血魂》 | 王景山 | 河南人民出版社 |
| 98 | 1993 | 《少林寺全传》 | 甄秉浩 | 河南人民出版社 |
| 99 | 1993 | 《从红妆到女囚》 | 南豫见 | 中原农民出版社 |
| 100 | 1994 | 《雍正皇帝》 | 二月河 | 长江文艺出版社 |
| 101 | 1994 | 《炎黄大帝演义》《伏羲大帝演义》《夏禹大帝演义》 | 杨复俊 | 中国工人出版社 |
| 102 | 1994 | 《扈三娘下山》 | 刘明远 | 华夏出版社 |
| 103 | 1994 | 《匪首》 | 田中禾 | 上海文艺出版社 |
| 104 | 1995 | 《疼痛与抚摸》 | 张宇 | 人民文学出版社 |
| 105 | 1995 | 《穿越死亡》 | 朱秀海 | 中国工人出版社 |
| 106 | 1996 | 《城市白皮书》 | 李佩甫 | 人民文学出版社 |
| 107 | 1997 | 《倾斜的中原》 | 焦述 | 百花文艺出版社 |
| 108 | 1997 | 《船与水》 | 师咸卿 | 河南文艺出版社 |
| 109 | 1997 | 《河洛沉梦》（上、下） | 古野 | 中国文联出版社 |
| 110 | 1997 | 《北方的城郭》 | 柳建伟 | 人民文学出版社 |
| 111 | 1997 | 《河洛魂》 | 雷衡山 | 河南文艺出版社 |
| 112 | 1997 | 《波涛汹涌》 | 朱秀海 | 中国青年出版社 |

续表

| 序号 | 出版年份 | 作品名称 | 作者 | 出版社 |
|---|---|---|---|---|
| 113 | 1998 | 《突破重围》 | 柳建伟 | 人民文学出版社 |
| 114 | 1998 | 《拒绝浪漫》 | 杨东明 | 作家出版社 |
| 115 | 1998 | 《生命原则》 | 南豫见 | 中原农民出版社 |
| 116 | 1998 | 《第二十幕》 | 周大新 | 人民文学出版社 |
| 117 | 1998 | 《新城》 | 许福林 | 国际文化出版公司 |
| 118 | 1998 | 《故乡面和花朵》 | 刘震云 | 华艺出版社 |
| 119 | 1998 | 《希望》 | 周振学 | 文心出版社 |
| 120 | 1998 | 《日光流年》 | 阎连科 | 花城出版社 |
| 121 | 1998 | 《突出重围》 | 柳建伟 | 人民文学出版社 |
| 122 | 1998 | 《高高的河堤》 | 刘庆邦 | 河北少年儿童出版社 |
| 123 | 1998 | 《命运》 | 乔典运 | 华艺出版社 |
| 124 | 1999 | 《好风好雨》 | 侯钰鑫 | 上海文艺出版社 |
| 125 | 1999 | 《生命激情》 | 南豫见 | 中原农民出版社 |
| 126 | 1999 | 《疙瘩村》 | 张向泽 | 太白文艺出版社 |
| 127 | 1999 | 《一岁等于一生》 | 张斌 | 上海文艺出版社 |
| 128 | 1999 | 《伊水淙淙》 | 伊河 | 中国工人出版社 |
| 129 | 1999 | 《寻找外境地》 | 墨白 | 长江文艺出版社 |
| 130 | 1999 | 《楚天浩歌》（上、下） | 周学忠 | 作家出版社 |
| 131 | 1999 | 《羊的门》 | 李佩甫 | 华夏出版社 |
| 132 | 1999 | 《石瀑布》 | 郑彦英 | 人民文学出版社 |
| 133 | 1999 | 《流水落花》 | 张宇 | 河南文艺出版社 |
| 134 | 1999 | 《大地芬芳》 | 李明性 | 海燕出版社 |
| 135 | 1999 | 《谍花谱》 | 木也 | 河南文艺出版社 |
| 136 | 1999 | 《清明雨》 | 蔺小平 | 中国文联出版社 |
| 137 | 1999 | 《叶公沈诸梁》 | 王笑迪、王效勇 | 京华出版社 |
| 138 | 1999 | 《天鹄》 | 郭鸿志 | 中国文联出版社 |
| 139 | 1999 | 《刘老师和他的学生们》 | 周振学 | 京华出版社 |

## 二　河南长篇小说作者简况

（本书编写"作者简况"的次序按照作者姓名音序排列，部分作家参考刘学林主编的《河南作家辞典》，河南大学出版社 2005 年版）

## （一）河南籍"本土作家"

| 作者 | 生卒年份 | 籍贯 | 简介 | 长篇小说及出版时间 |
|---|---|---|---|---|
| 崔复生（笔名河山） | 1936 | 河南林州 | 自由撰稿人，中国作家协会会员。太原机械制造学校（原华北第二工业学校）肄业。历任林州市文联常务副主席、安阳市作家协会主席 | 《太行志》（1977）、《血染的芳草》（1992） |
| 杜立新（笔名杜禅） | 1960 | 河南郑州 | 1981 年毕业于洛阳师范学校。曾到洛阳郊区插队。先后在校任教，在杂志社当编辑。1986 年开始发表作品。2005 年加入中国作家协会 | 《空手道》（2000）、《灵魂出窍》（2000） |
| 二月河 | 1946 | 河南南阳 | 1967 年高中毕业，1968 年入伍，1978 年转业。1995 年当选为南阳市文联副主席。1986 年起，陆续创作出版长篇历史小说"落霞系列"三部 13 卷 520 万字 | 《康熙大帝》（1987）、《雍正皇帝》（1990）、《乾隆皇帝》（2001） |
| 冯金堂 | 1922—1968 | 河南扶沟 | 1922 年出生在扶沟县，年少时仅读过 4 年书。1957 年至 1959 年，以黄泛区为题材，创作出《黄水传》。1959 年，贺敬之专程从北京来到扶沟，代表中国作家协会宣布，接收冯金堂为中国作家协会会员 | 《黄水传》（1960） |
| 郭鸿志 | 1960 | 河南汝州 | 1976 年至 1991 年，做过小学教师、民兵营长、报纸编辑。1991 年以来，担任行政职务，任副乡长、镇党委副书记、镇长。1989 年开始发表作品，2001 年 8 月加入河南作家协会 | 《天鸽》（1999） |
| 郭奋强 | 1964 | 河南洛阳 | 大专学历。1981 年新安一高毕业，就职于河南省郑州农业机械化学校，2000 年至今兼《星河》杂志编辑。1999 年开始发表作品，2001 年 2 月加入河南省作家协会 | 《燃烧的激情》（2000） |

续表

| 作者 | 生卒年份 | 籍贯 | 简介 | 长篇小说及出版时间 |
|---|---|---|---|---|
| 高有鹏 | 1964 | 河南项城 | 河南大学黄河文明与可持续发展研究中心副主任、教授、博士生导师。主要从事中国历史文化研究、民间文学与民俗学研究 | 《袁世凯》（1998） |
| 侯钰鑫 | 1948 | 河南辉县 | 1984年毕业于河南大学中文系。1978年后历任辉县文化局创作组创作员、辉县市文联主席、河南省文学院专业作家。1972年开始发表作品。1985年加入中国作家协会 | 《大路歌》（1978）、《楼兰古国》（1985）、《白莲遗恨》（1987）、《冒险家和他的情人》（1990）、《好风好雨》（1998）、《好爹好娘》（2000） |
| 胡天培 | 1940 | 河南沈丘 | 工人，中学教师。1961年参加工作，曾任北京南郊农场工人、文化干部，北京农工商职工大学教师。1965年开始发表文学作品，1980年加入北京作家协会 | 《山村新人》（1965）、《重逢》（2007） |
| 雷衡山 | 1950 | 河南巩义 | 大专文化。《河洛潮》文学杂志副主编。1978年开始发表作品，2005年加入中国作家协会。 | 《河洛魂》（1997） |
| 李準 | 1928 | 河南洛阳 | 1949年后历任河南省文联作家，中国作家协会河南分会副主席。1944年，回乡务农，曾任银行职员、教师，1953年，短篇小说《不能走那条路》发表后被毛泽东主席加编者按在全国近50家报刊转载 | 《黄河东流去》（1979—1984） |
| 李佩甫 | 1953 | 河南许昌 | 1984年毕业于河南广播电视大学汉语言文学系，1978年开始发表作品。历任《莽原》杂志编辑、河南省文联、作家协会专业作家、河南省作协主席等职 | 《李氏家族第十七代玄孙》（1987）、《城市白皮书》（1996）、《羊的门》（1999）、《金屋》（2000） |

续表

| 作者 | 生卒年份 | 籍贯 | 简介 | 长篇小说及出版时间 |
|---|---|---|---|---|
| 墨白（原名孙郁） | 1958 | 河南淮阳 | 曾做过农民、搬运工人、漆匠、小学教师、文学编辑。1980 年毕业于淮阳师范。中国作家协会会员，河南省文学院专业作家 | 《寻找外景地》（1999） |
| 南豫见 | 1952 | 河南唐河 | 1985 年毕业于中央电大汉语言文学专业。1966 年在河南黄泛区农场参加工作，1988 年在河南省漯河市文联从事专业创作。1999 年加入中国作家协会 | 《从红妆到女囚》（1994）、《生命原则》（上、下）（1998）、《生命激情》（1999） |
| 屈春山 | 1940 | 河南尉氏 | 1964 年毕业于河南大学中文系。历任《羊城晚报》《南方日报》《中岳》杂志编辑，中共开封市委宣传部副部长。1974 年开始发表作品，1980 年加入河南省作协，1994 年加入中国作家协会 | 《包公正传》（1987）、《血洒东京》（1991） |
| 申剑 | 1968 | 河南登封 | 1992 年在深圳远东国际酒店任宣传干事，1996 年到深圳中南酒店管理公司工作，1997 年任河南大学出版社编辑。1996 年开始文学创作。2003 年加入中国作家协会 | 《蛮歌》（1998）、《守望爱情》（2001）、《出路》《挑战》 |
| 田中禾 | 1941 | 河南唐河 | 1962 年肄业于兰州大学中文系。历任郑州郊区、信阳郊区干部，河南唐河县文化馆馆长，河南省作家协会副主席、主席。1959 年开始发表作品，1990 年加入中国作家协会 | 《匪首》（1994） |

续表

| 作者 | 生卒年份 | 籍贯 | 简介 | 长篇小说及出版时间 |
|---|---|---|---|---|
| 王岭群 | 1949 | 河南扶沟 | 1967 年到扶沟县下乡，1969 年应征入伍，1970 年在南京军区创作学习班学习。1976 年后任周口地区文联主席党组书记及作家协会主席，1985 年加入中国作家协会 | 《南疆擒谍》（1978）、《黑网下的星光》(1983)、《三个姑娘与战争》(1987)、《七色情》(1990) |
| 王景山（笔名山野） | 1946 | 河南舞阳 | 大专文化，副总编辑。1968 年参加工作，就职于河南省工艺美术试验厂。后任报纸编辑，1988 年开始发表作品，1990 年加入河南省作家协会 | 《雾锁漳河》（1989）、《血魂》(1993) |
| 魏世祥 | 1945 | 河南开封 | 1978 年起历任河南省开封市文化局创作组创作员、东方文学杂志社编辑、市作家协会副主席、《黄河黄土黄种人》杂志副总编辑，河南省文联第四届委员。1975 年开始发表作品。1990 年加入中国作家协会 | 《攻克汴京》（合作）(1979)、《水上吉普赛》(1989) |
| 许福林 | 1952 | 河南安阳 | 大专文化，曾任濮阳市文联副县级调研员。1970 年 12 月入伍，1978 年后任内黄县宋村人民公社党委副书记、内黄县田氏乡党委书记，1988 年 8 月后任濮阳市文联副主席 | 《新城》（1998） |
| 严双军 | 1966 | 河南温县 | 大专文化。河南省作家协会会员，2010 年成为中国作家协会会员。 | 《布衣王爷》(1991) |
| 杨复竣（笔名杨牧） | 1949 | 河南淮阳 | 大专文化。1969 年参加工作，先后在淮阳县文化馆、博物馆与图书馆工作。1981 年开始发表作品，1988 年加入河南省作家协会 | 《小包公》(1987)、《伏羲大帝演义》(1994)、《炎黄大帝演义》(1994)、《夏禹大帝演义》(1994) |

| 作者 | 生卒年份 | 籍贯 | 简介 | 长篇小说及出版时间 |
|---|---|---|---|---|
| 周振学 | 1942 | 河南许昌 | 大专学历。许昌县尚集镇吕桥村人，做过农民、代课教师、中学语文教师。1963年开始发表作品。1999年加入河南省作家协会 | 《希望》(1998)、《刘老师和他的学生们》(1999) |
| 周学忠（笔名周焯、卓苗） | 1941 | 河南邓州 | 1962年毕业于新乡师专。历任中学语文教员、文化馆党支部副书记、县委办公室副主任、邓州市委宣传部副部长、文联主席。1972年开始发表作品。2001年加入中国作家协会 | 《回龙腾蛟》(1992)、《风云际会》(1993)、《楚天浩歌》(1999) |
| 甄秉浩（笔名冰洁） | 1931—1997 | 河南登封 | 大专毕业。1948年参加革命工作。历任登封县城关小学教师、校长、中共登封县委新闻通讯组组长，登封县文化局协理员，中国作家协会会员 | 《少林寺全传》(1993)、《少林寺外传》(1997)、《少林寺内传》(1986) |
| 朱润祥 | 1944 | 河南辉县 | 大学文化。1980年5月加入河南省作家协会。1998年8月于鲁迅文学院创作研究班结业 | 《天宇寥廓》(2000) |
| 张宇 | 1952 | 河南洛宁 | 1984年以来，曾任洛阳市、三门峡市文联主席，中共洛宁县县委副书记，《莽原》主编，河南省作家协会主席等职 | 《晒太阳》(1990)、《流水落花重说潘金莲》(1999)、《疼痛与抚摸》(1995)、《软弱》(2000) |
| 张惠芳 | 1941 | 河南临颍 | 大学毕业。历任《河南日报》编辑、记者、主任编辑、高级编辑。中国作家协会会员 | 《歼魔历险记》(1983) |

## （二）河南籍"外出作家"

| 作者 | 生卒年份 | 籍贯 | 简介 | 长篇小说及出版时间 |
|---|---|---|---|---|
| 成一（原名王成业） | 1943 | 河南济源 | 1968 年毕业于天津南开大学中文系。1969 年赴山西省原平神山村插队务农。1970 年后历任中共山西原平县委通讯组干部、山西省作家协会第二、三届理事，《黄河》杂志主编。1978 年开始发表作品。1979 年加入中国作家协会 | 《游戏》（1990）、《真迹》（1994）、《西厢纪事》（1997）、《回家的路》（1998） |
| 刘知侠（笔名知侠） | 1917—1991 | 河南汲县 | 出生于一个铁路工人家庭，自幼家贫，11 岁开始上半工半读学校，1938 年入陕北抗大学习。《山东文学》主编。1940 年开始发表作品，1952 年加入中国作家协会 | 《铁道游击队》（1954） |
| 刘震云 | 1958 | 河南延津 | 1973 年至 1978 年服兵役。1978 年至 1982 年就读于北京大学中文系。1982 年毕业到《农民日报》工作。1988 年至 1991 年在北京师范大学、鲁迅文学院读研究生。现为中国作家协会全国委员会委员、一级作家 | 《故乡天下黄花》（1991）、《故乡相处流传》（1993）、《故乡面和花朵》（1998） |
| 李建彤（原名韩愈之，笔名秋心） | 1920 | 河南许昌 | 1938 年毕业于抗日军政大学。曾任抗大医院支部书记，陕甘宁边区政府办公厅秘书。1935 年开始发表作品，1979 年加入中国作家协会 | 《刘志丹》（1979） |
| 柳建伟 | 1963 | 河南镇平 | 1983 年毕业于解放军信息工程学院计算机工程系，1997 年毕业于北京师范大学中文系。作家协会第七届全国委员会主席团委员，成都军区政治部创作员 | 《北方城郭》（1997）、《突出重围》（1998）、《英雄时代》（2001）、《惊涛骇浪》（2001） |

| 作者 | 生卒年份 | 籍贯 | 简介 | 长篇小说及出版时间 |
|---|---|---|---|---|
| 师咸卿<br>（笔名关越） | 1958 | 河南封丘 | 1980 年新乡师专中文系毕业，1998 年获华中科技大学哲学硕士学位。1981 年起在封丘一中教学，后调封丘县委工作。1992 年下企业，任中原通信设备有限责任公司总经理兼书记，1980 年开始发表作品。2002 年加入中国作家协会 | 《船与水》（1997） |
| 苏群<br>（原名蔡明川） | 1927—1994 | 河南泌阳 | 1948 年毕业于信阳师范学校，奔向解放区，在中原大学学习。后在中南文联《长江文艺》任职。任湖北省作家协会副主席等职。1951 年开始小说创作 | 《大别山人》（1980）、《风雨编辑窗》（1982）、《孤岛就要沉没》（1984）、《圈套与花环》（1987） |
| 韶华<br>（原名周玉铭） | 1925 | 河南滑县 | 只读过 4 年半书。从小参加八路军，解放战争年代，任随军记者。历任《东北文艺》副主编，辽宁省委宣传部文艺处长，省作协党组书记，1984 年任中国作协书记处书记 | 《燃烧的土地》（1956）、《浪涛滚滚》（1991）、《沧海横流》（1979） |
| 王昌定<br>（笔名吴雁、白藻等） | 1924—2006 | 河南固始 | 1951 年毕业于北京大学法律系。1948 年参加革命工作，1949 年后历任天津军管会文艺处秘书、《新港》月刊编辑部副主编、天津作家协会专业作家、天津社会科学院文学研究所所长 | 《海河春浓》（1983）、《探求》（1982） |
| 魏巍<br>（原名魏鸿杰，笔名红杨树） | 1920—2008 | 河南郑州 | 毕业于延安抗日军政大学。1937 年抗日战争爆发后参加八路军，1938 年加入中国共产党。1950 年年底，奔赴朝鲜前线，回国后发表了一批文艺通讯，《谁是最可爱的人》在全国引起广泛影响 | 《东方》（1978）、《地球的红飘带》（1988） |

续表

| 作者 | 生卒年份 | 籍贯 | 简介 | 长篇小说及出版时间 |
|---|---|---|---|---|
| 姚雪垠 | 1910—1999 | 河南邓州 | 1929 年考入河南大学法学院。1937 年创办抗战刊物《风雨》,河南省作家协会、湖北省作家协会专业作家,湖北文联第三、四届主席,1929 年开始发表作品 | 《李自成》 (1963,1977) |
| 周大新 | 1952 | 河南邓州 | 1970 年应征入伍,历任某军区战士、班长、排长、副指导员、干事、总后勤部政治部创作室主任,1985 年毕业于西安解放军政治学院。1979 年开始发表作品,1987 年加入中国作家协会 | 《走出盆地》(1990)、《第二十幕》(1998) |
| 朱秀海 | 1954 | 河南鹿邑 | 1972 年入伍,两次参与边境地区作战。后成为军旅作家。1978 年 5 月开始文学创作,1983 年 7 月加入中国作家协会 | 《痴情》(1989)、《穿越死亡》(1995)、《波涛汹涌》(1997) |

## （三）“外省来豫”作家

| 作者 | 出生年份 | 籍贯 | 简介 | 长篇小说及出版时间 |
|---|---|---|---|---|
| 崔为工 | 1954 | 山东阳谷 | 1970 年入伍,在福州空军服役,历任战士、文书、创作员等职。1998 年 6 月至 2001 年 6 月在河南省商丘市人民政府工作,任副市长,商丘市委常委宣传部部长,河南省文化厅副厅长 | 《大石马的秘密》(1982)、《绿宝石》(1984)、《玛丽玫瑰号的秘密》(1990) |

| 作者 | 出生年份 | 籍贯 | 简介 | 长篇小说及出版时间 |
|---|---|---|---|---|
| 丁令武 | 1937 | 湖南桃江 | 1960 年毕业于南京工程兵学校。历任第二工程兵学校教员、《洛阳公安报》主编。1961 年开始发表作品，1980 年加入河南省作家协会 | 《风扫残云》（1977）、《黑色的逊娜芙劳》（1991）、长篇纪实文学《新中国第一匪案》（1997） |
| 贾子云 | 1917—1989 | 山东博平 | 1940 年参加革命工作，历任博平县抗日大队长，博平县区长，区委书记。1955 年 5 月任政协开封市委员会秘书长，1971 年后任中共开封市委常委统战部部长 | 《隐蔽的战斗》（1964） |
| 倪瑞（笔名倪尼） | 1916—1989 | 河北大城 | 毕业于华北联大文学系。1937 年参加八路军，历任文工团编剧，晋察冀军区政治部文书、科长，唐县曲阳高小教员、校长，平冀新华社记者，冀察文工团团长，1960 年加入中国作家协会。 | 《碧绿的湖泊》（1959）、《闪光的年华》（1967）、《你要小心》（1981）、《没有填完的履历表》 |
| 杨东明 | 1950 | 湖北武汉 | 1968 年赴大别山插队务农，1970 年应征入伍，历任宣传队队员、创作员、信阳市文化局创作员，《莽原》文学编辑。河南省作家协会专业作家，文学创作一级。1975 年开始发表作品，1984 年加入中国作家协会，1997 年任河南省作家协会副主席 | 《迷彩的诱惑》（1988）、《欲情世界》（1992）、《再生之门》（1997）、《拒绝浪漫》（1997）、《性爱的思辨》（2000）、《造山时代》 |
| 王剑冰 | 1956 | 河北唐山 | 1975 年赴乡村插队务农，1982 年毕业于河南大学中文系。历任《奔流》杂志编辑、《文艺百家报》《当代人报》采通部主任、《散文选刊》副主编、副编审。河南省作家协会副主席 | 《卡格博雪峰》（2000） |

| 作者 | 出生年份 | 籍贯 | 简介 | 长篇小说及出版时间 |
|---|---|---|---|---|
| 王楠<br>笔名金陵 | 1918 | 江苏<br>南京 | 高中文化。抗日战争时期在晋察冀三分区剧社任创作组组长，解放战争时期，曾任文工团团长，抗美援朝时任《志愿军报》主编。1955 年至 1979 年历任解放军报社文化处、政工处副主编，武汉军区文化部副部长，河南周口军分区副政委，河南省军区政治部顾问。1959 年加入中国作家协会。1980 年加入河南省作家协会 | 《龙城飞将》(1984) |
| 肖云星 | 1934 | 山东<br>昌乐 | 1949 年入伍，曾系文工团团员、文化教员、参谋、干事、创作员、政治处主任、团副政委。1981 年转业至开封市文联。1983 年加入河南省作家协会，1986 年加入中国作家协会 | 《她的代号白牡丹》(1981)、《天幕下的恋情》(1992) |
| 张斌<br>（笔名老张斌） | 1934 | 河北<br>乐亭 | 13 岁开始发表作品，当过工人、文化教员、总务、秘书。平顶山文联副主席，1987 年调入河南省文联任专业作家 | 《跳出痴城》(1990)、《一岁等于一生》(1999)、《至爱无敌》(2002) |
| 郑彦英 | 1953 | 陕西<br>礼泉 | 毕业于武汉大学中文系。历任广州军区空军政治部创作员、中共河南省委《党的生活》杂志社编辑室主任、河南省文联专业作家、灵宝市副市长、三门峡日报总编辑、河南省作家协会副主席、河南省文学院院长。1975 年开始发表作品。1985 年加入中国作家协会 | 《少女》(1986)、《少妇》(1987)、《石瀑布》(1999)、《洗心鸟》(2001) |

# 参考文献

## 一　期刊论文

[1] 陈国和：《20世纪90年代以来乡村政治书写的当代性——以阎连科为例》，《文艺评论》2009年第3期。

[2] 洪治纲：《"人场"背后的叩问与思考——论李佩甫的〈羊的门〉》，《名作欣赏》2010年第27期。

[3] 洪子诚主编：《中国当代文学史·史料选（1945—1999）》（上、下册），长江文艺出版社2002年版。

[4] 贾贤良、杨静平：《中国民众"官本位"意识成因探析》，《长江大学学报》2004年第3期。

[5] 姜弘：《姚雪垠与毛泽东》，《黄河》2000年第4期。

[6] 江曾培等：《长篇小说〈好风好雨〉研讨会纪要》，《小说界》1999年第6期。

[7] 李丹梦：《乡土理念的嬗变与持守：话语·价值·权力——析"中原突破"的深层意蕴》，《上海文学》2005年第2期。

[8] 刘思谦：《张一弓创作论》，《文学评论》1983年第3期。

[9] 刘思谦：《对建国以来农村题材小说的再认识》，《文学评论》1983年第2期。

[10] 刘思谦：《"十七年"革命历史长篇小说的经典化与非经典化》，《河南大学学报》2008年第3期。

[11] 刘震云：《整体的故乡与故乡的具体》，《文艺争鸣》1992年第1期。

[12] 刘震云：《草木、人及官》，《中篇小说选刊》1989年第2期。

[13] 罗平汉：《中国1958：一桌五亿农民的大锅饭——全国大办公共食

堂始末》（上）、（下），《时代文学》2007 年第 5 期。

［14］孟繁华：《乡土文学传统的当代变迁——"农村题材"转向"新乡土文学"之后》，《文艺研究》2009 年第 10 期。

［15］孙荪：《文学豫军论》，《河南大学学报》2002 年第 4—5 期。

［16］孙荪：《从〈大河奔流〉到〈黄河东流去〉——论转折时期李準的创作》，《文学评论》1986 年第 2 期。

［17］孙先科：《理性精神与"乡村情感"——河南近期小说创作透视》，《当代作家评论》1992 年第 3 期。

［18］陶东风：《文学的祛魅》，《文艺争鸣》2006 年第 1 期。

［19］唐土红：《论权力伦理的核心问题》，《探索》2009 年第 2 期。

［20］童庆炳：《作家的童年经验及其对创作的影响》，《文学评论》1993 年第 4 期。

［21］王保国：《地理环境、农耕文明与中原文化的基本趋向》，《殷都学刊》2006 年第 1 期。

［22］王彬彬：《茅盾奖：史诗情结的阴魂不散》，《钟山》2001 年第 2 期。

［23］王富仁：《河南文化与河南文学》，《渤海大学学报》2008 年第 5 期。

［24］王萍：《当代河南文学的发展流变》，《中州学刊》2007 年第 3 期。

［25］汪政、晓华：《惯例及其对惯例的偏离——试论当前长篇小说文体的观念与实践》，《当代作家评论》2001 年第 3 期。

［26］汪政：《有关长篇小说创作的问题》，《太湖》2012 年第 2 期。

［27］吴晓林：《1958—1978 年间中国政治整合研究背景、过程与教训》，《南京农业大学学报》2010 年第 10 期。

［28］许建辉：《〈李自成〉的遗憾》，《新文学史料》2010 年第 2 期。

［29］徐亚东：《冷与热的背后——二月河现象文化解读》，《文艺评论》2004 年第 6 期。

［30］姚晓雷：《故乡寓言中的权力质询》，《文学评论》2002 年第 1 期。

［31］张书恒：《论二月河"清代帝王系列"小说》，《文学评论》1999 年第 2 期。

［32］张锲：《中国当代文学和文学豫军的崛起》，《东方艺术》1999 年第 2 期。

## 二　论著

［1］［英］伯特兰·罗素：《权力论——一个新的社会分析》，靳建国译，东方出版社 1988 年版。

［2］曹锦清：《黄河边的中国——一个学者对乡村社会的观察与思考》，上海文艺出版社 2000 年版。

［3］陈国恩：《中国现代文学的历史与文化透视》，武汉大学出版社 2005 年版。

［4］陈继会：《文学的星群》，河南文艺出版社 1999 年版。

［5］陈金川主编：《地缘中国：区域文化精神与国民地域性格》，中国档案出版社 1998 年版。

［6］陈美兰：《中国当代长篇小说创作论》，上海文艺出版社 1991 年版。

［7］程光炜：《当代文学的“历史化”》，北京大学出版社 2011 年版。

［8］崔志远：《乡土文学与地缘文化——新时期乡土小说论》，中国书籍出版社 1998 年版。

［9］段崇轩：《地域文化与文学走向》，北岳文艺出版社 2012 年版。

［10］费孝通：《乡村中国·生育制度》，北京大学出版社 1998 年版。

［11］冯天谕、何晓明、周积明：《中华文化史》，上海人民出版社 2010 年版。

［12］何弘主编：《坚守与突破》，河南文艺出版社 2011 年版。

［13］洪子诚：《中国当代文学史》，北京大学出版社 1999 年版。

［14］侯钰鑫：《大师的背影》，河南文艺出版社 2013 年版。

［15］黄子平：《“灰阑”中的叙述》，上海文艺出版社 2001 年版。

［16］黄宗智：《中国乡村研究》（第 2、5、8 辑），商务印书馆 2003 年版。

［17］胡廷积：《河南农业发展史》，中国农业出版社 2005 年版。

［18］李庚香：《中原文化精神》，河南文艺出版社 2007 年版。

［19］梁鸿：《外省笔记——20 世纪河南文学》，社会科学文献出版社 2008 年版。

［20］刘宝亮：《河洛文化视野下新时期河南文学的乡土风骚》，河南人民出版社 2012 年版。

［21］刘思谦：《学理与激情》，河南大学出版社 2012 年版。

[22] 刘增杰、王文金：《精神中原——20世纪河南文学》，河南大学出版社 2002 年版。

[23] 刘增杰、孙先科主编：《中国近现代文学转捩点研究》，上海文艺出版社 2008 年版。

[24] 靳明全：《区域文化与文学》，中国社会科学出版社 2003 年版。

[25] 李準：《李準谈创作》，中国文艺联合出版社 1983 年版。

[26] 梁漱溟：《中国文化要义》，学林出版社 1987 年版。

[27] 刘进才：《京派小说诗学研究》，河南大学出版社 2005 年版。

[28] 刘涛：《中国现代小说范畴论》，河南大学出版社 2005 年版。

[29] [美] 明恩溥：《中国乡村生活》，午晴、唐军译，北京时事出版社 1998 年版。

[30] 摩罗：《孤独的巴金——如何理解作家》，东方出版社 2010 年版。

[31] 邵燕君：《画出中原强者的灵魂》，《新世纪文学脉象》，安徽教育出版社 2011 年版。

[32] 邵子华主编：《中国长篇小说研究》，中国文联出版社 1999 年版。

[33] 孙荪、余非：《李準新论》，北京十月文艺出版社 1988 年版。

[34] 孙先科：《颂祷与自诉》，上海文艺出版社 1997 年版。

[35] 孙先科：《说话人及其话语》，上海文艺出版社 2009 年版。

[36] 王爱松：《政治书写与历史叙事》，中国广播电视出版社 2007 年版。

[37] 王德威、陈思和、许子东主编：《一九四九以后——当代文学六十年》，上海文艺出版社 2011 年版。

[38] 王子今：《权力的黑光——中国封建政治迷信批判》，中共中央党校出版社 1994 年版。

[39] 魏巍：《魏巍文论集》，河南人民出版社 1984 年版。

[40] 吴俊：《文学流年：从八十年代到九十年代》，广州出版社 2000 年版。

[41] 伍蠡甫主编：《现代西方文论选》，上海译文出版社 1983 年版。

[42] 武新军：《意识形态结构与中国当代文学》，中国社会科学出版社 2010 年版。

[43] 吴秀明：《在历史与小说之间》，时代文艺出版社 1987 年版。

[44] 席杨：《新时期文学价值论——选择与重构》，时代文艺出版社 1989 年版。

［45］夏志清：《中国现代小说史》，复旦大学出版社 2005 年版。

［46］解志熙：《和而不同——中国现代文学片论》，清华大学出版社 2002 年版。

［47］许子东：《为了忘却的集体记忆——解读五十篇"文革"小说》，生活·读书·新知三联书店 2000 年版。

［48］许子东：《许子东讲稿》（第 2 卷），人民文学出版社 2012 年版。

［49］阎连科、梁鸿：《巫婆的红筷子——作家与文学博士对话录》，春风文艺出版社 2002 年版。

［50］姚晓雷：《乡土与声音——民间审视下的新时期以来河南乡土类型小说》，山东教育出版社 2010 年版。

［51］叶君：《乡土·农村·家园·荒野》，中国社会科学出版社 2007 年版。

［52］张鸿声：《河南当代文学史·当代卷》，郑州大学出版社 2011 年版。

［53］张新斌：《中原文化解读》，文心出版社 2007 年版。

［54］张文彬：《简明河南文学史》，中州古籍出版社 1996 年版。

［55］张志孚、何平立：《中州文化》，辽宁教育出版社 1995 年版。

［56］朱晓进：《"山药蛋派"与三晋文化》，湖南教育出版社 1995 年。

### 三　作品

［1］二月河：《二月河文集》，长江文艺出版社 2009 年版。

［2］李準：《大河奔流》，人民文学出版社 1977 年版。

［3］李準：《黄河东流去》，北京出版社、北京十月文艺出版社 1996 年版。

［4］老舍：《老舍文集》第十五卷，人民文学出版社 1982 年版。

［5］李佩甫：《金屋》，长江文艺出版社 2000 年版。

［6］李佩甫：《李氏家族第十七代玄孙》，百花文艺出版社 1987 年版。

［7］李佩甫：《羊的门》，华夏出版社 1999 年版。

［8］刘震云：《刘震云精品文集》，延边人民出版社 1999 年版。

［9］刘震云：《故乡天下黄花》，中国青年出版社 1991 年版。

［10］刘震云：《温故一九四二》，人民文学出版社 2009 年版。

［11］刘增杰编校：《师陀全集》，河南大学出版社 2004 年版。

［12］鲁迅：《鲁迅全集》第 13 卷，人民文学出版社 1981 年版。

［13］姚雪垠：《李自成》，中国青年出版社 1963 年版。

［14］姚雪垠：《李自成》，中国青年出版社 1999 年版。

［15］魏巍：《东方》（上中下），人民文学出版社 2013 年版。

［16］张宇：《晒太阳》，上海文艺出版社 1991 年版。


## 四　博士论文

［1］方奕：《本土化视野下的新世纪中国长篇小说》，山东师范大学博士学位论文，2010 年 6 月。

［2］李丹梦：《"文学豫军"的主体精神图像——关于农民叙事伦理学的探讨》，复旦大学博士学位论文，2006 年 3 月。

［3］李少咏：《现代性语境中的乡村政治文化言说——新时期河南小说主题研究》，河南大学博士学位论文，2005 年 4 月。

［4］苗变丽：《新世纪长篇小说叙事时间研究》，河南大学博士学位论文，2011 年 5 月。

［5］詹玲：《规训的历史想象——评五卷本〈李自成〉》，浙江大学博士学位论文，2008 年 4 月。


## 五　资料类

［1］河南省文学院编：《图说河南文学史》，中州古籍出版社 2004 年版。

［2］河南省作家协会主办：《河南作家通讯》杂志（1983—1996 年）。

［3］李允豹主编：《河南新文学大系·史料卷》，河南大学出版社 1996 年版。

［4］刘学林主编：《河南作家词典》，河南大学出版社 2005 年版。

［5］牛运清主编：《中国当代文学研究资料丛书·长篇小说研究专集》，山东大学出版社 1990 年版。

［6］孙广举主编：《河南新文学大系·理论批评卷》，河南大学出版社 1996 年版。

# 难以忘怀的时光(代后记)

　　这部书稿的完成，是我读博三年的一个学习总结。说不上什么"成果"，对我来说，三年的读书生活，最大的意义就是在导师的辛勤指导下，进行了一个完整的学术方法上的训练。对于真正的"研究"，自己感到还差得远。但是，正是这篇书稿的完成，让我这个学术研究的"门外汉"初步领略了学术殿堂的满堂春色，并"心向往之"，树立了自己的人生方向，下决心要好好努力，在学术研究的道路上走下去。本书的部分章节曾在《河南大学学报》《河南师范大学学报》上发表过，在此向《河南大学学报》的编辑刘剑涛老师、《河南师范大学学报》的晋海学老师表示感谢。河南科技学院的高颜霞、沈恒娟、张敏、龚俊朋、苏喜庆、张晓庆、崔丽娟、杨正娟等老师在我校对书稿的过程中，给予我很大的帮助，在此一并表示感谢。下面是 2014 年 4 月份完成博士论文时候的一篇致谢词，放在这里，代为后记，特向编辑此书的赵丽老师表示诚挚的感谢，向我的导师以及我的家人、朋友表示感谢。

## 一

　　这篇论文的完成，首先要感谢我的导师孙先科教授。

　　2011 年 5 月的一天，我正在原来的学校监考，忽然接到河南大学（文中简称为"河大"）的电话，说我已经被河南大学录取为 2011 级的博士生，让我去拿调档函。快乐顿时如潮水一般涨满了我的心胸。

　　跟随孙老师学习是我从读研时就有的梦想。2004 年在河南师范大学

（文中简称为"河师大"）读研究生的时候，孙老师曾是我们前面几届学生的答辩委员会主席。也许是因为他儒雅的气质，也许是因为他那谦逊的笑容，也许是因为我河师大的导师们对他学术水准及为人的赞赏，我们前后几届的学生都特别喜欢他。很多同学都想跟他读博。如今，幸运降临，梦想实现，怎不让我欣喜？一个同学向我发的祝贺短信是当年最流行的五个字："羡慕嫉妒恨"，这着实让我得意了一阵子。其实，在当年，我还报考了山东一所高校的博士，几乎在同时，我也知道了自己被录取。虽然对报考城市及老师的印象都很好，但因为对孙老师的仰慕之情由来太久，我还是毫不犹豫地选择了河南大学。

由于自己在一个小城市的专科学校里待的时间过长，"学术"训练远远不足，文学理论功底尤其欠缺。自己所有的仅仅是自幼喜欢、热爱文学的一点热情和业余涂鸦的习惯而已，离专业的"文学研究"还有很远的距离。所以，自入孙老师门下以来，自己寸光寸金，刻苦精进，丝毫不敢懈怠，唯恐自己水平不足有辱孙老师之声望，更怕辜负他不计"门第"及"出身"纳我入门的心。一二年级时，我的生活很有规律，基本上是上午学理论，下午读文论，晚上读作品，我以自己将近不惑的年龄，又重温了"两点一线"的学生生活。

然学问之功，绝非是"恶补"能立即奏效的。这个问题在开题时候就凸显了出来。我自己原先设想的几个选题，都有很大的问题。孙老师见状，替我想了两个有关"河南文学"的选题供我思考：一个是关于河南长篇小说的研究。拟从史料入手，梳理长篇小说的发展脉络，进而描摹河南几十年长篇小说的样态；一个是河南文学的"内部"研究。即将"河南文学"的笼统概念再具体化为几个板块进行对比研究。可怜当时我雄心壮志正溢满心胸，几乎未加考虑就选了前一个"大"题。这个不自量力的选择，让我在后来的写作中吃尽了苦头，多次后悔没选那个"小题"。论文写作中，一次次濒临"崩溃"的边缘，是孙老师详尽的指导和不断的鼓励，才使我跟跟跄跄地靠岸，勉力成此文。

博士学位论文的写作，是对一个人学术能力的系统训练。对我这个"入门"较晚的学生来说，更是大幅度的"拔节"过程。孙老师因材施教，几乎是手把手地将我领进了文学研究的大门。

论文写作伊始，困难接踵而来。打捞文本、整理资料的过程实在让我着急，因为这个工作费工费时还不出"字数"。好不容易整理好了长篇的目录，然而上百部的长篇怎么读？河南长篇小说到底要重点分析哪些？名不见经传的不好读，众所周知的又怎出新意？书架上布满了《李自成》第1卷、第2卷、第3卷、第5卷，二月河的《康熙大帝》《雍正皇帝》《乾隆皇帝》，张宇的《晒太阳》，郑彦英的《少女》，魏巍的《东方》（上、中、下），周大新的《第二十幕》（上、中、下），古野的《河洛沉梦》（上、中、下）……面对这一大堆凌乱的部件，我该怎样把他们变成形神兼备的生命形式？还得有我自己的灵魂、色彩和独立的个性？开题时吴福辉老师的话始终在我头脑中响起："河南单个作家的研究论文不仅数量众多，而且研究的质量还都非常高，你怎么超越？"刘思谦老师提出："你要给我解决这样一个问题：河南为什么老出帝王、皇帝小说？"

怎么解决？

很长一段时期，我看看这，看看那，想想这，想想那，"行若忘，处若遗"，还是没思路、没结构。一次次地忧心、焦虑，仍不得其解之时，这难题就摆在了孙老师的案头。孙老师担任着行政职务，平日里很忙，但只要我需要帮助，他都会在周末跟我约好时间，到他办公室深谈。跟孙老师畅谈一次，心情会畅快好几天。他简练、深刻、绝无旁枝末节又富有真知灼见的语言，仿佛清晨照进丛林里的阳光。在"阳光"照射之下，我心中弥漫多日的雾霾顿时烟消云散。一次次的交流，我终于学会了如何阅读文本，如何进入"现场"，如何立意，如何论证。

这篇论文，几次"跑偏"，都及时被孙老师拉了回来。目前来看，做成这个样子，就成果而言，论文的深度、高度远达不到孙老师的要求，唯从结构和方法上，对我算是有了一个比较完备的训练。完成此文，我仿佛找到了一把治学的钥匙，对自己将来的研究也有了些信心。

对我来说，读博不仅意味着我原有生活节奏的中断，还意味着我人生轨迹的重大变迁，是孙老师给了我人生转变的契机，并教给了我一套迎接新生活的本领。一句"谢谢"表达不了对孙老师的无限感激，我只有在新的生活中刻苦修炼，继续努力，取得优异的成绩，才能回报孙老师三年来一次次不辞劳苦的教诲之情。

同时，感谢师母黄勇老师三年来的热情相待，每次有麻烦事，总能得到黄老师的帮助。黄老师为人的热情、坦诚，让我在河南大学的生活备感温暖。

二

感谢河南大学的老师和同学。

聆听刘增杰、刘思谦两位老师的课，是我在河大的另一幸运。在这之前，他们的大名都是出现在我所读的文学史教材上或一篇篇论文题目下面的。两位老教师极富个人魅力的语言风格，给我留下了深刻的印象。

"要想问题想得睡不着觉。"这是刘增杰老师第一节课给我们的第一句话。他说话铿锵有力，腔调抑扬顿挫，话锋常带感情，有时几乎一字一顿，显得自信从容，有时候又久久凝望，似沉浸在岁月的回想中。然而就在他话音短暂的停留中，我也感到了思考带来的力量，因为接下来，哪怕他仅仅只说了一个"好"字，也仿佛带着沉甸甸的力量。一次讲到对河南大学很有帮助跟他私交也很好的樊骏教授，念及这位才去世不久的老友，他充满了无限的深情，那低沉颤抖的腔调，哀伤到近于无语的表情，令在座的我们非常动容，若伸出手，仿佛能触到他心碎的裂片。

之前考研时读刘增杰老师的《中国现代文学思潮研究》，后来看他的《迟到的探寻》，特喜欢他那种"有话则长，无话则短"的"言之有物"的风格。

到现在为止，刘思谦老师的文风一直是我追逐模仿的样本。喜欢她那充满激情的句式和将满溢的激情融化成清晰理性的文字风格，以为这样的文字最符合自己的气质，曾多次暗暗模仿。考博时，凡是我能找到的她的文章我都读了。记得我们第一次上课后，知道她正在写关于《夹边沟记事》的文章，来不及等她发表，我几次找她索要文稿，终于有一天，她委托学生将刚刚打印出的文章送给我，打开篇目，那熟悉的句式如涨满激情的河水奔腾而来："……夹边沟这个鲜为人知的在全国地图上找不到踪影的小村庄进入了当代读者阅读与思考的视野，人们在认真阅读文本时感到触目惊心欲哭无泪，不知道该怎么认识这个四十多年前发生在我们自己国土上的无声无息被掩饰被封杀的人间惨剧，两千多个生机勃勃的生命就在这个小村庄里活活饿死了……"这种语言，既有诗韵的节律和美感，又有着力量流淌的随意和快感。刘思谦老师虽然年近八十，但讲起课来才思敏捷、思路清晰、条理分明，声音也清澈响亮，铿锵悦耳，听她发言或讲课，我的思路总会旁支开去，想着多少年前，风华正茂的她，该有着怎样意气风发的模样……她讲课、发言从来不看讲稿，也极力要求我们这样做，所以，我们现在也都养成了发言不念稿的习惯。

梁工老师是研究圣经的，教我们《基督教与现代文学》，给我的感觉是他的脾气极好。他说话不愠不火，走路不快不慢，温文雅致，总让我想起一个牧师或一个能容忍、宽容世间丑恶，充满无限慈爱的教父形象。

李伟昉老师给我们上课之余，根据自己的亲身经历谈了博士学位论文写作的要领。我印象深刻的是他对研究领域的前瞻眼光和对论文注释的苛刻要求，那种对待学术论文的严谨风范，让我受益匪浅。

在河南大学，曾在夏季夜幕降临的操场上跟刘进才老师一起跑步。闲聊中，他给我提供了一个研究河南长篇小说的好角度，从"风景"看"政治"，一个非常新颖很有意思的思路。我大喜，但试着走了一个多星期，需要深入的理论东西太多，由于时间关系没敢走下去，实在有负刘老师的希望。不过，这样一个很好的思路我不会浪费，将来有时间的话，一定会写成像样的文章请刘老师指教。

武新军老师与我几乎是同龄人，但是已做出了足以让我仰视的学术成绩，是我从心底非常敬佩的年轻学者。感谢武老师对我论文提出的史料方面的建议，感谢他给我提出的论文修改意见。

感谢上述老师的辛勤教诲。同时感谢关爱和老师、吴福辉老师、耿占春老师、张云鹏老师、刘涛老师、胡全章老师、张先飞老师和南京师范大学的朱晓进老师，是你们开题报告上的金玉之言给我的论文打开了思路，让我有了一个良好的开始。

感谢我的同学刘鹏、王勤滨、赵娜、吴丹。同窗三载，与你们谈生活论人生，谈学术话名家，一起上课，一起吃饭，一起开题，一起激辩。虽然我们一个个都年近而立或已过而立，但与你们在一起，又让我重温了"指点江山，激扬文字"的快乐，让我回到了昔日的青春岁月之中，那是一段多么美好的无牵无挂的时光。

# 三

感谢我的朋友赵牧。作为孙老师的博士后，我们也算是同门，但是，在我眼中，牧兄可以为吾师矣。他"入道"早，"修行"好，成果显著，在我论文写不下去的时候，很期望他的到来。他来河南大学，我们可以一起喝羊肉汤，一起聊人生，一起散步，一起聊论文，还能敞灯畅谈各自的青春岁月。我论文第二大部分分章论述的结构，就是与他共同讨论的结果。牧兄是个单纯的人，除了做学问，几乎什么都迟钝，我最羡慕他这一点，总说他就凭这一点，也能出好学问。

感谢我的舅父冯喜忠和朋友杨爱华女士，他们在百忙中帮我检阅全文，指出了不少错误。感谢我的研究生同学李钦彤、王晓丽、康军帅、靳书刚、徐洪军、张敏、沈恒娟，师兄郝魁峰，师妹杨烜、赵丽萍，师弟曹骥，在我写论文的过程中，与你们的交流，给我带来了思想的收获和生活中的快乐。

最后，深深感谢我的妻子高颜霞，没有她全心全意的支持，我不可能顺利完成学业。为了让我安心完成论文，她一边上班，一边带孩子，从来不叫苦和累。即使寒假在家，每天一起床，她都将孩子领出门。为了我的论文写作，她付出了更多的辛劳。同时，感谢母亲和弟弟、妹妹的大力支持，之所以能够安心读博没有后顾之忧，得力于弟弟张东彬在经济上给予我强大的支持和帮助，强大的亲情力量一直是我前进的动力，也是我生活幸福感的主要源泉。

# 四

一直到此刻为止，自己的心情还没有平静。

看"二战"电影《父辈的旗帜》，开头是已经退役的老兵梦中惊悚而起的镜头——总以为自己还在 60 年前的战场上。而我，现在每天还是四点左右醒来，随之心口一阵紧张的痛感——总以为自己还有任务没有完成。

2013 年的暑假，是我有记忆以来最热的一年。八月初，我像是一台被发动起来的机器一样开始了高速运转。每天早上，我往往顾不上穿衣、洗漱，第一件事就是把昨晚的想法记载下来，星星点点，杂乱无章。我是个感性的人，兴奋的快，失落也快，往往刚为自己的一点发现兴奋不已，随之就会为不得不放弃而可惜。很多时候，这些想法如倏尔闪现的火花，还没等我用嘴巴把他们吹得更亮，它自己就熄灭了。从一大早开始，心情就如过山车，跌宕起伏、不能平静，自己的论文才 19 万字，但是关于写作论文的种种设想、写论文过程中所抒发的感受就已达 12 万字。到后来，过了九月，时间像是带着枷锁，每过一天，就好像要把我的心勒一圈。定好的作息时间表没有用，因为我不知道哪个时候自己有东西写，每天规定好的字数也没有用，因为我不知道今天的"神思"能游到何处。所以，到最后，我干脆完全封闭，关了手机，拔了网线，与论文一起共存，进入了一个"混沌"的状态，大概有两个多月的时间，我完全不分黑天白夜，不分早餐晚餐，什么时候能写就随时写，什么时候累就什么时候睡。实在头晕了，出去转一圈回来接着写。不知道什么时候下的雪，不知道什么时候刮的哪个季节的风……这种状态下，"效率"的确很高，但对身体极为不好。由于作息、饮食规律完全被打乱，自己食欲不振，几度失眠，额头上起满了痘痘，身体也出现了这样那样的毛病。偶尔回家，对母亲、妻子的脾气也不好。

有一个时期，我曾极度地怀疑自己，自己到底是不是"做学问的料？"想自己年近不惑，虽然每日辛苦读书，精心做笔记，到现在写一篇博士论文还如此凄惶？看王国维、陈寅恪、梁启超等人，人家读书治学，是何等的快乐。惊慌的大脑中，曾屡次想到自己年幼时数学不好，爸爸老说我"脑子反应慢"的场景，随之责怪自己祖辈为农的基因。

写博士学位论文，是对人耐力、意志力的检阅，更是对身体素质及心理情感的考验。以下几个镜头令我难以忘却。

暑假，太阳高照，下午五六点暑气正酣，我在河南大学的东操场奔跑，汗如雨下。之后爬上一个高高的铁架子，四肢朝天，蓝天渺渺，白云悠悠，几只风筝在漂浮，多么自由而美好的日子。腰椎颈椎的疼痛阵阵袭来，被汗水湿透的 T 恤黏着身体，发烫的铁架子炙烤着皮肤。

　　自己羡慕一切人：研究生院东侧那个清洁工每天扫地时都在唱"小苍娃，我离了，登封小县……"；河大医院门口，修自行车的老人，一日日在风中叼着烟卷看行人，从春到冬，从夏到秋，一日日地气定神闲，悠然自得；夜里去河大南门水果摊上买水果，我叫了三声，老板都没听见，原来他身后的收音机里，正播着评书《杨家将》；回到家中，卖瓜子的邻居老王跟我打招呼时每次都那么春风满面……

　　2011 年至 2014 年，女儿张艺轩从三岁到六岁，对我的依恋也经历了三个阶段：最初是我回来她欢欣，我走后她忘却，我随时可离开；后来就开始不让我回校了，小手抱着我的脖子郑重许诺她不会打扰我写论文，只会帮我写。我要百般解释、保证、承诺，她才能止住眼泪，我只能趁她不备"逃走"；再后来，轩轩已经"懂事"不哭了，但每当我要离开，快跟她说"再见"时，她忽然就不看我也不理我了，或者跟玩具娃娃高声说话，或者夸张地模仿玩具的声音，"嘟嘟嘟""呜呜呜"，一副万事不入我心的架势，意思好像是你走你的我玩我的，谁都别说啥了，没事！只是她不知道，此时她的腔调已极不自然，鼻音特重，声调夸张。她妈妈说，每每这个时候，只要我的脚一出门，她忍耐已久的哭声就会爆发出来。

　　这篇博士学位论文只是完成而已，需要改进的地方还有很多，自己做的也仅仅是归纳资料的前期工作，更深入的研究还需要在今后的工作中继续进行。三年的学习生活即将结束，一个新的阶段即将到来，有了孙老师的悉心指导和上述各位老师的教诲，有着各位朋友和家人的支持，相信我今后一定能做得更好。

张东旭

2017 年 3 月 18 日

（原稿写于 2014 年 4 月 27 日）